# Das Zockergrab am Rheingrund



Ein Krimi aus Rheinhessen und Mainz

von Jean C. Becker

Obergasse 60, 55437 Appenheim
erschienen im Selztal-Verlag, Appenheim
Lektorat Ute Justen, Ralf S.
Umschlaggestaltung, Fotos und Bildbearbeitung:
Rainer Sauer, Stefan Kreller
Druck: Gorius Druck und Service GmbH, Vendersheim

2. Auflage 2012


Printed in Germany
ISBN 978-3-936929-10-2

www.jean-becker.de
www.krimitour.de
www.selztal-verlag.de

Für A.

Ich danke meinen Freunden, die mich mit ihrer Nähe, ihren Ideen und viel Arbeit bei diesem Buch unterstützt haben, besonders Ursula, Ralf, Eva, Wolfgang, Susi, Markus, Elisabeth, Uli, Ute und Helmut. Dazu kamen viele weitere Helfer wie eine hier ungenannte Dame, die mir authentische Einsichten in das Zockermilieu vermittelte und natürlich die Besatzung der "Joson". Die Mitarbeiter des Wasser- und Schiffahrtsamtes Bingen (ich mag keine drei "fff" hintereinander) haben mir mit ihren Sachkenntnissen, vor allem über den Kaiman, sehr geholfen und auch die Beratungsstelle der Polizei Mainz am Höfchen gab mir viele wertvolle Tipps.

Personen und Ereignisse in diesem Roman sind frei erfunden. Ähnlichkeiten mit lebenden Personen und Geschehen wären rein zufällig und sind nicht beabsichtigt. Sollte sich dennoch jemand getroffen fühlen, so ist er mit Sicherheit nicht gemeint.

*„Leti mille repente viae.“*

Schnell führen tausende Wege in den Tod.

*

Der Morgen graut, die Nacht mit ihren tausend Gespenstern und Spukgestalten wandert weiter, weg von Mainz, weg vom Rhein. Nach einer Reise um die Erde in Überschallgeschwindigkeit wird sie wiederkommen, unausweichlich, gerade einmal vierzehn Stunden später. Die Dunkelheit wird wieder alles zudecken, Raum geben für Dinge, die nicht jeder sehen darf, auch und gerade an diesem großen Fluss nicht. Was vielleicht auch besser so ist.

Die Nacht hat etwas dagelassen, unbemerkt entstanden und vom Licht sichtbar gemacht: Nebelgeister schrauben sich vom noch warmen Wasser in die noch kalte Luft. Fragile Gebilde aus feinsten Wassertröpfchen, Wanderer zwischen den Welten.

Etwas kommt uns mit der Strömung entgegen, ein Teil des Flusses und doch fremd. Etwas Düsteres, Dunkles, eine schwarze, ölig glatte Oberfläche, die nur ein wenig aus dem Wasser ragt. Sie dreht sich immer wieder kurz durch die Wellen, taucht im Rhythmus der Wellen und Strömungen auf und wieder ab, dreht sich im Walzerschritt zwischen den Nebelgeistern umher, umrundet größere, feste Hindernisse in elegantem Bogen. Stößt sich an den bleichen Zweigen umgestürzter Bäume, die wie ausgestreckte Hände vom Ufer übers Wasser greifen, verharrt kurz und entscheidet sich dann, ob es sich horizontal dreht oder vertikal, ob es sich abduckt oder das abgestorbene Holz einfach abbricht und mitnimmt.

„Ruder leicht steuerbord!“

„Aye, aye Käpt‘n.“

Wo war noch backbord und wo steuerbord? Rechts oder links? Herberts Gestik ist eindeutig und das unbekannte schwimmende Objekt sehe ich auch. Einen Ruderschwenk später dreht sich die „Flavia“, mangels Wind angetrieben von ihrem kleinen Außenborder, ein wenig zum Ufer hin. Das schwarze Ding gleitet dicht an uns vorbei. Ein alter Baumstamm, unterwegs von irgendwo flussaufwärts in die Nordsee; groß genug, um unserem kleinen Jollenkreuzer erhebliche Schrammen zu versetzen und vielleicht gar das Ruder zu beschädigen.

Es verspricht ein schöner Spätsommermorgen zu werden. Nach einer kalten Nacht tanzen auf dem noch sommerwarmen Rheinarm zwischen der Rettbergsaue und den Schrebergärten kleine Nebelspiralen. Ich habe sie schon oft von der Brücke aus gesehen und kann ihnen nun nahe kommen. Es sind neue Fotoperspektiven, die ich an diesem schönen Morgen suche. Vom Wasser aus ist manches soviel unmittelbarer zu sehen; das naturbelassene Ufer des Naturschutzgebietes lockt. Das teakholz-beplankte Deck des Jollenkreuzers verbreitetet Großsegler-Stimmung, Strömung und Wellen übertragen sich ungefiltert auf den glasfaserverstärkten Bootskörper und betten uns in eine Welt ein, die so nah am Ufer ist – und doch so anders.

Mein alter Freund Herbert Wülfing, Kriminalhauptkommissar, nun a.D., hatte mich am Samstag eingeladen. Der Unruhestand ist nichts für ihn, soviel ist bereits jetzt klar. Zuerst hatte er es mit Angeln versucht, dann zum Segeln gefunden. Zwar hat er immer noch stets eine Angel an Bord, aber er segelt lieber als die Würmer zu baden, ohne Zweifel. Jedenfalls schwärmte er so lang vom Segeln im Allgemeinen und einer Segellehrerin namens Anke im Besonderen, dass ich nicht anders konnte, als sein Angebot anzunehmen. Eine kleine Rheintour bis zum Nachmittag mit der gecharterten „Flavia“ vom Schiersteiner Hafen zur Theodor-Heuss-Brücke, stromauf mit Hilfsmotor, stromab unter Segeln, wenn der Wind gegen Mittag auffrischt. Das sagte zumindest der Wetterbericht.

Noch aber ist es windstill, die Nebelgeister rühren sich nicht vom Fleck. Auch ich bin noch träge, habe am Vorabend der Eröffnung des neuen Spielcasinos der Stadt Mainz auf dem altehrwürdigen „Kaiman“ beigewohnt, diesem besonderen Schiff aus der Kaiserzeit. Nun muss ich den Bericht dazu schreiben. Es ist zwar nur noch ein Nebenjob für mich, seit ich halbtags im Ingenieurbüro Schlüssel arbeite, aber ich will ihn nicht missen. Redaktionsschluss für die Montagausgabe ist erst um 17 Uhr und dann wollen wir zurück sein. Herbert jedenfalls ist putzmunter.

„Schau mal. Ein Onkologe.“

Er deutet auf einen hageren Mann, der mit einem weißen Hund am Ufer entlang Richtung Mainz läuft und immer mal wieder kurz stehen bleibt. Dann schaut er durch das umgehängte Fernglas, bevor er mit einem missbilligenden Blick auf unseren knatternden Außenborder weitergeht.

„Ornithologe, Herbert, Ornithologe."

Herbert hat den Blick sehr wohl gesehen und zuckt die Schultern. Was soll er bei Flaute auch sonst machen? Wir tuckern weiter im Spaziergängertempo rheinauf; Herbert schaut nach Treibgut, ich steuere auf Zuruf, der Ornithologe schaut nach Vögeln und der Hund trottet in elegantem spanischen Stolziergang mit hochgestellter Rute hinterher.

Unter der Schiersteiner Brücke bleibt der Mann unvermittelt stehen und sieht durch sein Fernglas, setzt es wieder ab und schaut dann noch einmal genau hindurch. Er winkt und ruft uns etwas zu, was aber im Lärm der Autobahnbrücke kaum zu verstehen ist. Ich bilde mir ein, die Worte „Anker" und „Mann" gehört zu haben, bin mir aber nicht sicher. Herbert schaut mich fragend an.

„Hast du eine Idee, was der will? Unser Anker ist an Bord."

Nein, ich kann mir auch keinen Reim darauf machen. Der Vogelkundler scheint nun einen anderen Plan zu verfolgen, schlägt einen schnellen Laufschritt an und biegt zum Vereinsheim des Angelsportvereins Mainz-Mombach ab. Die Warnlichter des auf dem frisch gemähten Rasen geparkten Pickup leuchten kurz auf, dann öffnet er die Heckklappe des Aufbaus und mit einem Satz ist der weiße Hund auf der Ladefläche verschwunden. Wenig später röhrt der Motor los und das Auto verschwindet in einer Staubwolke landeinwärts. Herbert richtet seine Aufmerksamkeit wieder nach vorn und stößt einen leisen Pfiff aus.

„Lass mich ans Ruder, da vorn kommt ein Dicker."

Da vorn: das ist die Einfahrt zum Industriehafen. Der Umzug des Frachtzentrums auf die vorgelagerte Ingelheimer Aue ist in vollem Gange, aber noch stapeln sich die Container hoch auf der Kaimauer. Noch jonglieren die riesigen Frankenbach-Portalkräne auf der Stadtseite die 15 Meter langen Stahlkästen. Noch legen die Containerschiffe an den Dalben an, den großen stählernen Anlegepfählen, oder direkt am Hafenkai. Tausende Tonnen schwer, könnten die Containerriesen Herberts Jolle leicht an den schwarzen Spundwänden zerquetschen.

Wir müssen warten, mit minimaler Gasstellung stehen wir in der Strömung. Von der Flussmitte schiebt sich ein großes Gebilde aus Stahl Richtung Hafen, kreuzt unseren Weg. Die „Melaga" ist voll beladen, Wellen überspülen den Freigang, den schmalen Gang auf dem Oberdeck, direkt an der Bordwand. Dahinter die Aufbauten der Tanks, ein Gewirr von Rohren, Leitungen und Warnschildern in allen Farben.

„Schöner Pott". Heimathafen Rotterdam. Hundertfünfunddreißig Meter. Macht hier wohl nur einen Stopp und fährt dann weiter zur Chemie oder ins Tanklager nach Ginsheim-Gustavsburg."

Herbert hatte in seiner Dienstzeit öfter bei der Wapo, der Wasserschutzpolizei, im Industriehafen vorbei geschaut, wenn es mal wieder eine Wasserleiche gab und davon hatte es in diesem Jahr gleich mehrere gegeben. Übermut im Suff, das Überschätzen der eigenen Kräfte, Kreislaufkollaps durch die schockartige Abkühlung beim Eintauchen ins kalte Wasser, Schiffsunglücke: Was immer der Grund war, gefunden hatte man fast alle, immerhin.

Retten hatte man sie aber nicht mehr können – der Rhein gab sie in aller Regel erst nach drei Tagen wieder frei, wenn die inneren Zersetzungsgase den Körper durch den Auftrieb wieder an die Wasseroberfläche gebracht hatten. Bis dahin war der Leichnam aber viele Kilometer den Rhein hinunter getrieben. Bei einer durchschnittlichen Strömungsgeschwindigkeit von etwa sechs km pro Stunde konnte eine Wasserleiche am Tag mehr als hundert Kilometer zurücklegen, wenn sie sich nicht irgendwo verfangen hatte. Am Main sortieren Staustufen das Treibgut aus den Schleuseneinfahrten aus und erledigten so diesen Job, im Rhein fehlt dieses Regulativ.

Wo immer Wasserleichen auftauchten, ihre Identifizierung war und ist ein großes Problem. Nicht nur, dass sie viele Kilometern „unterwegs" gewesen sein konnten – sie waren in aller Regel zur Unkenntlichkeit aufgedunsen. Das Gebiss-Schema oder ein DNA-Abgleich waren derzeit die einzigen zuverlässigen Identifizierungsmöglichkeiten. In jedem Fall waren Wasserleichen für Wapo und Kripo nicht nur eine kriminalistische Herausforderung, sondern auch eine besondere nervliche Belastung.

Dennoch war Herbert irgendwann vom Skipper-Virus infiziert worden, ganz offensichtlich. Und nun kann er seinen Traum ausleben, endlich.

Der Schiffsdiesel brummt auf und die Schrauben quirlen das Wasser, als der Tanker seinen Bug zum Ufer dreht und sein Heck von der Strömung wie eine gigantische Keule herumschwingen lässt. Ein paar Gasstöße mit eingeschlagenem Ruder lassen das Kielwasser noch einmal aufschäumen, ein wunderbares Fotomotiv. Wenig später liegt die „Melaga" mit ihrer

Gefahrgut-Ladung am Kai. Fender werden ausgebracht, Leinen werden an rostigen Pollern festgemacht, der Motor stirbt ab.

„Jetzt können wir vorbei!“

Herbert dreht den Gasgriff des 5-PS-Außenborders halb auf, streckt seine Nase in den kaum vorhandenen Wind und sein Körper strafft sich. Er ist unrasiert wie immer, seine Bartstoppeln glänzen im Gegenlicht und in seinen Augen steht Abenteuerlust, als er triumphierend zu mir schaut. Schaut her, ich bin Kapitän!

Er sieht viel besser aus als zu seiner Zeit im Kommissariat, wo ihn die Sorgen oft gedrückt hatten. Jahrelange gefährliche Arbeit, bis er die Täter hatte. Und dann passierte es nicht selten, dass ein Richter – natürlich wegen Arbeitsüberlastung – irgendwelche Fristen versäumt hatte und die Täter freilassen musste. Womit das Spiel wieder von Neuem begann. Der immer wieder durch die Presse gegeisterte „Mehmet“ aus dem Münchner Raum – den gab es genauso, wenn nicht schlimmer, in Mainz.

Das Risiko war jedes Jahr gestiegen. Die Täter waren immer brutaler geworden und ihr Respekt vor der Polizei stetig gesunken – erst recht, wenn die Polizisten etwas älter waren. Mit mehr als sechzig war man körperlich einfach nicht mehr so leistungsfähig wie früher. Nein, als Pensionär ging es ihm besser, auch wenn ihm die Arbeit ein wenig fehlte, wenn er ehrlich war.

Unser Boot reitet die letzten Wellen ab und gleitet am Heck des Frachtriesen vorbei, neben dessen Ruder unser Boot wie ein Spielzeug wirkt. Ich hoffe, dass der Kapitän nicht plötzlich den Motor startet und unseren 6-Meter-Kreuzer ins Straucheln bringt. Aus dem Führerhaus schaut ein Mann kurz zu uns herüber und konzentriert sich dann wieder auf das Ufer, wo gerade der Pickup ankommt und heftig bremst. Der hagere Mann, den wir vor ein paar Minuten am Ufer gesehen hatten, springt aus dem Auto, ruft „Anker! Am Anker!“ und gestikuliert mit den Armen.

„Ganz schön was los für einen ruhigen Sonntagmorgen. Hat der einen Ankervogel entdeckt?“ knurrt Herbert und steuert weiter langsam an der Bordwand entlang. Der Kapitän im Führerhaus hantiert an seinen Armaturen und kümmert sich erstmal nicht um den wie ein Jojo am Ufer herumspringenden Mann, der wieder brüllt: „Anker! Der Anker!!!“ und zum Schiffsbug zeigt.

Herbert winkt ihm beruhigend zu und ruft:

„Schon in Ordnung! Kein Problem!“

„Was will der, Herbert? Der Anker war doch noch dran, wenn ich mich nicht irre.“

Herbert zuckt die Schultern und antwortet mit der Gelassenheit eines Seebären, der dem Klabautermann vor Cap Horn noch immer von der Schippe gesprungen ist.

„Was weiß ich, was der meint. Schauen wir einfach mal.“

Die Bordwand steigt zum Bug etwas an und biegt sich nach innen, der schwarze Stahl weicht vor uns zurück und zeigt ein groteskes Bild: Ein Mensch hängt zwischen Anker und Bordwand! Mir stockt der Atem. Das also hatte der Mann am Ufer mit seinem Fernglas gesehen – aber uns hatte der Tanker beim Anlegemanöver genau die entgegengesetzte Seite gezeigt, nämlich Steuerbord, also rechts in Fahrtrichtung gesehen.

Der Mann ist eingeklemmt zwischen Anker und Bordwand, die Füße hängen im Wasser. Er hat ein Hemd an, ein Unterhemd, das fast völlig zerrissen ist. Auch eine Hose hat er an, dazu einen Gürtel. Er sieht fast lebendig aus, aber Herbert schüttelt den Kopf, als ich näher heran will. Nein, er ist tot, mausetot, wie man so sagt. Eine Wasserleiche allerdings sieht anders aus.

Nach dem ersten Schreck greife ich zu meiner Nikon und mache eine ganze Bilderserie, während Herbert die „Flavia“ langsam so vor den Bug manövriert, dass wir das Gesicht des Unglücklichen sehen können. Der Eindruck von den Seite bestätigt sich: Dieser Mensch hier war entweder noch nicht lange im Wasser oder ist zwischen Bordwand und Anker eingeklemmt worden. Vielleicht war es ein Unfall, ein Matrose, der vom Deck in den Rhein stürzte? Wir sind jetzt vor dem Bug und der Mann ist zum Greifen nahe, als plötzlich unser Außenborder spuckt, stottert und schließlich ganz aussetzt.

„Herbert, pass auf, sonst sind wir drauf!“ schreie ich noch, aber Herbert bringt trotz hektischer Bewegungen am Anlasser den Motor nicht mehr in Gang. Antriebslos treiben wir auf den Bug zu, der das braune Rheinwasser zur Seite drückt und uns mit ihm – genau auf den Anker zu. Und damit auf die Leiche. In ihren großen Augen ist kein Schrecken zu sehen, eher eine Verwunderung, ein ungläubiges Staunen. Und da ist so ein Gefühl, als ob ich sie schon einmal gesehen hätte, diese Augen. Das ist sicher Unsinn, aber es geht mir nicht aus dem Kopf.

Fünf, vier, drei, zwei, ein Meter, knirsch: Die „Flavia“ schrammt am Anker entlang. Und damit an der Leiche.

*

Das Rolltor zur Tiefgarage im Mainzer Polizeipräsidium öffnete sich auf Knopfdruck, was so ein Tor auch tun sollte. Besonders beeilen tat es sich allerdings nicht dabei, was Hauptkommissarin Geli Hassemer jeden Morgen aufs Neue an das ähnlich träge Tor vor der Ingelheimer Polizei erinnerte. Auch wenn es in dieser Beziehung keinen Unterschied zum Großstädtchen Mainz gab: In dienstlicher Hinsicht sah das alles ganz anders aus. Ging es zwischen Burgkirche und der Frei-Weinheimer Rheinfähre in aller Regel um Hilopes – hilflose Personen – und häusliche Gewalt, war in Mainz von Korruption über Raub und Mord alles dabei. Seit einiger Zeit hatte zudem die Beschaffungskriminalität stark zugenommen. Waren es früher Drogensüchtige, die für den nächsten „Schuss“ kriminell wurden, ging es heute vornehmlich um Spielsüchtige, die ihre Sucht auf jede Art finanzieren wollten.

Dieses Aufgabenspektrum war zwar viel breiter als im ruhigen Ingelheim, aber sie war froh, dass ihre Kinder wohlbehütet im heimeligen Gau-Algesheim aufwuchsen. An diesem Sonntag hatte sie Dienst – die Familie musste bis zum späten Nachmittag warten.

Während sich das Tor gemächlich nach oben bewegte, griff sie die bereitliegende Polsterbürste und entfernte einen ganzen Büschel weißer Hundehaare vom Beifahrersitz. Lilly hatte beim Wochenendausflug wieder mal in einem Ausmaß gehaart, das einem Yeti zur Ehre gereicht hätte.

Vier Wochen war die blonde Frau nun schon in Mainz im Dienst und der Anfang war nicht leicht gewesen. Ihr Vorgänger Herbert Wülfing war im Dienst grau geworden und mit großem Brimborium am 31. Juli in Pension gegangen, hatte den Kommissariatsschlüssel symbolisch der Nachfolgerin übergeben. Ronni Sander hatte die Fotos und den Bericht für die Presse gemacht. Als sie am 1. August ihren Dienst angetreten hatte, war sie von der Mannschaft förmlich-korrekt empfangen worden.

Zunächst hatte sie ihr Dienstzimmer aufgeräumt, das was man halt tut, wenn man seinen Platz einnimmt. Die Plastik-Fledermaus über dem Fax war ebenso in einem großen Karton verschwunden wie die konfiszierten Marihuana-Säcke und die Londoner-Bobby-Mütze ihres Vorgängers.

Die Einarbeitung? Das sollte ihr Stellvertreter machen, der junge Kai Pritsche, ein blonder, langer Kerl. Nur, dass der sich genauso um den Chefposten beworben hatte wie viele andere und natürlich nicht begeistert war, dass jemand von auswärts die begehrte Stelle bekommen hatte. Zwar sah Geli ausgesprochen attraktiv aus, aber sie war verheiratet, hatte Kinder und liebte ihren Mann. Das bedeutete Erfolgsaussichten gleich Null. Dass sie als Frau eine leitende Funktion in einem immer noch von Männern dominierten Beruf hatte, verbesserte ihre Situation nicht unbedingt.

Das Tor war endlich oben und sie gab Gas. Die Tiefgarage war gut belegt und sie steuerte den zehn Jahre alten Astra mit der Kurvengeschwindigkeit einer Vielfahrerin zielsicher in die am nächsten zum Treppenhaus gelegene Parklücke. Mit schnellen Schritten huschte sie die Treppe hinauf.

Eddi war schon da, die gute Seele aus dem Geschäftszimmer. Die wuselige Sekretärin mit Pagenkopf, die schon viele Jahre mit Herbert Wülfing gearbeitet hatte, war ihre wichtigste Verbündete, nicht nur als Frau, sondern als „Eue". So nennen sich nämlich die „echten", dort geborenen Gau-Algesheimer und so etwas verbindet. Die gute Seele hatte schon so manchen aufkeimenden Konflikt früh erkannt und gleich entschärft. Auch als Gelis Vorgänger Herbert Wülfing vor zwei Wochen mal wieder vorbeigeschaut hatte.

Natürlich hatte er noch ein paar private Sachen holen wollen, mal sehen wollen, was sich getan hatte. Vorgänger und Nachfolgerin hatten sich die Hände geschüttelt, aber mehr war nicht gewesen. Mit dem Karton war er wieder abgezogen, sein Auftritt wohl registriert von den Kollegen.

Nach vier Wochen hatten sich längst noch nicht alle mit der neuen Chefin abgefunden. Immerhin hatten alle – auch ihr Stellvertreter Kai – eingesehen, dass sich die zweifache Mutter durchsetzen konnte. Und so war so etwas wie Normalität eingekehrt, was auch daran lag, dass genug Arbeit anlag. Denn zum Ende des langen Sommers wurde erstaunlich viel gestorben in Mainz und drumherum.

Zwei Wasserleichen in zwei Monaten, ertrunken im Rhein und auch im Übermut des heißen Sommers. Dazu gab es mehrere natürliche Tode und einen sehr mysteriösen Fall, nur ein paar Straßen weiter in der Neustadt.

Da war ein Arzt zur Feststellung eines plötzlichen Todesfalles gerufen worden. Bestimmt ein Herzinfarkt, meinten die Angehörigen schon am Telefon. Als der Arzt kam, lag die Frau bis zum Hals bedeckt in ihrem Bett. Natürlich hatte sich der Hausarzt vor der Ausstellung des Totenscheins erst einmal die Tote anschauen müssen. Doch das, so wurde ihm gleich bedeutet, war nicht möglich. Er solle gefälligst sofort den Totenschein ausstellen, damit die Frau den religiösen Gesetzen zufolge noch am selben Tag beerdigt werden könne. Die Todesursache sei schließlich klar. Und außerdem sei er ja der Hausarzt und man würde sich sicher bald wieder sehen.

Dem Arzt war mulmig zumute geworden, er war schnell unter einem Vorwand aus der Wohnung geflüchtet und hatte die Kripo gerufen. Doch als die eintraf, lag niemand mehr im Bett und die zahlreichen Anwesenden konnten sich nicht daran erinnern, dass sie einen Arzt gerufen hatten. Schon gar nicht, dass ihre Mutter und Ehefrau tot im Bett gelegen habe. Sie sei vor ein paar Tagen zurück in ihr Heimatland geflogen – wann sie zurückkomme, könne man leider nicht sagen. Die bekannte Mauer des Schweigens, der Abgrund zwischen dem gesellschaftlichen System des Herkunftslandes und dem ach so verlockenden deutschen Staat. Ein schwieriger Fall, der der Kripo mal wieder ihre Ohnmacht ohne Mithilfe der Bevölkerung vor Augen führte.

Was lag heute an?

„Morgen Eddi. Neuigkeiten?“

„Nö, Geli. Die Nachtschicht hat nichts gemeldet. Alle anderen sind schon da.“

„Gut, um zehn nach starten wir mit der Lage.“

Auch bei der Sonntagmorgen-Besprechung mit Wochenend-Besetzung im Flur war die Normalität spürbar. Keine verstockten Gesichter mehr, keine versteckten Anspielungen auf das „Rockerliebchen vom Lande“, das wieder ihre geschnürten Lederhosen an, weil sie einfach praktisch waren. Sie nahm einen großen Schluck aus ihrer eigenen Kaffeetasse und begann:

„Zur verschwundenen Frau aus der Nachbarschaft gibt es nichts Neues, leider. Und bei dem Todesfall in der Frauenlobstraße wollen die Angehörigen wohl schnellstens ans Erbe. Daher habe ich den Wohnungsschlüssel an mich genommen, bis der Erbschein ausgestellt ist. Also Sicherung bei Nachlass im schönsten Amtsdeutsch. Gibt es was Neues bei euch?“

„Nur das Übliche, leider. Bedrohung nach einer Trennung, aber vielleicht ist die Frau auch nur zu aufgeregt.“

„Leider können wir nicht alle beschützen und einfach jeden einsperren, der einen anderen bedroht. Am besten erstmal das Standardprogramm: Türschlösser austauschen und einen Besuch bei Peter Metzdorf in der Präventationsstelle am Höfchen. OK, dann war es das für heute. Viel Erfolg!“

In das Stühlerücken hinein klingelte das Telefon in ihrem Zimmer. Die Zentrale hatte einen externen Anruf durchgestellt. Der Anrufer war sichtlich aufgeregt und sprach von einer Ankerleiche, dazu bellte dauernd ein Hund im Hintergrund, mal lauter, mal leiser.

„Wo sind Sie denn, Herr ...?“

„Mathes. Am Industriehafen, am Schiffsanleger. Bitte kommen Sie schnell!“

Hauptkommissarin Hassemer machte sich sofort auf den Weg. Der Industriehafen liegt fast direkt neben dem Polizeipräsidium und sie wäre sicher in weniger als zwei Minuten da gewesen – wenn dieses blöde Rolltor sich ein bisschen mehr beeilt hätte. Tat es aber nicht und so brauchte sie statt zwei Minuten vielleicht drei Minuten für den knappen Kilometer zu den Anlegestellen am Wasser. Drei Minuten, die sich anfühlten wie drei Stunden.

*

„Schnell, stoß dich vom Anker ab!“

Als Herbert sich am Heck mit einer Stange von der Bordwand des Tankers abstößt, könnte ich die Leiche mit den Händen greifen. Genau das will ich aber nicht, nein danke!

„Hast du nicht noch einen Enterhaken?“

„Bootshaken! Moment!“

Herbert kramt hektisch mit einer Hand in einer seitlichen Klappe, während er mit der anderen versucht, die „Flavia“ von der „Melaga“ fern zu halten. Endlich gibt er mir einen Bootshaken und ich stoße ihn gegen die Bordwand des stählernen Riesen. Dennoch rutschen wir so dicht an der Leiche vorbei, dass es mich fröstelt. Und auch unser flotter Jollenkreuzer bekommt seine nächste Schramme unter Kapitän Wülfing ab. Er zuckt regelrecht zusammen, als Metall auf Kunststoff trifft und knirschend daran entlang fährt. Doch dann können wir endlich einen Poller am Freibord packen und uns festhalten.

„Fender raus und Leinen festmachen!“

Herbert kommandiert mit hochrotem Gesicht seine Ein-Mann-Crew, doch ein Besatzungsmitglied der „Melaga“ nähert sich uns bereits mit schnellen Schritten und wirft zwei Fender zwischen die Bordwände, damit die nicht verkratzt werden. Dann verzurrt er unseren Kreuzer mit geübten Griffen.

„Geschafft, du Hilfsmatrose!“

Herbert atmet hörbar aus.

„Na hör mal, was kann ich dafür, dass der Motor ausfällt?“

„Schon gut, die Gefahr ist erstmal gebannt.“

„Und die Ankerleiche?“

„Kommt noch, lass uns erstmal die „Melaga“ entern.“

Das allerdings stellt sich als nicht so einfach dar, weil uns der Kapitän nicht an Bord kommen lassen will. Der baut sich so auf dem Deck auf, dass wir nicht umsteigen können. Ihm ist es ernst, das ist klar. So klar wie seine Herkunft, denn der holländische Akzent ist unüberhörbar.

„Dies ist ein Tankschiff, hier gelten besondere Sicherheitsvorkehrungen, mijn Herren! Bringen Sie ihren Motor wieder in Gang und dann legen Sie wieder ab!“

Ganz automatisch wandert Herberts Hand in seine Jacke, doch einen Dienstausweis hat er nicht mehr. Auch der Griff in seine Hosentasche nutzt nichts, da die Dienstmarke am riesigen Schlüsselbund inzwischen dem deutlich schlankeren Modell „Schifferknoten“ gewichen ist. Hinter dem Kapitän taucht inzwischen ein weiterer Mann auf, offensichtlich ein

Matrose. Am Ufer springt derweil der hagere Mann mit dem Hund um die Wette, ruft immer wieder „Anker, am Anker!“ und zieht dann ein Handy aus der Tasche, in das er hektisch eintippt.

Herbert zuckt die Schultern und greift sein Handy. Eigentlich müsste er Geli Hassemer anrufen. Tut er aber nicht, sondern verlangt nach Eddi. Die gute Seele im Geschäftszimmer aus der Zeit, als Herbert noch in Amt und Würden war.

„Warum rufst du nicht direkt deine Nachfolgerin an?“

„Meine Sache.“

Herbert dreht sich zur Seite und gibt in gewohnt knappem Ton seine Anweisungen.

„Ja, Eddi. Leiche im Industriehafen. Der Kai am Fluss, vor dem Speicher. Holländischer Tanker „Melaga“. Das Übliche. Spurensicherung und ... wie, weißt du schon? Da hat schon einer angerufen?“

Herberts Blick schweift auf den Vogelliebhaber, der inzwischen den Hund wieder aus dem Wagen gelassen und an die Leine genommen hat. Vom Kai aus betrachtet er die am Anker hängende Leiche. Auch der Matrose ist inzwischen am Bug angekommen, hat einen Blick auf die Ankerleiche geworfen und dem Kapitän etwas auf holländisch zugerufen.

„Und wer kommt? Frau Hassemer, natürlich. Klar. Danke, Eddi.“

Kaum hat er es gesagt, hört man vom Verladekai neben der Rheinallee Reifen quietschen. Vom alten Maschinen- und Kesselhaus, nun schon über ein Jahr Domizil der Spielen-am-Rhein GmbH, der SAR, nähert sich ein Meriva in schneller Fahrt und hält vor dem alten Weinlagergebäude, das den Hafen optisch beherrscht. Die Fenster in dem feinst renovierten alten Gebäude sind noch dunkel, die Bremslichter des Opel leuchten grell. Und Herbert knurrt.

„Jetzt fährt die auch schon mein Auto. Und wie!“

„Wieso – das ist doch ein Dienstfahrzeug, oder?“

„Schon, aber das hat extra gute Sitze. Extra für mich eingebaut. Du weißt doch, meine Rückenschmerzen.“

Ja, damit plagt er sich schon seit Jahren herum. Auch seine Nachfolgerin scheint er als Plage zu empfinden, denn er stößt ein resignierendes Seufzen aus, als sie an der Uferböschung aus dem Wagen springt und gleich auf den Mann mit Hund zugeht. Sie zeigt ihren Ausweis, wechselt ein paar Worte mit ihm und will dann aufs Schiff. Der Matrose will sie erst nicht lassen, aber ihr Ausweis wirkt Wunder.

Sofort eilt sie über den Freigang zum Bug, inspiziert kurz die Lage und gibt dann Anweisungen per Handy.

„Ja, Spusi, Forensik, das ganze Programm, Kai. An der Hafenkante am Industriehafen-Gebäude, direkt am Rhein. Danke!"

Herbert verdreht die Augen und murmelt mir ein „Kai, Kai!" ins Ohr, um direkt danach ein möglichst gleichmütiges Gesicht aufzusetzen. Denn nun geht seine Nachfolgerin an uns vorbei und steuert mit selbstbewusstem Schritt auf den Kapitän zu, der ein wenig zögert, zur Seite zu gehen. Das interessiert Geli Hassemer aber nicht.

„Sie gestatten, Herr ..."

„Doelemans, meine Dame. Kommen Sie an Bord. Aber wir haben keine Zeit, müssen weiter nach Ludwigshafen zur BASF. Ich habe nur für die neue Crew angelegt. Die kommen um acht und einhalb."

„Nun, wir werden uns natürlich beeilen, etwas länger wird das aber sicher dauern."

„Aber wir müssen weiter! Übermorgen fahren wir dann wieder zurück, Dienstag. Da ist keine Zeit für langen Aufenthalt!"

„Wie gesagt: Wir werden uns beeilen, aber das hier geht vor."

Ihr ohnehin selbstbewusster Ton wird bestimmter, hat die Situation im Griff. Herbert wird es nicht zugeben, sondern schmollt und schaut immer wieder demonstrativ auf das Heck des vor uns liegenden Massenfrachters.

„Herr Doelemans, kennen Sie die Person, die da am Anker hängt?"

„Nein, die kenne ich nicht."

„Wie können Sie denn das sagen, wenn Sie sie noch nicht gesehen haben?"

Der Kapitän läuft rot an und man merkt, wie seine Gehirnzellen arbeiten. Sagt er, dass er die Leiche schon vor dem Vogelkundler entdeckt hat, hätte er sofort die Polizei benachrichtigen müssen. Hat er sie nicht gesehen, wieso kann er dann behaupten, dass er sie nicht kennt?

„Mein Matrose hat mir zugerufen, dass es keiner von uns ist."

Falls die Hauptkommissarin enttäuscht ist, dass ihre Fangfrage ins Leere ging, so zeigt sie es nicht.

„Vielleicht ist es ja sonst jemand, den Sie kennen? Oder ein blinder Passagier?"

„Nein, wir fahren Gefahrgut. Und wir wissen genau, wer mitfährt. Hier darf keiner ohne Erlaubnis drauf."

Seine Haltung strafft sich und er wirft Herbert und mir einen vernichtenden Blick zu. Doch sie lässt nicht locker.

„Nun, ich möchte, dass Sie mit mir zum Bug kommen und mir definitiv sagen, ob sie die Person kennen. Doch einen Moment bitte."

Sie wendet sich zu uns: „Sie haben hier wegen der Leiche angelegt, lieber Kollege?"

Herbert räuspert sich: „Ein technisches Problem, aber ja: wir haben die Leiche entdeckt. Ronni, äh, Herr Sander hat Fotos gemacht."

„Die Spusi macht zwar auch welche, aber ein paar mehr können nicht schaden."

Der Kapitän nickt und wir gehen endlich an Bord und dann vor zum Bug. Sieht man von der Wasserlinie auf den Anker, kann man sich kaum vorstellen, wie etwas so Großes wie ein Mensch zwischen Anker und Bordwand eingeklemmt werden kann. Einen Sturz von Bord im falschen Moment kann man nie ausschließen, aber in der Nacht wird es keiner sehen, keiner die Schreie hören, niemand suchen.

Zwei weitere Wagen fahren vor. In dem alten VW-Bus hat die Spusi, die Spurensicherung, genug Platz für ihre Utensilien und dann kommt noch der Leichenwagen, der die Leiche in die Forensik bringen wird. Die Fotos sind im Kasten und mein Job ist beendet. Mal sehen, welche Fotos ich in den Zeitungen verwende. Morgen bekommt Herberts Nachfolgerin dann die ganze Fotostrecke. Sie wird sowieso noch einige Fragen haben und vielleicht erzählt sie ja auch etwas von der Ergebnissen der Leichenschau.

Während sich die Spurensicherung an die Arbeit macht und der Leichenwagen-Fahrer auf den Abschluss der Arbeiten wartet, höre ich plötzlich wieder den Außenborder der „Flavia". Sofort gehe ich wieder zurück zu Herberts Jollenkreuzer, auf dem der Kapitän mit unerschütterlicher Ruhe das Ruder in der Hand hält.

„Komm an Bord, Ronni. Wir legen wieder ab, die Charterzeit läuft."

„Ja, aber Frau Hassemer ..."

„Die weiß Bescheid. Morgen sind wir sowieso bei ihr."

„Und wenn der Motor nochmal ausfällt, können wir ..."

„... in Schwierigkeiten kommen? Nein, da war nur die Ansaugleitung locker und dadurch hat er zu wenig Sprit bekommen. Außerdem frischt es ein wenig auf und bald können wir segeln. Leinen los!"

Der Matrose tut wie befohlen und wir legen mit brummendem Motor von der „Melaga" ab, auf der die Spusi mit der inzwischen eingetroffenen Austausch-Crew herumläuft. Herbert ruft dem Matrosen noch ein „Gute Fahrt" zu und der winkt grinsend zurück – mit einem Benzinkanister in der Hand.

*

Zur selben Zeit waren die Vorbereitungen in der Spielen-am-Rhein schon in vollem Gange. Die Croupiers oder neudeutsch Dealer schlüpften in die Dienstkleidung und bereiteten ihre Tische vor. Die Jetons wurden aus dem Tresor geholt und platziert und die Kartenblätter auf Vollständigkeit geprüft. Die Roulettekessel wurden auf eine einwandfreie mechanische Funktion geprüft und auch auf die richtige Kugel. Jede Kugel hatte eine unter Schwarzlicht aufleuchtende Lasergravur – wenn die nicht stimmte, funktionierte die Kesselmechanik nicht.

Es folgten drei Herren und Damen vom Finanzamt. Nachdem sie den Bestand an Jetons und die verplombten Kassenbereiche überprüft hatten, genehmigten sie sich einen Espresso. Sie würden noch den ganzen Spieltag in der Spielbank bleiben, sich unerkannt unter die Spieler mischen oder den Kassierern über die Schulter schauen.

Nach fast drei Stunden Vorbereitung öffnete die Spielen-am-Rhein um elf Uhr ihre Pforten für den Publikumsverkehr. Kurz vor Mittag trudelte Baumann ein; er wirkte mürrisch, aber das war für ihn typisch.

Um diese Zeit war die Zocken-am-Rhein längst auf oder besser immer noch auf. Mit solchen Dingen wie dem Finanzamt gab man sich in dem 24-Stunden-Automatencasino nicht ab. Alle Automaten waren mit einem kleinen Raum direkt an der Landungsbrücke fest verdrahtet; die Umsatzzahlen wurden jeden Abend um Mitternacht vom Spielcasino-Betreiber Mechtersheimer ausgedruckt und dann dem Finanzamt zugeschickt. Daneben druckte er auch immer einen zweiten Beleg für seine Bücher und einen dritten Beleg, den er an einem besonderen Ort verwahrte. Mehr brauchte es nicht für einen erfolgreichen Geschäftsmann.

*

Es wird zusehends wärmer – aber der Wind frischt nur leicht auf. So tuckern wir weiter mit dem Außenborder stromauf, an der Kaponniere am Feldbergplatz und der Platanenallee entlang zur Theodor-Heuss-Brücke, wo Herbert mir endlich seine neu erworbenen Segelkenntnisse demonstrieren will. In der Fahrrinne schieben sich im Minutentakt Containerschiffe, Massenfrachter und Tanker bergwärts, dazwischen schnelle Talfahrer ohne Ladung. Wochenende? Für die unter Termindruck stehenden Skipper ein Fremdwort. Die Wellen schaukeln unseren „Kreuzer" ganz schön durch.

Auf der hessischen Rheinseite ist außerhalb der Fahrrinne deutlich weniger Verkehr. Oberhalb der Brücke liegt die „Pieter van Aemstel", der alte Heringssegler und im Kasteler Arm hinter der Petersaue der „Kaiman", das alte Tauchglockenschiff. Es ist ein faszinierendes Technik-Denkmal aus der Kaiserzeit, ein Schiff, mit dem man trockenen Fußes auf dem Flussgrund arbeiten kann. Vor einigen Jahren außer Dienst gestellt, dient es jetzt als zweiter Glücksspiel-Ableger der selbstverschuldet hochverschuldeten Landeshauptstadt von Rheinland-Pfalz – auch wenn es an der hessischen Seite liegt, genau bei Stromkilometer 499. Im Rheinarm auf dieser Seite lässt sich ungestört von Frachtschiffverkehr segeln, aber dazu müssen wir zunächst den Rhein kreuzen. Eine in meinen Augen heikle Aufgabe.

„Willst du wirklich auf die andere Rheinseite, Herbert? Wenn in der Fahrrinne der Motor ausfällt ..."

„Pappalerpapp. Wir haben genug Sprit und die lockere Leitung sitzt jetzt fest. Meiner Segellehrerin Anke werde ich noch was erzählen, wenn wir zurückkommen. Aber keine Sorge: Wir segeln einfach rüber, ganz ohne Motor. Der Wind steht günstig von Südwest. Hisst die Segel!"

„Aye, aye, Käptn!"

Wir müssen noch ein wenig warten. Weiter stromauf nähert sich ein talfahrender Schubverband und ein mit Schrott beladener Bergfahrer tuckert mit seinem schwachbrüstigen Motor vor unserer Nase gemütlich durch den zweiten Brückenbogen. Endlich ist er vorbei. Als seine Wellen uns erreichen, geht es los.

„Leinen los! Alles klar bei Großfock!"

Was immer das heißen mag – die „Flavia" hat sowieso nur zwei Segel und beide sind oben. Also muss ich gar nichts machen, denke ich mir, denn Herbert dreht den Jollenkreuzer einfach mit den 5 PS des Außenborders in die Strömung und die Segel in den Wind. Wir kommen richtig gut in Fahrt, kreuzen schaukelnd durch die Heckwelle des Schrottfrachters und sind schon am mittleren Brückenbogen, als ein ohrenbetäubendes Warnsignal ertönt und sich eine graue Stahlwand bedrohlich schnell nähert.

„Gib Gas, Herbert! Der Schubverband!"

„Kein Problem, da kommen wir locker vorbei! Schei … was ist das?"

Der Motor stottert und dann stirbt er schon wieder ab! Wieder ertönt das Nebelhorn des unbeladenen Frachtriesen, dessen hoch aufragender Bug mit unglaublicher Geschwindigkeit auf uns zukommt. Wenn jetzt auch noch der Wind abflaut, werden wir samt der „Flavia" unter Wasser gedrückt und das war es dann mit der restlichen Lebensplanung. Dass dieser Koloss in voller Fahrt noch bremsen oder seinen Kurs verändern kann – ausgeschlossen. Erst recht nicht an dieser Brücke mit ihren engen Bögen.

Der nächste Pfeiler ist mindestens noch fünfzig Meter weg und es scheint mir, dass unser Boot stehen bleibt, während ich schon die unter dem Schubleichterbug hochspritzende Gischt sehen kann. Noch vierzig Meter, noch dreißig Meter. Herbert steuert instinktiv stromab, so dass der Wind jetzt mehr von achtern schiebt, wir steuern auf den „Kaiman" zu. Noch zwanzig Meter vielleicht bis zum Pfeiler mit seinem weit ausladenden Analysearm. Diesmal bleibt der Kapitän des Schubverbands auf dem

Nebelhorn. Mir dröhnen die Ohren und Herbert ist ganz blass um die Nase. Er sitzt wie versteinert am Ruder.

Ich höre schon die Wellen unter dem Bug klatschen, meine Ohren dröhnen, aber irgendwie schaffen wir es. Die haushoch aufragende Bordwand passiert unseren Jollenkreuzer vielleicht zehn Meter hinter dem Heck. Ein Matrose steht auf dem vordersten Schubleichter und zeigt uns deutlich den Vogel.

„Idioten! Lernt erstmal segeln!“

Nach der langen Stahlwand rauscht schließlich das Führerhaus des Schubverbands an uns vorbei. Auch der Kapitän lässt es sich nicht nehmen, uns den Vogel zu zeigen und noch einmal aus nächster Nähe das Nebelhorn ertönen zu lassen. Was er sagt, können wir natürlich nicht verstehen, aber sehr freundlich wird es nicht gewesen sein. Dann treffen uns seine Wellen, heben das Boot von hinten an und werfen es zur Seite.

Wir sind nun im Windschatten der Brücke und des nahen Ufers und verlieren rapide Fahrt. Die Segel schlagen an den Mast und wir treiben mit der Strömung direkt auf den „Kaiman“ zu. Gestern, am Samstag, war die Eröffnung des Glücksspiel-Tempels auf dem Wasser gewesen, ein offizieller Termin für den rasenden Reporter. Samstag-Termine sind natürlich wunderbar, wenn man unter der Woche einem „geregelten“ Job nachgeht.

Mehr als hundert Jahre nach seiner Kiellegung soll das historische Tauchglockenschiff, bei dem das deutsche Kaiserreich durch jede Niete scheint, genau bei Stromkilometer 499 eine zweite Karriere als Glücksspiel-Tempel machen. 1892 als „Kaiser Wilhelm“ getauft, hat es eine bewegte Geschichte hinter sich. Zunächst stand der Bau von Brückenfundamenten auf dem Arbeitsplan, dann der Flussausbau, nach dem zweiten Weltkrieg gar das Bombenräumen, in den letzten Jahren das Heben von Trümmern und Setzen von Bojen in der Fahrrinne. Das Spezialschiff war mehrfach gesunken, wieder gehoben und dann um- und ausgebaut worden. Es hatte neue Technik bekommen und auch einen neuen Namen: Kaiman. Sein Schwesterschiff „Krokodil“, lag nun – seines imposanten Turms beraubt – als Hausboot in einem holländischen Hafen und so war der „Kaiman“ der letzte seiner Art.

Jetzt, bei Tag sieht das imponierende Technik-Denkmal viel nüchterner aus; die immer noch blinkenden Lampen verblassen gegen die strahlende Sonne. Doch das Bild täuscht: die Daddel-Bank hat durchgehend geöffnet. Der Rund-um-die-Uhr-Betrieb ist typisch für diese Etablissements, während den staatlich kontrollierten und konzessionierten Spielbanken die Öffnungszeiten minutengenau vorgeschrieben werden.

Eine in der Nacht wie eine Bordelltür blinkende Anlegebrücke soll die Besucher auf das alte Schiff locken, dessen Oberfläche in denkmalgerechtem DB 703-grau lackiert und dessen Innenleben in monatelanger Arbeit aufwändig umgebaut worden war. Bei der Pressekonferenz zur Eröffnung am Vorabend war ich dabei gewesen und hatte den gleichermaßen unbeholfenen wie aufgesetzt-gestelzten Worten der Lokalprominenz zugehört. Seine alten Kollegen hatten den versierten Lokalpolitiker Mechtersheimer aus dem Exil auf Ibiza zurückgeholt, weil er in der Landeshauptstadt dringend gebraucht wurde.

Der hatte sich im spanischen Exil scheinbar gut erholt, der ehemalige Geschäftsführer der POM Projekt-Objekt-Management, der vor einigen Jahren über eine Bauaffäre „gestolpert“ war und sich mit einem beträchtlichen Handgeld aus den städtischen Kassen in den vorgezogenen Ruhestand nach Ibiza zurückgezogen hatte. Die Jahre auf der schönen Insel hatten ihm gesundheitlich gut getan. Er war leicht gebräunt, hatte einiges Gewicht verloren, wenn auch immer noch deutlich übergewichtig. Und natürlich hatte sein Hofstaat die entsprechenden Gefälligkeiten als Geschäftsführer der POM noch nicht vergessen und hoffte auf mehr.

Sein Misstrauen hatte er aber nicht abgelegt. Seine Brille war neu, ein Gleitsichtmodell, das seine Augen je nach Blickwinkel mehr oder weniger stark verzerrte. Immer noch hatte er diesen unsteten Blick aus den stechenden Augen. Immer noch war ihm jeder Unbekannte suspekt. Er war kein Mann für die Öffentlichkeit, sondern der Strippenzieher im Hintergrund. Entsprechend knapp war seine Besichtigungstour durch sein schwimmendes Automaten-Casino – nach nur einer halben Stunde war er wieder mit seiner Maybach Luxuslimousine von dannen gerauscht.

Er ist also wieder da, der unbestrittene Experte im generösen Vers(ch)enken von Steuer- und Gebührenmillionen an seine Geschäfts- und Parteifreunde. Es kann als sicher gelten, dass jemand mit dieser Kompetenz auch aus der „Zocken am Rhein“ ein blühendes Unternehmen machen und einen erheblichen Beitrag zur Gesundung der Hofstaats-Finanzen generieren wird. Generös und generieren – nicht nur für Lateiner ist sofort klar, dass beide Begriffe den selben Wortstamm haben. Da kommt zusammen, was zusammen gehört. Und dass sich „Zocken am Rhein“ wunderbar als ZAR abkürzen ließ, war sicher auch kein Nachteil.

Zum gesprochenen Wort kam – natürlich – etwas für die Schnäuzchentunker. Fürs gemeine Volk gab es Brezel und Mineralwasser, im Nebenraum wartete ein üppiges Buffet für Presse und Lokalprominenz. Leider war die Tür nicht geschlossen und so war es schnell entdeckt und gestürmt worden. Statt Nadelstreifen gab es da eher Soßenflecken und statt Smalltalk eher das große Fressen – Zustände wie im alten Rom. Ich vergaß: Mainz war in seiner langen Geschichte ja auch einige Jahrhunderte römisch gewesen, französisch aber nur etwas über zwanzig Jahre.

So waren denn nach dem Ende des offiziellen Programms die hohen Herren schnell wieder mit ihren Limousinen verschwunden, während sich die Spielkabinen erstaunlich schnell füllten.

Die hatten ihren eigenen Charme. Die Vorgaben des Denkmalschutzes zur Erhaltung der vielen kleinen Räume unter Deck waren aufgenommen worden und so waren intime Spielkabinen entstanden, in denen sich jeweils bis zu sechs Zocker mit den unterschiedlichsten Daddelautomaten beschäftigen konnten.

Um das Technik-Denkmal in seiner vollen Funktionalität zu erhalten, war sogar der Tauchschacht noch einmal generalüberholt, eine schadhafte Gliederkette ausgetauscht und alles neu vom TÜV abgenommen worden. Zwar durfte der Schacht eigentlich nicht mehr in Betrieb genommen werden, denn dazu gehörte geeignetes Bedienpersonal ebenso wie eine ärztliche Untersuchung, aber der von 1892 stammende und später noch mehrfach modernisierte Schacht-Mechanismus blieb erhalten.

Der Aufgang zum Tauchschacht ist gesperrt, ein „Zugang verboten“ Schild hängt über der steilen Treppe. Das ist schade, ist der Tauchschacht doch der interessanteste Teil des Schiffes: Eine große Druckkammer, die von den riesigen Gliederketten auf- und abgefahren wird. Ist der Schacht auf dem Flussgrund, drückt ein starker Kompressor soviel Luft hinein, dass das Wasser nach unten aus dem Schacht herausgepresst wird.

Das funktioniert gerade so, wie wenn man einen Trinkhalm in ein Glas Wasser taucht und dann Luft in den Halm pustet. Diese Luft drückt dann das Wasser aus dem Halm und sprudelt unten heraus. Nur dass es im Wasserglas um zehn Zentimeter geht und beim „Kaiman“ um bis zu sieben Meter. Und natürlich ist der Tauchschacht viel größer; oben hat er einen Durchmesser von 1,50 Meter und weitet sich 2,40 Meter über dem Schachtende in eine Arbeitsglocke von vier mal sechs Metern. Ein leistungsstarker Kompressor füllte einst den Schacht in wenig mehr als fünf Minuten mit Druckluft.

War der Schacht dann mit Luft gefüllt, konnte man trockenen Fußes auf dem Flussgrund spazieren gehen. Wenn der „Kaiman" aber an eine andere Einsatzstelle gebracht wurde oder im Hafen ankerte, wird der Schacht mit der Tauchglocke in den Turm in der Schiffsmitte hochgezogen. Der Turm ist sicher der markanteste Teil des Kaiman. Er ist mehr als zehn Meter hoch und auf seiner Spitze ist eine große Arbeitsplattform, ein wunderbarer Aussichtspunkt. Ja, der „Kaiman" hatte seine Zeit gehabt, doch nun hatte er neue Aufgaben, gerade so wie Mechtersheimer.

Die bekannte Fassenachtsgröße nimmt ihren Job erstaunlich ernst. Selbst jetzt, am Sonntag Vormittag, steht sein Maybach am Landesteg. Der geschäftsführende Gesellschafter ist volkstümlich geblieben und verzichtet auf einen Chauffeur, im Gegensatz zu gewerkschaftsnahen Vorständen anderer stadtnaher Gesellschaften. Gewerkschaftsnah-stadtnah-volksnah – es ist die Nähe, die Mainz so lebenswert macht. Und da kommt Mechtersheimer auch schon den Niedergang hoch, schaut nach beiden Seiten und – sieht uns auf sein Schiff zutreiben.

„Nur der nicht!" stöhnt Herbert hinter mir. „Nicht der Mechtersheimer!"

Immer noch treiben wir antriebslos auf den Geldbrunnen zu. Eine Rammleiste aus altem Holz schützt die niedrige Bordwand und so dürfte kein nennenswerter Schaden entstehen – allerdings wäre es ziemlich peinlich, gleich zweimal am Tag mit einem vor Anker liegenden Schiff zu kollidieren. Und dann noch mit dem neuesten Spielzeug von Herberts Intimfeind Mechtersheimer. Der bleibt jedenfalls regungslos auf dem Deck stehen und starrt uns an, wie wir immer näher kommen. Er dürfte uns erkannt haben – ich war bei der Pressekonferenz und Herbert hat sich die letzten Jahre nur wenig verändert.

„In ein paar Minuten rammen wir den Kaiman. Sollen wir nicht die Paddel in Betrieb nehmen? Dann schaffen wir es vielleicht noch."

„Mein Gott, ist das peinlich. Wieso geht dieser Sch … Motor immer aus, wenn man ihn braucht?"

„Bist du sicher, dass genug Benzin im Tank ist, Herbert?"

„Natürlich. Schau doch selbst, wenn du es nicht glaubst!“

Herbert ist deutlich genervt, aber ich wage es trotzdem und drehe den Tankdeckel ab. Es zischt, als sich der Verschluss dreht, aber der Tank ist praktisch voll. Komisch, wo wir doch schon vom Schiersteiner Hafen mit dem Außenborder los sind. Der Motor scheint ja sehr sparsam zu sein. Herbert triumphiert.

„Habe ich dir doch gesagt, du Landratte!“

„Also ran an die Paddel.“

„Noch nicht. Ein letzter Versuch muss erlaubt sein.“

Mit dem Mut der Verzweiflung zieht der Hauptkommissar außer Dienst am Starter und sofort springt der Motor an, rechtzeitig vor dem Kaiman. Mit einem abschätzigen Blick zu Mechtersheimer kurvt er um das mehr als hundert Jahre alte Schiff.

Herbert brummt in seinen Stoppelbart, längst genauso weiß wie seine Stoppelhaare.

„Er ist also wieder da.“

„Der Kaiman?“

„Nein, Mechtersheimer. Den ich damals hochgenommen habe, diesen korrupten ...“

„Klar erinnere ich mich daran – war schließlich wochenlang Stadtgespräch. Auch, wie du damals von dem Fall entbunden wurdest. Warst wohl zu nahe dran. Hast du noch eine Rechnung offen? Ich dachte, dass Mechtersheimer sich danach aufs Altenteil zurückziehen wollte ...“

„Dachte ich auch … weshalb ist er wohl zurückgekommen? Braucht sicher Geld.“

„Komm, du bist nicht mehr im Dienst. Das braucht dich doch nicht mehr zu kümmern. Die Ankerleiche war auf der anderen Rheinseite und einem anderen Schiff.“

„Unterschiedliche Dinge haben mitunter eine Verbindung, die man nur finden muss.“

„Das Näschen juckt wohl wieder.“

„Ich bin nicht mehr im Dienst. Ich kann also machen, was ich will, in etwa jedenfalls. Ohne Vorgesetzten, ohne Dienstplan. Das hat doch was für sich, oder?"

Er blinzelt zufrieden in die Sonne und dirigiert den Jollenkreuzer mit dem Außenborder. Wir gleiten an den dunklen Bullaugen entlang, in denen selbst am Sonntagvormittag Männer sitzen und so konzentriert die blinkenden Bildschirme und bunten Lämpchen beobachten, dass sie uns gar nicht bemerken.

Dann sind wir vorbei und im Flachwasser des Kasteler Rheinarms. Endlich kann Herbert den Außenborder abstellen und seine Segelkünste zeigen. Er hat recht, es macht richtig Laune, wir können sogar ganz passabel gegen den Wind kreuzen. Einmal bekomme ich fast den Mastbaum an den Kopf und fange mir dazu passend Herberts Spott ein, aber dann geht es. Um eins hängt unser Magen durch und der Wind auch. Außerdem warten die Berichte für AZ, RZ und Bild. Ein letztes Bild des „Kaiman" aus der Ferne und wir lassen uns vom abflauenden Wind bis zum Biebricher Ufer treiben. Dort starten wir wieder den Motor, der uns rheinab zum Heimathafen Schierstein treibt, immer schön außerhalb der Fahrrinne.

Pünktlich passieren wir die schön geschwungene Brücke über der Hafeneinfahrt und Herbert steuert mit Vollgas auf einen Landungssteg zu, auf dem eine große blonde Frau in unsere Richtung winkt.

„Das ist Anke. Die „Flavia" ist ihr Boot."

Kaum hat er das gesagt, stottert der Motor und setzt aus. Hektisch kramt Herbert in seiner Kiste und reicht mir ein Paddel.

„Ruder zurück, sonst kollidieren wir noch mit dem Steg! Anke bekommt was zu hören wegen dem Motor!"

Endlich landen wir an und die hochgewachsene Segellehrerin ist nicht gerade begeistert über die Schramme an ihrem alten Jollenkreuzer, vertäut ihn schnell am Steg. Doch als Herbert wegen des immer wieder aussetzenden Motors schimpft, muss sie lachen. Sie springt aufs Deck und mit einer schnellen Handbewegung dreht sie eine kleine Flügelschraube am Tank. Es zischt. Dann startet sie den Motor, der sofort wieder anläuft.

„Tja, was so eine Entlüftungsschraube alles ausmacht, Herbert. Du hast dir für die Jungfernfahrt ja gleich Unterstützung geholt" stellt sie mit einem neugierigen Unterton fest. Unsere Blicke treffen sich, etwas klingt in mir.

Herbert ist die Entlüftungsschraube peinlich und so antworte ich.

„Auf dem Wasser gibt es neue Perspektiven, Frau ...“

„Anke, Segellehrerin. Meistens.“

„Ronni. Journalist. Nach Bedarf.“

Sie lacht und unsere Augen treffen sich wieder, verhaken sich.

„Und – hat das Segeln Spaß gemacht?“

„Es war sehr spannend.“

Ich erzähle ihr nichts von der Ankerleiche. Das gehört noch nicht in die Öffentlichkeit. Sie denkt sowieso eher an ein missglücktes Anlegemanöver.

„Die Schramme habe ich schon entdeckt, als ihr angekommen seid. Was ist denn passiert – wenn man davon absieht, dass der Motor alle zwanzig Minuten ausging? Ich helfe dir an Land.“

Wie selbstverständlich greift sie meine Hand, zieht mich auf den Steg und ich falle in Ihre Augen. Zumindest bilde ich es mir ein. Herbert steht schon halb an Land und grummelt.

Sie klopft ihm aufmunternd auf die Schulter.

„Erzählt mir doch mal im Klub, wie es war.“

Doch Herbert ist nicht in Stimmung, er will erst einmal nach Hause. Und ich auch, denn der Redaktionsschluss naht und die Ankerleiche wird sicher überregional Aufsehen erregen, dürfte auch was für die Online-Ausgaben sein, die es inzwischen von allen Zeitungen gibt. Anke scheint enttäuscht, dass wir nicht mit ihr in den Klub gehen und schaut mir wieder in die Augen. Beim Abschied drückt sie mir noch ihre Karte in die Hand; nach einem ziemlich neutralen Händedruck geht sie mit festen Schritten weg.

*

Wie lange wird die Leiche schon auf dem Anker gehangen haben? Und wie lange wird sie schon tot gewesen sein? Die Augen, die Augen …

Die Bilder sind eindrucksvoll. Die kurze Brennweite des Objektivs war notwendig, um aus kurzer Entfernung den Anker samt der Leiche aufzunehmen und doch macht ein Weitwinkel-Objektiv viel mehr. Es reißt die Perspektive auf, zentriert den Vordergrund, verdichtet die Aussage. Und im Zentrum, da sind die Augen, schauen den Betrachter an. Bordwand und Anker fliehen in den Hintergrund; weg, nur weg.

Es ist kein Zufall, dass bei einem Toten zuerst die Augen geschlossen werden. Das Gefühl, in den Tod zu schauen, mag auch ich nicht. Wo vorher Neugier, Wärme, Kälte, Mitgefühl, Berechnung, Liebe und Hass waren, ist jetzt nur noch ein dunkles Loch, ohne Reaktion, ein kalter, schwarzer Sog.

Mich fröstelt. Ein lebendiger Mensch schaut irgendwann weg, wenn man ihm in die Augen schaut, aber eine Leiche nicht. Haben die Augen den Mörder gesehen? Oder war es ein Unfall? Ich muss mich auf das Drumherum konzentrieren, die Augen werden mir nichts sagen – selbst wenn sie den Mörder gesehen haben sollten.

Das Unterhemd – Schiesser Feinripp – ist zerfetzt, vor der Brust zusammengehalten nur noch an den verstärkten Trägern, dem Ausschnitt und Saum. Die über den Anker brandende Bugwelle wird den Stoff zerrissen und zur Seite gedrückt haben. Wie lange wird der Mann am Anker noch gelebt haben? Wie lange überhaupt so eingeklemmt „mitgefahren" sein? Es müssen Fremdkörper im Wasser gewesen sein, denn so leicht zerreißt die Unterwäsche aus Radolfzell am Bodensee nicht, übersteht problemlos viele Vollwaschgänge in Markenwaschmaschinen. Ich bin gespannt, was der Forensiker, Dr. Zweipfennig, herausbekommen wird.

Der tote Mann hat osteuropäische Gesichtszüge, ist etwas füllig und vielleicht fünfzig Jahre alt. Der Haarwuchs ist schütter, der Schnauzer wuchtig und die Augenbrauen gewaltig. Bartstoppeln stacheln sich durch die schlaffen Wangen. Der Gürtel sitzt stramm, ein schwarzer Ledergürtel, daran die Hose. Socken und Schuhe – Fehlanzeige. Wurden sie vom Wasser „ausgezogen"? Oder hatte er gar keine Schuhe oder Socken an, als er ins Wasser fiel oder vom Schiff über den Anker fiel? Vielleicht ein Camper gewesen, der abends über die frisch gemähte Platzwiese zum Wasser ging und – möglicherweise betrunken – schwimmen gehen wollte. Vielleicht ein abgehärteter Bursche, der bei jedem Wetter barfuß ging. Vielleicht ein Hausboot-Bewohner, der sein ganz eigenes Leben lebte. Ein eigenes Schiff ist ein eigenes Reich und auch Freizeit-Kapitäne legen sich entsprechende Allüren schnell zu.

Flüsse, Seen und besonders das Meer sind Zonen, auf denen eigene Regeln gelten. Schiffe sind fast ständig in Bewegung, legen an und sind schnell wieder unterwegs. Sie haben keine postalische Adresse, an die man jederzeit Briefe zustellen könnte. Und selbst, wenn ein Hausboot irgendwo festliegt, kann der Schiffseigner einfach den Anlegesteg abschließen und bleibt für sich.

Es ist kein Zufall, dass Häfen immer die Keimzelle des Schmuggels waren, die Treffpunkte der Halbwelt. Über den Wolken ist die Freiheit nur bis zur Landung grenzenlos – auf dem Wasser kann man das nahezu beliebig ausdehnen.

Warum denke ich immer an die Augen? Im Nachhinein wundert mich nicht, dass Herbert scheinbar ungerührt weitersegelte, nachdem wir die Leiche entdeckt hatten. Vielleicht wollte er einfach die bedrückenden Bilder überlagern, sich nicht auch noch im Ruhestand davon verfolgen lassen. Tote hatte er in seinen 40 Jahren Kripo wirklich genug gesehen.

Endlich habe ich den Bericht für die Zeitungen fertig. Gerade als ich die Bilder von der D80 auf den Rechner lade, klingelt das Telefon. Die Nummer kenne ich.

„Hallo Herbert!“ melde ich mich und dann fällt mir mein Fehler auf.

„Hier Hassemer, Kripo Mainz. Hallo Herr Sander. Wir brauchen Sie und Herrn Wülfing als Zeugen und auch ihre Fotos. Würde es Ihnen morgen um elf Uhr im Kommissariat passen? Den Weg kennen Sie ja.“

Es passt, natürlich. Aber sie wird nicht gerade begeistert sein, dass ich sie mit Herbert angesprochen habe. Auf dem Notebook huschen nun die Bilder vor meinen Augen vorbei, zuerst die Casino-Eröffnung.

Das offizielle Foto vom Bug her zum rot angestrahlten zentralen Tauchschacht des historischen Spezialschiffes: In der Mitte Mechtersheimer, drumherum ganz wichtige Leute. Darunter sicher auch die Ideengeber, dass nach der „SAR Spielen am Rhein GmbH“ der Schritt zur „ZAR Zocken am Rhein GmbH“ nur folgerichtig sei, denn im Geld verzocken waren die Oberen der Landeshauptstadt schon immer sehr kreativ gewesen. Diese bereits zu Kurfürst-Zeiten entwickelte und über Jahrhunderte stetig verfeinerte Fähigkeit galt es zu nutzen. Natürlich dürfen solche zukunftsweisenden Geschäftsmodelle nicht der Kontrolle spießiger Stadtratsmitglieder unterliegen und so wurde die ZAR – wie auch bereits die SAR und viele andere Beteiligungen – als Tochter der POM und nicht als direkte Tochtergesellschaft der Stadt gegründet.

Bereitwillig hatte die POM Ihr Geld für den teuren Um- und Ausbau des „Kaiman“ gegeben. Der Erhalt des alten Schiffes war zudem viel billiger als die Markthäuser gewesen, die bekanntermaßen von Zahnärzten in Wochenendarbeit aus massivem Platin geschnitzt worden waren. Und sicher war die neue Spielhölle auch erheblich günstiger als die Schlosshotel-Renovierung in Münchhausen-Bergzabern, zumal im Gegensatz zur verlustorientierten Förderung des Mini-Hotels auf dem Glücksspiel-Sektor ja echte Einnahmen erwartet werden.

Die Fotos muss ich etwas nachbearbeiten, denn die üppige Beleuchtung lässt auf den Fotos die Silhouette von Mainz in der Nacht verschwinden. Bei Fotografen nennt man sowas „absaufen“. Schon kurz nach vier sind beide Berichte fertig und zusammen mit den komprimierten Bildern auf dem Weg in die Redaktionen. Eine Fassung geht mit getrennter Mail ins Polizeipräsidium, wo Hauptkommissarin Hassemer schon darauf warten wird. Die Fotos in voller Auflösung gibt es dann am Montag um elf.

Soll ich oder soll ich nicht? Ankes Karte liegt vor mir. Segelschule, Yachtcharter. Sie hat ein winziges Foto darauf, nur wenige Pixel groß und doch so eindeutig sie. Ich ärgere mich, dass ich ihrer Einladung in den Klub nicht gefolgt bin. Doch beim Abschied hatte sie ihre Hand so schnell weg gezogen.

Ich traue mich, rufe die angegebene Handynummer an.

„Der angerufene Teilnehmer antwortet nicht. Wenn Sie eine Rückrufbitte per SMS schicken möchten, drücken Sie die eins. Ansonsten legen Sie einfach auf.“

Also drucke ich die „1“. Warte. Warte und warte. Nichts passiert.

*

Hauptkommissarin Hassemer? Ach ja, Herberts Nachfolgerin als Chefin im Kommissariat. Der Rechtsmediziner Doktor Zweipfennig überlegte. Er war nun auch schon über fünfzig. Ob gut über 50 oder knapp unter 55 war nur eine Frage der Perspektive. Und die gefiel ihm jedes Jahr weniger. Noch zehn Jahre, zehn lange Jahre, dachte er müde. Über Herbert Wülfings Nachfolgerin hatte er schon viel gehört. Sie war jung, gerade vierzig und blond. Hatte Kinder, Mann und Hund, also alles, was mit dem Kripo-Schichtdienst eigentlich nicht zu vereinbaren war. Irgendwie hatte sie es geschafft, also musste sie energisch sein. Und nun hatte sie ihn aus dem Wochenende geholt, weil es drängte. Die Leiche war also noch frisch.

Das Rolltor an der Zufahrt öffnete sich, der Leichenwagen hielt, dann das Klacken der Scharniere, mit der die Bahre aus dem Wagen gezogen wurde. Zweipfennig schaute aus dem Fenster. Die Mittagssonne leuchtete durch schon teilweise bunt gefärbte Platanen an der Bastion Martin. Eine junge Frau sprang gelenkig aus dem hinter dem Leichenwagen geparkten Fahrzeug. Ja, Geli Hassemer hatte blonde Haare, lange blonde Haare. Seine Haare waren dagegen inzwischen weiß, aber er hatte immerhin noch welche.

Sie war nun schon einige Wochen da, aber heute kam sie das erste Mal selbst mit zur Leichenschau. Er fragte sich, was so interessant und dringend an diesem Fall war und dann war sie wieder da, diese Spannung. Nicht selten hatte er die entscheidenden Hinweise auf den Täter geliefert, wenn er Leichen quasi zum Reden brachte. Die Hauptkommissarin folgte der Bahre und steuerte direkt auf ihn zu.

„Guten Tag Herr Zweipfennig. Schön, Sie persönlich kennen zu lernen."

Ihr Händedruck war warm und herzlich, die Haut ein wenig rau wie bei jemandem, der körperlich arbeitet.

„Ganz meinerseits."

Er schlug das Leichentuch hoch und warf einen ersten Blick auf den Mann, der da so seltsam verkrümmt auf der Bahre lag.

„Aha. Bitte umbetten und dann in den Sektionssaal, bitte. Kommen Sie am besten mit, Frau Hassemer."

Er fixierte die Trage und wartete, bis die Rettungshelfer den Raum verlassen hatten und nur noch die Hauptkommissarin bei ihm war. Er zog sich OP-Handschuhe an und gab auch ihr ein Paar. Dann schlug er das Tuch komplett zurück, griff zur Kamera. Es blitzte zweimal und dann griff er sein altbewährtes Diktiergerät.

„Leiche, männlich, etwa fünfzig bis sechzig Jahre. Bekleidet mit einem zerfetzten Unterhemd, dazu Hose und Gürtel. Ein großes Hämatom am Kopf, seitlich, aber nur geringer Blutaustritt."

Er griff zum Rasierer und dann zur Lupe.

„Die Form der Wunde ist rundlich, also der bekannte stumpfe Gegenstand. Doch was haben wir da?"

Mit einer Pinzette hob er die abgeschnittenen Haare an. Sie blieben zusammen.

„Die Haare sind verklebt und … verfärbt. Dunkelgrau. Das Labor kann vielleicht die Farbe ermitteln."

Er bugsierte die Haare in einen Kunststoff-Beutel und legte sie zum Gürtel.

„Am Oberkörper, vor allem an den Seiten großflächige Hämatome, deren Anordnung …" er wandte sich zu seiner „Assistentin" „... in welcher Lage haben Sie die Leiche gefunden?"

„Eingeklemmt, von zwei Seiten eingeklemmt. Auf dem USB-Stick sind die Bilder."

„Aha, daher also." Er räusperte sich und drückte wieder die Aufnahmetaste "... deren Anordnung sehr wahrscheinlich von der Lagerung der Leiche stammen. Hautabschürfungen nur im Brustbereich, aber nicht im Bereich der Hämatome. Dann sehen wir uns mal die Hände an. Dafür, dass die Leiche im Rhein gewaschen wurde, sind sie doch ein wenig dunkel. Bei stärkerer Vergrößerung lassen sich Schmutzreste unter den Fingernägeln erkennen."

Zweipfennig schnitt mit einer Nagelschere einige Nägel samt der Verfärbung fürs Labor ab. Dann stoppte er die Aufnahme, öffnete den Gürtel des Toten, zog ihn aus und legte ihn auf den klinisch blank glänzenden Beistelltisch.

„Würden Sie mir kurz helfen? Bitte halten Sie ihn einfach fest, während ich die Hose aufschneide."

Ob der Forensiker das absichtlich tat, um ihre Belastbarkeit zu testen? Geli Hassemer hatte seit ihrem Dienstantritt einige offene und versteckte Tests erlebt. Es gab nicht wenige Machos bei der Polizei, auch ihren

Stellvertreter Kai konnte man dazu rechnen. Sie schaute prüfend zu Zweipfennig, aber der war schon eifrig damit beschäftigt, das Hosenbein von unten mit einer Verbandsschere aufzuschneiden. Die Aufnahme lief weiter.

„Hose spannt an einigen Stellen infolge der Trocknung. In der rechten Hosentasche ist ein runder Gegenstand."

Ein letzter Schnitt und die Hose hing nur noch in Streifen am Körper. Der runde Gegenstand entpuppte sich als Schlüsselanhänger aus einem undefinierbaren Material, das kunstvoll verknotet war. Daran hing ein kleiner Schlüssel, alt, abgegriffen und an den unbenutzten Stellen mit einem dünnen schwärzlichen Überzug.

Die Unterhose war nicht sauber, roch aber nicht. Sie hatte lang genug im Wasser gelegen. Abschürfungen an den Beinen gab es – wie am Oberkörper – nur an den Stellen, wo es keine Hämatome gab. Wahrscheinlich waren auch sie erst entstanden, nachdem der Mann vom Anker eingeklemmt wurde. Die Kamera blitzte zweimal, dann drehten beide die Leiche auf den Rücken. Auch hier war es nicht anders.

„Keine äußeren Verletzungen, die man als primär todesursächlich ansehen könnte, obwohl das Hämatom am Kopf für einen tätlichen Angriff spricht. Es ist die einzige Stelle, wo Hämatom und Hautabschürfungen zusammenkommen. Das bedeutet, dass es eine Gewalteinwirkung seitlich auf den Kopf gab, als der Mann noch lebte. Tote bluten nicht mehr so gut. Die Tatwaffe? Der bekannte stumpfe Gegenstand. Haare im Bereich der Wunde von dunkelgrauer Farbe verklebt." Er fasste den ersten Teil seiner Untersuchung zusammen und griff mit Schwung zum Skalpell.

„Dann wollen wir mal ins Innere schauen."

Ein prüfender Blick verriet ihm eine leichte Blässe auf dem Gesicht der Hauptkommissarin.

„Sie wollen doch die Lunge sehen. Das dauert etwas. Werden Sie nicht im Kommissariat gebraucht?"

Trotzig schüttelte sie den Kopf.

„Machen Sie nur, ich habe Zeit."

Der Rechtsmediziner zuckte die Schultern und setzte das Skalpell auf die Brust der Leiche. Mit einem schnellen Schnitt öffnete er die Bauchdecke und klappte den Brustkorb auseinander. Er wusste nicht, wie Geli es gemacht hatte, aber plötzlich klingelte ihr Handy und sie musste schnell ins Büro. Mit einem nachsichtigen Lächeln nickte er ihr zu, als sie mit raschem Schritt der Tür zustrebte. Dann konzentrierte er sich wieder auf seine Arbeit.

In der Lunge war Wasser. Aber – es war nicht soviel Wasser, wie man es bei Menschen findet, die ertrinken und untergehen. Die Wassermenge erinnerte eher an das, was beim letzten Kongress ein amerikanischer Kollege berichtet hatte. Ein Häftling war vom CIA mit „Waterboarding" gefoltert worden – sein Kopf war so oft und so lange gewaltsam unter Wasser gedrückt worden, bis er Wasser schluckte und zu ersticken glaubte. Kurz nach dem Verhör war er an einem Herzinfarkt gestorben und obduziert worden.

Bei dem Gefolterten waren aber geplatzte Augenäderchen gefunden worden, typisch für Menschen, die dem Ersticken nahe sind. Das gab es bei der Ankerleiche nicht. Anzeichen für einen Herzinfarkt konnte er auch nicht finden. Und als er die Fotos der Leichenschau mit den Fotos vom Fundort verglich, stimmte die Anordnung der Hämatome auf dem Körper tatsächlich mit den „Haltestellen" an Anker und Bordwand überein. Also war der Mann ertrunken, eingeklemmt zwischen Anker und Bordwand, wie es auch die Fotos belegten. Obwohl die Wassermenge dazu eigentlich nicht reichte – aber was heißt hier eigentlich? Eingekeilt zwischen Anker und Bordwand, hatte der Mann sicher nicht frei atmen können. Dazu die Kopfverletzung – vielleicht war er ohnmächtig geworden?

Die Todesart jedenfalls war ungewöhnlich. Und so entnahm der erfahrene Gerichtsmediziner eine Probe des in der Lunge eingeschlossenen Wassers zur weiteren Untersuchung im kriminaltechnischen Labor. Die Frage nach dem Todeszeitpunkt konnte er nicht genau beantworten, da die Leiche auf einem fahrenden Schiff gehangen hatte. Aber wie lange? Wie kalt oder warm war das Wasser gewesen, die Luft? In den letzten Nächten hatten die Lufttemperaturen nur knapp über Null gelegen und auch wenn der Rhein noch etwa zwanzig Grad hatte, sorgte der Fahrtwind für eine starke Kühlung. Die „gefühlte Temperatur" dürfte deutlich im Minus gelegen haben, aber das war bei einer Leiche natürlich Unsinn. Der englische Ausdruck „chill factor" traf es besser. In jedem Fall verlangsamte die stärkere Kühlung den Verwesungsprozess – wie stark, war aber nicht genau zu definieren.

Andere Indikatoren zum Todeszeitpunkt fielen ebenfalls aus. Käfer und Fliegen, sonst so zuverlässige und schnelle Indikatoren für leicht verderbliches Fleisch, fielen aus, da die Leiche praktisch einer Dauerdusche unterzogen worden war. Der Mageninhalt gab auch nichts her. Der Mann hatte offensichtlich schon einige Zeit vor seinem Tod nichts Schwerverdauliches gegessen, so dass alles schon verdaut und ausgeschieden war. Auch Alkohol hatte er getrunken, aber zum Todeszeitpunkt sollte er nur etwa 0,5 Promille gehabt haben.

Zweipfennig konnte so den Todeszeitpunkt nur grob schätzen und kam auf mindestens acht Stunden und höchstens sechzehn Stunden vor dem Fund am Vormittag. Die Ergebnisse schickte er per Boten im Kühlbeutel zusammen mit dem Bericht sowie dem Gürtel und der Kleidung des Toten ins kriminaltechnische Labor im Polizeipräsidium.

*

Geli Hassemer fragte sich, ob Zweipfennig ihren schnellen Abgang bei der Leichenschau verpetzt hatte und taxierte die Kollegen, fand aber nichts Ungewöhnliches. Auch nicht bei ihrem Stellvertreter Kai, der immer noch per Sie mit ihr war; es war nur die übliche Distanz zu spüren. So weit, so gut.

Kleidung und Gürtel des Mannes waren noch abends beim kriminalpolizeilichen Dienst eingegangen und gleich zum Labor weitergeleitet worden. Bei einem frischen Todesfall galt es jede Minute zu nutzen, denn der Tote musste ja irgendwo mit irgendjemandem Kontakt gehabt haben. Dazu musste man erst einmal feststellen, wo der Mann denn überhaupt gewesen war, als er starb. Und da war wenig hilfreich, wenn Zweipfennig den möglichen Todeszeitpunkt nur so ungenau festlegen konnte. Acht Stunden – das bedeutete, dass der Tod in der Nacht eingetreten war – zwischen Samstag zwanzig Uhr und Sonntag vier Uhr. Da konnte die Leiche einen langen Weg zurückgelegt haben. Aber vielleicht konnte das Labor weiterhelfen.

Natürlich hatten sie den Kapitän und die Mannschaft der „Melaga“ bereits vernommen, während die Leiche zunächst mit Seilen gesichert worden war. Aber niemand auf dem Schiff kannte angeblich den toten

Mann, zur Besatzung hatte er jedenfalls nicht gehört. Das Bordbuch war sauber geführt worden und gab keinen Anlass für Beanstandungen. Ihre Kopie gab die Durchgangszeiten an markanten Punkten an: Koblenz 21 Uhr, St. Goar 22.30 Uhr und schließlich Mainz 7 Uhr. Das passte; der Tanker war durchgefahren.

Der Tanker war mit seiner Austausch-Crew längst wieder unterwegs, weiter nach Basel. Die Leiche aber war noch da und die Rätsel um sie herum auch.

Geli seufzte und trommelte mit den Fingern auf der Tischplatte. Wann kam endlich der kriminaltechnische Bericht? Eddi aus dem Geschäftszimmer sah ihre Unruhe und warf die Kaffeemaschine an. Seit sie von vormals billigem Kaffee auf bekömmlichen, wenn auch teureren Espresso umgestellt hatte, hatte sich das mitunter hektische Klima im Kommissariat etwas entspannt. Zumindest empfand sie es so. Geli nahm dankend die Tasse in beide Hände, obwohl es so warm war, dass man sich wirklich nicht an der Tasse wärmen musste.

Geli wollte nicht länger warten, kündigte ihr Kommen an und ging zum Labor. Vielleicht konnte sie die Untersuchungen ja beschleunigen. Außerdem machte es sicher Sinn, sich einmal dort selbst vorzustellen. Wer weiß, was noch so alles über sie im Haus kursierte – bei denen, die sie noch nicht persönlich kannten. Mindestens elf, aber bestimmt weniger als zwölf uniforme Glastüren später stand sie vor einer schweren Kunststoff-Tür, auf dem „Laborbereich! Unbefugten Zutritt verboten!" prangte. Daneben ein Chipkarten-Leser, dessen LED eindeutig rot leuchtete.

Sie klopfte und ein „Einen Moment bitte" ertönte. Kurz danach öffnete sich die Tür und ein Kollege im frühen Mittelalter stand vor ihr. „HK Wolfgang Michel" war auf seinem Laborkittel zu lesen.

„Ah, die neue Kollegin, Frau Hassemer. Schön, dass Sie mich auch einmal besuchen. Ich habe schon viel von Ihnen gehört."

Er strahlte über beide Ohren.

„Ich hoffe nur Gutes, Herr Michel."

„Selbstverständlich, liebe Kollegin. Nun, zur Ankerleiche gibt es ganz interessante Neuigkeiten. Da haben Sie gleich zu Beginn einen spektakulären Fall auf dem Tisch."

„Wenn die Presse vor der Kripo am Fundort ist, lässt sich das nicht vermeiden.“

Michel führte seine neue Kollegin zu einem Tisch, auf dem die Bekleidung des Toten sauber angeordnet war.

„Das Unterhemd scheint mechanisch zerrissen zu sein – die Kanten sind ausgefranzt und nicht glatt abgeschnitten. Die Hose ist gut erhalten. Der Jeansstoff ist schwer und hat das „Wasserbad“ gut überstanden. Die Unterhose – na ja, keine besonderen Vorkommnisse. Wirklich interessant ist zunächst der Schlüssel, eigentlich mehr der Anhänger.“

„Das Material ...“

„... weniger, das ist einfacher Hanf. Das nutzt jeder Sanitärexperte zum Abdichten. Vielmehr der Knoten. Das scheint ein Seemannsknoten zu sein und vielleicht weiß ja Herbert … pardon, Herr Wülfing etwas darüber.“

„Sein neues Hobby ist ja allgemein bekannt“ seufzte die Hauptkommissarin.

„Ich wollte Ihnen nicht zu nahe treten, Frau Hassemer.“

„Kein Problem. Und was ist noch interessant?“

Zweipfennig hält den Gürtel hoch – „der Inhalt.“

„Auf den ersten Blick ist mir das gar nicht aufgefallen, dass er ...“

„... eine Tasche enthält? Sie haben recht: Man sieht es ihm auf den ersten Blick nicht an. Ein schönes Stück Handarbeit. Das Leder ist ganz fein geschlitzt, so dass eine schmale Innentasche entsteht. Ganz ohne Reißverschluss oder so etwas Auffälliges.“

„Also gut für Geldschmuggel.“

„Oder wenn andere nicht wissen sollten, dass man überhaupt etwas hat. Die Tasche ist recht klein, aber 20 Scheine kann man da schon ungesehen unterbringen.“

„Bei 100-Euro-Scheinen sind das immerhin zwei Mille.“ Geli dachte laut.

„Sie haben recht: Die waren auch drin.“

„Wie bitte?“

„Ich habe sie da vorn unter dem Stereo-Mikroskop. Es könnte ja Falschgeld sein. Bisher sind alle sauber. Und da ist noch was ...“

„Ja?“

„Auf der Innenseite des Gürtels ist ganz fein „Jeton“ eingebrannt, direkt über der Geldtasche.“

„Aber einen Spielchip haben Sie nicht darin gefunden?“

„Leider nein.“

„Und irgendwelche Anhaltspunkte, wie lange die Kleidung und daher auch die Leiche im Wasser war?“

„Nun, den weiten Zeitraum nach dem Ergebnis der Leichenschau kann ich leider nicht genauer fassen. Der Zustand der Kleidung lässt ohne genauere Daten zu Wassertemperatur, mechanischer Beanspruchung durch Wellen oder auch im Wasser treibender Fremdkörper keine nähere Zeitbestimmung zu. Allerdings ...“

„Ja?“

„... hat Kollege Zweipfennig das beim Ertrinken verschluckte Wasser aufgenommen und ich habe es analysiert. Die Ergebnisse habe ich auf einem Blatt. Scheint ganz normales Rheinwasser zu sein. Genauere Daten könnte das Landesamt für Wasserwirtschaft haben, aber ich bin mir nicht sicher. Und dann ist da ja noch die Farbe. Anhaftend an den Haaren und auch an den Nägeln.“

„Dieselbe Farbe?“

„Ja, sieht so aus. Anthrazitgrau, auf Eisenglimmer-Basis. Rostfrei, allerbeste Qualität. Die gibt es nur im Spezialhandel. Kostet ein paar Euro mehr als die Standardware aus dem Baumarkt. Hat deshalb auch so gut gehalten. Sie muss frisch gewesen sein, sonst hätte sie nicht an den Haaren anhaften können. Dass sie auch unter den Nägeln zu finden war, zeigt, dass der Mann versucht hatte, sich irgendwo festzuhalten, wo noch frische Farbe anhaftete.“

„Wird eine solche Farbe auch auf Schiffen eingesetzt?“

Michel überlegte kurz.

„Durchaus möglich. Die physikalischen Eigenschaften sind hervorragend. Die Farbe allerdings ist nicht so üblich für Schiffe, es sei denn, es sind Kriegsschiffe. Die werden grau gestrichen. Bei Binnenschiffen sind eher schwarze Anstriche die Regel. Aber vielleicht bestätigen auch hier Ausnahmen die Regel? Vielleicht weiß das Schiffsregister mehr?"

Geli seufzte. Noch eine Spur, immerhin.

„Sonst sind sie fertig?"

„Bis auf die Kontrolle der letzten Scheine, ja."

„Danke, das genügt. Ich nehme dann schon mal den Gürtel mit – die noch fehlenden Fünfhunderter dann mit getrennter Post."

„Und meine Quittung?" Michel schaute so verschwörerisch, dass die Hauptkommissarin lachen musste.

„Klar."

Um elf war die Zeugen-Vernehmung mit Herbert und seinem Freund Ronni Sander, dem Journalisten, angesetzt. Der kriminaltechnische Bericht und die Scheine kamen schon um halb elf, so dass die Hauptkommissarin Zeit hatte, sich noch einmal darin zu vertiefen. Doch so sehr sie die eng bedruckten Seiten auch drehte und wendete: Der Todeszeitpunkt blieb ihr ein Rätsel. Und ohne den lässt sich bei einer bewegten Leiche auch kein Todesort feststellen und damit auch nicht, wer zum Zeitpunkt des Todes in der Nähe war. War die Leiche erst am Anker ertrunken oder schon vorher ertrunken und dann vom Anker aufgenommen worden?

Ein natürlicher Tod konnte ausgeschlossen werden. Eine solche Kopfwunde entsteht sicher nicht von allein und an einen Anker lässt sich auch niemand freiwillig klemmen. Die Farbe unter den Nägeln dokumentierte vielleicht den Versuch, irgendwo herauszuklettern, wo frische Farbe an den Wänden war. Der Schlüssel hatte außer denen des Opfers keine verwertbaren Fingerabdrücke geliefert und die Suche nach dem passenden Schloss war ohne nähere Anhaltspunkte von vornherein aussichtslos.

Die große Geldsumme im Gürtel würde sich ein Mörder sicher nicht entgehen lassen – wenn er denn davon wusste. Das Versteck jedenfalls war nicht leicht zu finden. Der fein säuberlich eingebrannte Schriftzug „Jeton" deutete auf das Glücksspiel-Milieu, keine Frage.

*

„Herr Sander, da ist eine Frau Hassemer von der Kriminalpolizei für Sie. Ich lege auf."

Die Stimme der Sekretärin ist von jener hinterlistigen Freundlichkeit, die ich bereits kenne. Bestimmt wird sie drei Sekunden später im Kollegenkreis die Neuigkeit herumtratschen und dann den Chef damit nerven. „Wissen Sie schon, man glaubt es ja nicht … bla bla bla". Als ob der nichts Besseres zu tun hätte.

Seit zwei Jahren arbeite ich nun im Ingenieurbüro Schlüssel, betreue dort Computer und Software und mein Leben ist noch etwas bunter geworden. Das Reporterdasein ist seitdem auf die Abendstunden und Wochenenden eingeschränkt, dafür gibt es nun ein geregeltes Einkommen und so einiges Neue. Von Steigungsgradienten, Radom-Windlasten und der Auslegung von Schwerlast-Ankern ist nun ständig die Rede, von Bauwerks-Ertüchtigung, Turmschwingungen und Tragwerksplanung.

Es ist eine eigene Welt und die Ingenieure und Architekten haben natürlich ihre eigene Sprache. Manche sind schon alt und weise, mit einem weißen Kinnbart, seit mehr als dreißig Jahren im Job und mit einer Erfahrung gesegnet, die sie geradezu durch Mauern durchsehen lässt. So wie mein Lieblings-Kollege Heinz, der zwar keinen Bart, stets eine offene Keksdose und auch ein offenes Ohr für die Kollegen hat. Manche sind jung und ehrgeizig, wollen das breite Arbeitsspektrum des bekannten Büros als Sprungbrett in vielerlei Richtung nutzen. Dann die guten Seelen in der Verwaltung: alle sind nett. Bis auf die Intrigantin, aber so jemand gibt es wohl in fast jedem Unternehmen.

Und auch sonst ist das Unternehmen bestimmt nicht ganz altlastenfrei, denn im Archiv im Hauptgebäude schlummern ebenso alte Akten über alle möglichen Projekte wie im „Provisorium". Es ist eine Baubude aus den fünfziger Jahren, aus der Nachkriegszeit, als soviel Wohnraum geschaffen werden musste wie irgendmöglich. Was da wohl alles an alten Projekten schlummert? Die Intrigantin verwaltet die Projekte und gluckt darüber wie eine alte Henne über ihren Eiern. Diesem Bild entspricht auch ihr kariertes Kostümchen, das ihre untersetzte Figur mit den breiten Hüften gut zur Geltung bringt.

„Hallo Herr Sander, wo bleiben Sie denn?“

Oh, da sind meine Gedanken wohl etwas abgeglitten. Die Stimme von Geli Hassemer ist freundlich, aber ein wenig ungeduldig. Mein Blick fällt auf die Uhr. Es ist schon elf – eigentlich sollte ich schon im Kommissariat sein.

„Ich komme. Bitte entschuldigen Sie.“

„Und vergessen Sie bitte ihre Bilder nicht.“

Mit Vehemenz flitze ich die zwei Stockwerke zum Ausgang und summe dabei ganz automatisch einen meiner Lieblings-Songs: „Bruttosozialprodukt“ von Geier Sturzflug:

„Wenn früh am Morgen die Werksirene dröhnt

und die Stechuhr beim Stechen lustvoll stöhnt …“

Im malerischen Vorraum klickt die Stechuhr zwar nur, als ich meine Anwesenheitskarte ziehe. Dafür stöhnt die nette Dame vom Empfang hinter ihrem kleinen Fensterchen umso deutlicher.

„Wohin geht es denn diesmal, Herr Sander? Und wann sind sie wieder da? Und wie kann man sie erreichen? Weiß denn der Chef Bescheid?“

Resigniert notiert sie die Daten und schon bin ich draußen. Rauf aufs Rad und keine zehn Minuten später bin ich im Polizeipräsidium, ganz ohne Parkplatzsorgen. Geli Hassemer holt mich an der Pforte ab – für manche Türen braucht man Codekarten.

*

Geli Hassemer hatte alles gut vorbereitet. Auf dem Flipchart in ihrem Zimmer hatte sie bereits den Rheinlauf grob skizziert und ihr Stellvertreter Kai Pritsche saß ebenso wie ihr Vorgänger Herbert Wülfing bereits am Besprechungstisch, als der Journalist Ronni Sander endlich ankam. Seine Verspätung war ihm sichtlich peinlich.

Als die Hauptkommissarin mit dem Journalisten endlich in ihr Zimmer kam, spielte Herbert gelangweilt mit dem Schlüssel, den sie eigentlich erst bei der Besprechung selbst mit den anderen Beweismitteln präsentieren wollte. Sie war versucht, loszufauchen, entschied sich aber dafür, den eigentlich fälligen Verweis herunterzuschlucken. Ihr Vorgänger hatte ihr auch so an der Miene angesehen, dass er einen Fehler gemacht hatte und legte den Schlüssel schnell zurück in den Karton, in dem auch die anderen Asservaten lagen.

Die Besprechung kam schnell in Gang, sie war halt gut vorbereitet. Der erste Punkt war, ob die beiden Zeugen Ronni und Herbert vielleicht schon bei der Ausfahrt aus dem Schiersteiner Hafen etwas Ungewöhnliches an der „Melaga" bemerkt hatten. Sie hatten nicht, denn die „Melaga" war deutlich schneller als der kleine Jollenkreuzer gewesen und die Leiche war sowieso auf der anderen Schiffsseite gewesen.

„Vielleicht hat jemand von der Schiersteiner Seite aus etwas gesehen?" überlegte die Hauptkommissarin laut. „Vielleicht war aber einfach die Bugwelle des voll beladenen Schiffs so hoch, dass man in Fahrt überhaupt nicht erkennen konnte, ob etwas auf dem Anker lag? Als der Mann mit dem Hund die Leiche entdeckte, hatte der Tanker für sein Anlegemanöver die Fahrt verlangsamt."

Sie schaute in die Runde, erntete aber nur Schulterzucken. Tatsächlich konnte niemand der Anwesenden die Frage kompetent beantworten, auch Herbert nicht. Sie notierte sich die Frage und legte dann den Schlüsselanhänger mit dem anhängenden Sicherheitsschlüssel ihrem Vorgänger auf den Tisch. Herbert Wülfing rutschte mit dem Stuhl etwas nach hinten und räusperte sich. Er hatte etwas gutzumachen.

„Nun, ich habe eine Idee. Das ist ein alter Sicherheitsschlüssel, ziemlich alt, vielleicht zwanzig Jahre oder älter. Und auch der Knoten ist schon sehr alt und abgegriffen, wahrscheinlich ein türkischer Knoten, ein typischer Schifferknoten."

„Eine neue Spur? Aber auch ganz normale Städter haben solche und ähnliche Anhänger."

„Nun, das ist ein typischer Schifferknoten, hat nur diesen Namen. Darf ich?"

Geli gab ihm den Schlüssel und Herbert ließ den Schlüssel baumeln.

„Der Hanf dürfte genügend Auftrieb haben, dass der Schlüssel im Wasser schwimmt, zumindest eine ganze Weile. Das hat jeder Schiffer, denn es kann leicht mal passieren, dass ein Schlüssel ins Wasser fällt."

„Also sollten wir mal die Yachthäfen hier in der Gegend abklappern.“ resümierte Geli Hassemer. „Dem Alter des Schlüssels nach dürften aber nur alte Boote in Frage kommen, oder?“

„Ja, der Schlüssel einer neuen Yacht wäre mindestens hochglanzpoliert oder direkt vergoldet.“

„Und direkt neben dem Maybach-Schlüssel hängen, vermute ich.“

„Exakt“.

„Also alle alten Boote – ich frage mal im Labor nach, ob die vielleicht das Alter des Schlüssels genauer bestimmen können. Und dann gibt es noch etwas, bei dem ich um Ihre Ideen bitte.“

Sie stellte sich neben das Flipchart und zeichnete ein längliches Oval vor der Rettbergsaue ein, bezeichnete es als M für Melaga. Dann zeichnete sie eine rote Linie flussabwärts, vom Oval bis nach Bingen.

„So, diesen Weg hat die Leiche zurückgelegt. Die Forensik meint, dass die Hämatome dafür sprechen, dass sie zumindest einige Stunden am Anker hing. Sie ist praktisch dem Anker entgegen geschwommen und dann wieder flussaufwärts transportiert worden. Aber wo hat die „Melaga“ ihre ungeplante Fracht aufgenommen?“

Sie zeichnete blaue gestrichelte Pfeile auf das Papier, die mainabwärts und rheinabwärts zeigten und bis hinter Bingen reichten. Rheinauf reichten sie bis etwa Oppenheim, im Main war die erste Schleuse Kostheim, nur wenige Kilometer vor der Mündung in den Rhein.

„Im ungünstigsten Fall haben wir an die hundert Flusskilometer zu untersuchen, was ein Ding der Unmöglichkeit ist. Daher habe ich mich entschlossen, zu diesem noch sehr frühen Zeitpunkt die Presse einzuschalten. Herr Sander, Sie sind als erster gefragt und dann auch Ihre Kollegen.“

„Also eine Öffentlichkeits-Fahndung.“

„Ja. Je schneller wir Hinweise bekommen, umso besser. Wir können nicht hunderttausend mögliche Zeugen befragen. Es würde natürlich die Arbeit sehr erleichtern, wenn wir wüssten, wo die Leiche auf den Anker kam.“

„Da habe ich derzeit auch keine Idee. Es sind einfach zu viele Unbekannte in der Gleichung.“

„Wir arbeiten dran. Wenn keine weiteren Fragen sind, hebe ich hiermit diese Runde auf."

Hauptkommissarin Geli Hassemer beendete die Besprechung bereits kurz nach Mittag. Sie schrieb eine Zusammenfassung der offenen Fragen und faxte sie gleich an die Kollegen von der Wasserschutzpolizei. Dann kam ein Telefonanruf von zuhause: Ihr jüngstes Töchterchen hatte sich den Knöchel verstaucht. Zwar hatten Oma und Opa bereits die Verletztenbetreuung organisiert, aber Mutter war in solchen Fällen nicht zu ersetzen.

So machte sie pünktlich Feierabend und war dankbar, dass ihr Stellvertreter Kai ganz ohne Murren die Aufgabe übernahm, sich im Mainzer Winterhafen und dem Schiersteiner Hafen nach alten Schiffen zu erkundigen. Dafür taugte er sicher besser als das „Landei" aus Gau-Algesheim, denn der durch das malerische Städtchen mit seinem Fahrradmuseum laufende Welzbach ist selbst bei Hochwasser nur für Papierboote schiffbar.

Sie ahnte, dass der Papierkram nichts bringen würde, denn die Leiche war einfach zu frisch und so überraschte es sie nicht, dass nachmittags um zwei das BKA mitteilte, dass es in keiner europäischen Vermisstenkartei einen Eintrag gab, der auf die Ankerleiche passte. Es war jetzt schon mehr als ein Tag seit dem Leichenfund vergangen und und die Hauptkommissarin wollte den Vorteil nutzen, dass die Leiche so „frisch" war und sich mögliche Zeugen noch eher an sie erinnern konnten. In einem halben Jahr war die Wahrscheinlichkeit sicher größer, dass der Tote als vermisst gemeldet worden war – die Möglichkeit, die näheren Umstände zu klären, aber nur noch minimal.

Sie gab eines von Zweipfennigs Fotos an die Presse. Es war eines, auf dem die Augen noch geöffnet waren. Der Rechtsmediziner hatte sie für das Fahndungsfoto nicht herrichten müssen, denn sie war ja praktisch bei ihrer Reise über Stunden gekühlt und gleichzeitig gewaschen worden.

Schon eine Stunde später war der Fahndungsaufruf in den Online-Ausgaben der lokalen und regionalen Presse veröffentlicht. Auch SWR und HR kündigten kurze Beiträge an. Das Sommerloch ging langsam zu Ende, doch noch war Platz im redaktionellen Teil. So waren in kurzer Zeit alle Regionen abgedeckt, deren Flüsse die Ankerleiche in den Rhein transportieren konnten. Vielleicht brachte das den Durchbruch, denn es war wirklich sonst kaum möglich herauszufinden, wo sie vom Schiff aufgenommen worden war.

*

Zurück im Büro erwartet mich ein Zettel mit der Arbeitsanweisung, aus dem Archiv die mehr als 40 Jahre alten Unterlagen zum „Stöberhai" zu holen, insbesondere die statischen Berechnungen. Das ist einer der Radartürme, der im Kalten Krieg entlang der Zonengrenze gebaut worden war: Kalte Betonkonstruktionen, die auf grenznahen Bergen ihre Sensoren gen Osten ausstreckten, um den Funk abzuhören und den Luftraum zu überwachen. Die exponierte Lage mit Stürmen (Windlasten) und niederschlagsreichen Wintern (Schneelasten) sowie die tonnenschwere Technik von den beweglichen Radaranlagen bis zum Notstromaggregat hatte ganz eigene Erfahrungen erfordert – und auf diesem Gebiet war unser Ingenieurbüro weltweit führend gewesen.

Doch das war einmal, der Kalte Krieg war vorbei, die Radartürme wurden nicht mehr gebraucht. Entweder wurden sie zu Ausflugszentren umgewandelt oder aber abgerissen. In jedem Falle aber brauchte man die detaillierten Unterlagen wieder. Entweder für Umbauarbeiten – oder um die Sprengstoffmenge zu ermitteln, um die hohen Türme in wenigen Sekunden als Schutt auf den Boden herunterzuholen. Auch dem Stöberhai ist dieses Schicksal zugedacht, schon in wenigen Tagen.

In unserem Büro wird Gleichberechtigung groß geschrieben: Es gibt keine Arbeit, die nur Frauen machen müssen. Das gilt höchstens umgekehrt und das Archiv gehört dazu. Das liegt an gewissen Eigenschaften, die alte Archive nun mal so an sich haben. Wie beispielsweise eine gewissene Patina, die weiblichen Sauberkeitsvorstellungen nicht ganz entspricht.

Zuerst geht es eine alte hölzerne Treppe hinauf, in deren feinem Staub sich die Sohlenprofile der letzten Benutzer detailscharf erhalten haben. Sie wird mangels Arbeitsauftrag vom Putzgeschwader ausgespart, das täglich mit einer leicht duftenden Reinigungslauge über die Fliesen und Linoleum-Böden der anderen Räume herfällt.

Und doch gibt es hier Leben: Im Frühjahr hatte ich einen überwinternden Falter gefunden und auch einen Marienkäfer, der sich vor der Witterung ins Treppenhaus geflüchtet hatte. Selbst eine Spinne hat die Hoffnung auf einen Jagderfolg noch nicht aufgegeben, auch wenn sie wohl schon Monate nicht mehr erfolgreich war. Ihr Netz ist leer, es hängen keine Kokons mit eingesponnener Beute darin oder daneben.

Nach der Treppe geht es durch eine alte Holztür in das staubige Halbdunkel. Der Lichtschalter ist noch aus dem Bakelit der Vorkriegszeit. Er lässt sich nur mühsam drehen und auch die nackt von der Decke baumelnde Glühbirne lässt die Elektronen nur sehr widerwillig durch ihre Wolfram-Wendel wandern.

Das trübe Licht holt aufgestapelte Planrollen aus dem Dunkel; lange Reihen prall gefüllter Ordner, alle fein säuberlich mit Schablone und Tuschestift beschriftet. Zementwerke im Sudan, eine Lampenfabrik in Libyen, Bunkeranlagen im Iran und auf der Erbenheimer Airbase, Erdöl-Raffinerien in Algerien, das Magic Telescope in Spanien und dann endlich: Der Stöberhai.

Wenig später habe ich den Ordner entnommen, einen Entnahmezettel hingelegt und bin wieder in meinem Büro. Als ich ihn aufschlage, muss ich erneut niesen. Der Staub ist in den alten Unterlagen aus der Vor-Computer-Zeit allgegenwärtig. Mein Kollege Heinz geht gerade an meinem Büro vorbei.

„Gesundheit! Bist du erkältet?"

„Nein, ich war im Archiv!"

„Ach so, das ist fast wie in der Uni: Unter den Talaren ist der Muff ..."

„... von tausend Jahren. Sag mal, es gibt ja wohl nichts, was wir hier noch nicht gemacht haben."

„Unterm Dach steht so einiges: ganze Fabriken in der Wüste, Bunker, Radome und so weiter. Die anderen Altprojekte sind im Provisorium. Wohnblöcke, Kläranlagen, Wohngebiete, sogar ein gesunkenes Tauchschiff. Allerdings ist es im Provisorium ein wenig ... interessanter ... als unterm Dach."

„Eher Spinnen oder Mäuse?"

„Du Krabbeltierliebhaber wirst auf deine Kosten kommen. Also viel Spaß. Ich muss nach Wiesbaden, die Fußgängerzone wird neu gestaltet."

Und schon ist Heinz wieder weg. Aus dem Fenster sehe ich ihn in den Firmenwagen steigen und dann kurvt der rote Golf vom Hof. Das Provisorium liegt in der Sonne, der Knöterich wuchert über die alten Teerbahnen auf dem Dach und an manchen Stellen schon ins Innere. Ein wunderbares Biotop mit riesigen Kreuzspinnen und sicher auch vierbeinigen Bewohnern. Wohnen im Grünen am Stadtrand sozusagen. Von außen hat unser zweites Archiv viele Anklänge an die Europol-Zentrale in Den Haag mit ihrer umfassenden Fassaden-Begrünung.

Im Architekten-Chinesisch könnte man fabulieren: Das Provisorium nimmt in seiner nutzungskonformen Abstraktion den Retrotrend moderner Funktionsbauten auf und zitiert sie im suburbanen Umfeld. Man könnte aber auch nüchterner formulieren: Knöterich und Holzschwamm wuchern bis zum Bahndamm …

*

Anke schaute vom Balkon ihrer Wohnung über die Wasserfläche des Schiersteiner Hafens. Die Wohnung im zweiten Stock war teuer gewesen, aber der Ausblick lohnte. Auf der gegenüber liegenden Seite lag das große Areal des Wasser- und Schifffahrtsamts Bingen. Noch vor wenigen Monaten hatte die gekenterte „Kiek Ut“ des tragisch verunglückten Kapitäns Ardtmann dort auf Slip gelegen und auch das Tauchglockenschiff „Kaiman“ hatte an den Dalben der anderen Hafenseite festgemacht. Nun waren die beiden Schiffe weg. Die unglückliche „Kiek Ut“ war verschrottet worden, der renovierte „Kaiman“ aber lag am Kasteler Ufer. Er sollte also von der Wiesbadener Seite aus als schwimmende Geldquelle für die Landeshauptstadt Mainz auf der anderen Rheinseite dienen.

Das war nicht unproblematisch, denn das war unliebsame Konkurrenz für die SAR ihres Lebensgefährten Baumann, Peter C. Baumann. Was das C. bedeutete, wusste sie so genau nicht, er hatte ihr keine konkrete Antwort darauf geben können. Jedenfalls war das C. das erste Mal auf seiner Visitenkarte als Chef der SAR aufgetaucht und ersetzte wohl einen plagiatorkonformen akademischen Titel. Zwar hatte mal jemand auf Cäsar spekuliert, aber das war für sie nicht wirklich greifbar. Deutlich greifbar war aber seine Laune gewesen, als er von der schwimmenden Konkurrenz erfahren hatte. Sie hatte sich stetig nach unten entwickelt und jetzt, da das alte Schiff in Betrieb war, war sie auf dem Nullpunkt. Er war teilweise gereizt, teilweise depressiv. So wie damals, als er den Krebs hatte und sie ihn pflegte.

Statt des „Kaiman" lag nun nur noch die „Carl Straat" da. Ihr Heimathafen war Duisburg, auch wenn sie derzeit öfter rund um Mainz und Wiesbaden im Einsatz war. 1960 gebaut, war sie gegenüber dem 120 Jahre alten „Kaiman" noch vergleichsweise jung. Auch sie konnte Besucher mit ihrer Tauchglocke trockenen Fußes auf den Flussgrund bringen, war aber mit ihrem eingebauten Motor wesentlich flexibler einsetzbar als das Schiff aus der Kaiserzeit und sie wurde verblüffend oft eingesetzt.

Im Vorjahr hatte der Landesarchäologe mit dem Spezialschiff Fundamente der römischen Rheinbrücke oberhalb der Theodor-Heuss-Brücke gefunden. Und gerade zwei Wochen war es her, dass ein ausgerasteter Mann mit seinem Wagen vom Kasteler Ufer aus in den Fluss gerast war, um sich und seine Partnerin umzubringen. Die Frau hatte erfreulicherweise aus dem schnell sinkenden Auto entkommen können, der Mann aber nicht. Auch hier hatte die „Carl Straat" gute Dienste geleistet und den Wagen schnell gehoben.

Anke streckte sich noch einmal in der Sonne. Sie hatte die komplette Schicht in der Spielbank gearbeitet, bis vier Uhr morgens. Heute war ein freier Tag oder vielmehr eine freie Nacht. Ihre Segelschule hatte bereits Winterpause und so konnte sie es sich gut gehen lassen. Ihr Blick fiel auf ihr Handy. Das Display war dunkel. Sie hatte es vor der Arbeit ausgeschaltet und war am frühen Morgen todmüde ins Bett gefallen. Sie schaltete es ein und erhielt gleich eine SMS.

*

Mittagspause – die Sonne orientiert sich bereits nach Westen und taucht die Hänge des Rheingaus unter der Silhouette des Fernsehturms auf der Hohen Wurzel in ein strahlendes, warmes Licht. Es wird wieder ein warmer Spätsommerabend werden, in dem die Gedanken des Tages sich in der lauen Luft lösen und mit der Dunkelheit verweben. In den Robinien vor dem Bürofenster turnen die Meisen und Tauben herum, während die

Zugvögel sich schon zu großen Schwärmen für ihren Flug in den Süden sammeln.

„Herr Sander, kommen Sie schnell! Ich habe das Internet gelöscht! Aber nur aus Versehen!“

Plötzlich steht die nette Kollegin vom Empfang vor meinem Büro, ganz außer Atem. Hinter ihr kommt erwartungsgemäß die Intrigantin hergelaufen und keift: „Sage ich doch schon seit dreißig Jahren, dass diese Sch … Computer nicht funktionieren!“

Es ist beruhigend, dass das Internet selbst gegen solch elementare „Attacken“ immun ist. Knapp eine Minute später ist der Firefox-Browser wieder aus dem Papierkorb auferstanden und die Weltwirtschaft vor einem irreparablen Schaden postbiblischen Ausmaßes bewahrt. Ich kann endlich den „Stöberhai“ abschließen und die statischen Berechnungen zum Abbruchunternehmen faxen. Es eilt, denn der große Bumms, der den ehemaligen Horchposten zurück zur Erde holen soll, ist bereits für den folgenden Samstag vorgesehen.

Inzwischen ist auch Heinz wieder zurück, wie immer gut angezogen: Sakko, Hemd, Krawatte. Natürlich will ich wissen, wie es war.

„Na, so wie immer. Es gibt immer wieder Überraschungen. Da hat ein Bagger zu tief gegraben und ist aufs Grundwasser gekommen. Am Hang zur Kirchgasse liegen die heißen Quellen an vielen Stellen nur fünfzig Zentimeter unter der Erde. Kein Wunder, dass da das Kaiser-Friedrich-Bad gebaut wurde. Aber das bekommen wir wieder hin. Und bei dir?“

„Du hast doch was von dem Taucherschiff erzählt – war das der Kaiman?“

„Ja, der Name ist mir noch im Gedächtnis, auch nach bestimmt dreißig Jahren. Ich habe das Projekt selbst nicht bearbeitet und weiß nur davon, weil das für uns ein ungewöhnlicher Auftrag war, denn unser Standardgeschäft sind halt Tragwerke an Land. Ich glaube, es waren sogar zwei Schwesterschiffe gleichen Typs, die umgebaut und mit neuen Aggregaten ausgerüstet worden waren. Aber die Akten sind ja sicher noch im Provisorium. Warum fragst du?“

„Ich schreibe gerade einen Bericht für die Wochenendausgabe und könnte noch ein paar technische Details nachliefern. Ein paar Fotos fehlen mir außerdem.“

„Dann viel Spaß! Vergiss nicht das Insektenspray."

Heinz schüttelt den Kopf und geht weiter in sein Büro, den Bauhelm in der linken Hand und seine Aktentasche in der rechten. Kurz danach höre ich den Deckel seiner Keksdose und als ich in seinem Büro vorbeischaue, sitzt er mit geschlossenen Augen und über dem Bauch gefalteten Händen gemütlich zurückgelehnt in seinem Stuhl – er „macht Mittag". Ob er bemerkt, wie ich den Keksvorrat auf Haltbarkeit kontrolliere? Wenn, dann lässt er sich im Moment nichts anmerken.

Die Überprüfung der Keksprobe in meinem Büro ergibt ein zweifelhaftes Ergebnis, so dass eine zweite Probe zur genaueren Bestimmung erforderlich ist. Man könnte fast glauben, dass Heinz schläft, wenn er nicht mit scheinbar geschlossenen Augen grinsen würde, als ich wieder an die Keksdose gehe. Auch das Haltbarkeitsdatum der zweiten Probe gibt keinen definitiven Aufschluss, so dass in den folgenden Tagen sicherlich weitere Untersuchungen erforderlich sind.

Während ich am Keks knabbere, spiele ich mit Ankes Karte. Ihre Signale waren widersprüchlich. Ihre Blicke deuteten Interesse an – dass sie auf meine Rückrufbitte per SMS immer noch nicht reagiert hat, das Gegenteil. Ich versuche es noch einmal, aber wieder dasselbe. „Der Teilnehmer antwortet nicht."

Also beende ich die Mittagspause, stecke meine Codekarte in die Stechuhr und bin auf dem Rückweg ins Büro, als mein Handy klingelt.

„Sander. Schlüssel Architekten."

„Ronni?"

Es ist ihre Stimme, keine Frage.

„Wunderbar, dass du anrufst. Möchtest du mit zum Irish Setdance nach Frankfurt kommen? Das ist heute im Freien."

„Wo denn?"

„Lilu Niederrad, Licht- und Luftbad, direkt am Main. Da liegt auch ein ganz verwunschenes Hausboot mit einem Teich auf dem Oberdeck."

„Das klingt verrückt."

„Passt zu den Frankfurter Setdancern, würde ich sagen."

„Ich muss noch was abklären und rufe dich dann an."

„Ich kann dich auch auf dem Festnetz zurückrufen."

„Nein, ich rufe dich an."

Sie legt auf, doch ich muss nicht lange warten. Nur fünf Minuten später sagt sie zu und will zu mir kommen. Um sechs. Nein, abholen soll ich sie nicht.

Die Sonne hat es nicht eilig, den schönen Tag zu beenden. Um fünf ist meine Arbeit für heute beendet und ich schaue die Online-Ausgaben der Zeitungen nach Neuigkeiten durch. Ein Bild der Ankerleiche ist bereits online. Wer kann nähere Angaben zu dieser Person machen? Bitte wenden Sie sich an die nächste Polizeidienststelle ….

Noch eine Stunde – genug Zeit, um meine Singlekutsche zu entrümpeln. Danach setze ich mich auf die Sitzgruppe vor dem Provisorium, mitten in das fast kniehoch stehende trockene Gras und schmökere in Douglas Adams „The Ultimate Hitchhikers Guide to the Galaxy". Die Spatzen machen ein ziemliches Spektakel, eine kleine Eidechse sonnt sich auf den Wegplatten und Wespen summen nervös durch den Knöterich. Sie ahnen, dass ihr Lebenszyklus schon in wenigen Wochen zu Ende geht und ignorieren es doch in hektischer Betriebsamkeit. Nur die Königin wird überwintern und im nächsten Frühjahr ein neues Volk gründen. Es duftet nach Spätsommer, die Zeit steht still.

Kaum sind Arthur Dent und Ford Prefect durch den Unwahrscheinlichkeits-Antrieb der „Heart of Gold" den Vogonen entkommen, da knirscht Reifengummi auf dem Parkplatz-Asphalt. Anke fährt einen blauen, älteren Passat mit Dachreling. Ihr, nur auf den ersten Blick neutrales, Lächeln lässt viel Wärme über die vollen Lippen schimmern. Sie hat die Haare zusammengebunden; die weit geschnittenen Beine ihrer weißen Hose, das locker sitzende Top und die Sneakers verraten, dass sie im Internet nachgelesen hat, dass man sich zum Setdance sportlich anzieht.

„Darf ich fahren oder möchtest du?" frage ich sie.

„Fahr du!" kommt mit einer Selbstverständlichkeit, die mich überrascht. Zweifelnd schaue ich sie an, doch sie weicht meinem Blick aus und lässt ihren Blick über den Parkplatz schweifen.

Ich deute auf meinen silbernen Golf Variant. Gut, dass ich im Innenraum aufgeräumt habe. In den Kofferraum sollte man jetzt allerdings nicht sehen. Sie holt eine Tasche aus ihrem alten Passat, legt ihn auf den Rücksitz und sagt einfach: „Ich bin soweit“.

Schnell packe ich mein Buch und springe in meinen autogasbetriebenen Einkaufswagen. Es sind nur ein paar Meter bis zur Schiersteiner Brücke mit ihrer formschönen Radaranlage und kurz danach geht es auf die A66 nach Frankfurt.

*

Mit dem Ende der Sommerferien geht die Saison im Licht- und Luftbad langsam zu Ende. Die hölzerne Terrasse leert sich meist schon am späten Nachmittag. Aber noch ist es warm. Der Main und die Niederräder Schleuse sorgen für ein mildes Klima auf der kleinen Maininsel.

Die kleine Maininsel war im Dritten Reich für Frankfurter Juden die letzte Bademöglichkeit gewesen, bevor sich die braunen Herrenmenschen 1938 auch diese kleine Insel einverleibten. Das Baugerippe der Umkleidekabinen erinnert noch an diese Zeit, aber heute bildet der „Ponton“, das hochwassertaugliche, schwimmfähige Imbissrestaurant der Frankfurter Werkstatt, das Zentrum der Freizeitanlage.

Eine schmale Bogenbrücke führt zum Lilu. Sie überquert die bereits seit langem stillgelegte Niederräder Schleuse, die durch die Griesheimer Staustufe überflüssig geworden ist. In der ehemaligen Schleuse hat sich neues Leben entwickelt, beide Seiten des ehemaligen Oberwassers sind mit dichtem Grün zugewachsen. Durch den Wasserlinsen-Teppich dümpeln Enten und Blesshühner, schnäbeln hier und gründeln da. Zwei Hausboote liegen da, ehemalige Fahrgastschiffe, die in die Jahre gekommen waren.

Die mainauf liegende „African Queen“ war nicht über einen Steg, sondern nur mit dem Boot erreichbar. Auch wenn der Besitzer selten zu sehen war, hatte er ein festes Ritual. Jeden Nachmittag ging er um fünf Uhr zum Imbiss-Restaurant, bestellte einen Hamburger und las die Bild-Zeitung vom Tage. Die lag immer – wenn auch bereits angegriffen – auf einem der Tische, denn ein Besucher ließ sie immer liegen, nachdem er sie ausgelesen hatte.

An diesem Montag stutzte der Bootsbesitzer im Regionalteil. Er las einen Artikel sehr genau, unterbrach das Lesen nur für seinen Hamburger. Bei einem weiteren Kaffee ging er den Bericht noch einmal genau durch. Danach steckte er die Zeitung ein und ruderte wieder auf sein Hausboot.

Auf der Brücke über der Schleuse begegnete er den ersten Set-Dancern, die in einem Karton die Beschallung fürs Tanzen mit sich trugen.

*

„Gleich kannst du in Licht und Luft baden."

„Ihr seid schon ein lustiger Trupp."

„Das will ich meinen."

Sie muss lachen, streckt ihre langen Beine in den Fußraum und reckt dann ihre Arme. Ihre weiße Kleidung kontrastiert wunderbar mit ihrer leicht sonnengebräunten Haut. Ein paar kleine Fältchen hat sie auch schon. Es sind Lachfältchen um die Augen.

Sie antwortet nicht, sondern hängt ihren Gedanken nach. Der dichte Verkehr am Wiesbadener Kreuz fordert meine Aufmerksamkeit. An der Abfahrt Kelsterbach wird es übersichtlicher, ein kleiner Seitenblick ist wieder drin.

Sie schaut mich wieder an, hält den Blick einen Moment, schaut dann wieder nach vorn, streckt sich noch einmal.

„Noch zehn Kilometer" ergänze ich, doch sie antwortet nicht, nickt nur und fixiert wieder einen Punkt am Horizont. Bald sind wir am Main, Schwanheim, Goldstein … dann das Wasser- und Schifffahrtsamt an der Niederräder Schleuse. Bei der Einfahrt auf den Parkplatz muss ich auf die vielen Radler achten, die den Velo-Highway am Mainufer entlang sausen.

„Wir sind da. Gleich siehst du die Setdancer."

„Ich bin gespannt, Ronni."

Sie streicht kurz über meine Schulter, als sie aussteigt. Dann steuert sie zielsicher auf die Halbinsel zu, bleibt wie angewurzelt in der Brückenmitte stehen und betrachtet die beiden Hausboote in der Schleuse mit neugierigen Augen. Das Schiff direkt an der Brücke trug keinen erkennbaren Namen, früher hatte es wohl Passagiere auf Rhein und Main befördert und war nun zu einer Art Arche Noah geworden. Grün und Pflanzen überall, gar ein mit Binsen und Wasseriris bewachsener Teich auf dem vollständig bewachsenen Oberdeck. Durch die abgedunkelten Scheiben des ehemaligen Ausflugsschiffs leuchten blaue Punkte, das Beiboot liegt am Schiff, doch an Bord ist niemand zu sehen.

Dahinter die „African Queen", auch sie ein ehemaliger kleiner Ausflugsdampfer und dem Schiff an der Brücke nicht unähnlich, aber nur per Boot zu erreichen.

„Irgendwie magisch, Ronni. Du hast recht. Eine eigene Welt. Manchmal träume ich davon, allein über den Ozean zu segeln."

Anke steht dicht neben mir und beugt sich leicht über das Geländer. Das Gegenlicht lässt den zarten Flaum auf ihren Oberarmen golden schimmern. Wie unabsichtlich lehnt sie sich gegen mich, unsere Arme berühren sich einen Moment – dann zieht sie sich wieder zurück.

Ja, auch ich liebe solche Orte. Wo die Zeit scheinbar stehen geblieben ist, eingefangen von einer Welt, die beharrlich immer wieder dahin zurückkehrt, wo sie war, bevor der Mensch sie zu verformen suchte. Ich will Anke in den Arm nehmen, doch jetzt hält sie wieder ein paar Zentimeter Abstand.

Irische Tanzmusik schallt durch die Bäume. Normalerweise betanzen die Frankfurter Setdancer den Festsaal des alten Studentenhauses, aber im Sommer, wenn es in Bockenheim heiß ist und stickig, ist das Lilu angesagt.

Andrew und Claudia sind schon voll im Set drin und schauen interessiert, wen ich da mitgebracht habe. Anke hält sich bei mir, will sich alles erst einmal ansehen. Nach kurzer Einleitung durch Vito traut sie sich dann auf die Holzdielen der Restaurant-Terrasse. Ein schönes Merkmal des Setdance ist, dass man immer von den anderen Mittänzern im Set unterstützt wird und ein Set sind immerhin vier Paare. Immer hat man jemand an der Hand, leitet ihn oder lässt sich leiten, kann so gut in die schnellen Rhythmen hineinkommen. Später kommt noch Roland mit seiner Denise und den beiden Rackern und macht Livemusik mit der Ruth Rau Ceili Band.

Es ist der letzte Lilu-Abend im Sommer, es wird früh dunkel, viel zu früh ist der Tanzabend zu Ende. Die Schuhe werden wieder eingepackt, die anderen Tänzer verschwinden mit ihren Rädern den Uferweg entlang in die Dunkelheit. Sicher beschließen sie den Abend wie üblich im „Albatros". Anke und ich gehen wieder zum Wagen.

„Wie war es?"

„Wunderbar. Lass uns nach Hause fahren."

Ihre Stimme hat einen nachdenklichen Klang. Ich versuche im Licht der Straßenbeleuchtung einen Blick in ihre Augen zu erhaschen, aber sie schaut durch mich hindurch, sieht mich nicht wirklich. Die A66, ein zu Stoßzeiten dicht befahrenes sechsspuriges Asphaltband, das sich von Frankfurt nach Wiesbaden schlängelt, ist um diese Zeit fast leer.

„Bist du müde?" frage ich sie hoffnungsvoll.

„Nein". Sie lacht. „Eigentlich bin ich eine Nachteule. Ich habe dir noch gar nichts von meinem Job erzählt, glaube ich."

„Die Segelschule ..."

„ … ist nur Nebenjob, aber ein wunderbarer Ausgleich. Tatsächlich arbeite ich als Croupier in der Wiesbadener Spielbank. Anstrengend, aber sehr interessant. Normalerweise bis um vier Uhr morgens, wenn nichts Besonderes geschieht. Morgen habe ich wieder Dienst."

„Hast du Lust auf einen kleinen Spaziergang am Schiersteiner Hafen?"

„Nein" sagt sie sofort. Sie stockt, erschrocken über ihre schnelle Reaktion, und verbessert sich gleich. „Ich meine … mein Auto steht doch noch auf deinem Firmenparkplatz."

„Und das Mainzer Rheinufer an der Kaponniere in der Nähe der Grünen Brücke?"

Sie überlegt kurz.

„Der Winterhafen ist schön. Lass uns dorthin fahren. Das liegt fast auf dem Weg und dann bringst du mich zum Auto."

Ihre Stimme ist wieder fest und sie lächelt mich aufmunternd an.

Eine halbe Stunde später rollen wir in die Großbaustelle am Mainzer Winterhafen, Heim des Mainzer Yachtclubs, Liegeplatz der Eitelkeiten.

Seit einigen Jahren günstiger Parkplatz während der Bauarbeiten. Aber immer schon Flaniermeile für Verliebte.

Wir gehen untergehakt über die frisch sanierte Drehbrücke zur Molenspitze, die nach der Pause im Vorjahr wieder bewirtschaftet ist. Um diese Zeit natürlich nicht mehr. Unter unseren Füßen klappern Metallprofile, den vor der Sanierung verwendeten Holzbohlen täuschend ähnlich. Die Luft ist frisch, aber uns ist nicht kalt. Der Setdance hat den Kreislauf in Schwung gebracht. Und die Hormone. Am Bootshaus hake ich mich aus und greife ihre Hände. Sie lässt es geschehen und schaut mir im Licht der Straßenbeleuchtung tief in die Augen.

„Ronni, ich spüre, dass du mehr willst. Und ich mag dich, glaube mir. Aber ich bin in einer Beziehung. Einer festen Beziehung. Seit acht Jahren."

*

Cäsar thronte über den Seinen und ließ den Herrscherblick durch die gläserne Abtrennung seines von außen verspiegelten Arbeitszimmers über den Casinobereich der SAR streichen. Was er sah, gefiel ihm nicht. Nur wenige Gäste besetzten die Spieltische, seine Angestellten schauten verstohlen zu ihm, stapelten Jetons hin und her oder täuschten andere sinnlose Aktivitäten vor. Auch ohne Gäste gab es sicher Sinnvolleres zu tun als blödsinnige Abkürzungen zu entwerfen. Zu seinem Geburtstag vorletzter Woche hatte er eine Zeitungsseite in der Hauspost gefunden. Auf einer Seite stand „Wohin mit Laub? In die Biotonne." Er hatte nicht verstanden, was das mit ihm zu tun hatte, bis er die andere Seite gelesen hatte. „Vergiftungsgefahr durch PCB". Das waren seine Initialen und es war kein Zufall! Es musste jemand aus der Belegschaft gewesen sein, doch wer? Noch war er nicht so angesprochen worden, aber das Getuschel hinter seinem Rücken war ihm nicht entgangen.

Baumann dachte sorgenvoll an die Gesellschafterversammlung in drei Wochen, wo er die Zahlen zum abgelaufenen dritten Quartal vorlegen sollte. Die Betriebsergebnisse der klassischen Spielbanken waren seit Jahren rückläufig, hart bedrängt von den Automaten-Casinos mit den 24-Stunden-Öffnungszeiten und der Raucherlaubnis. Als „richtige" Spielbank hatte man es schwer in den heutigen Zeiten. Auch das Personal taugte nichts. Die Männer machten Dienst nach Vorschrift; die aufsässigen Tussen schwätzten von Mutterschutz und Arbeitsschutz und rückten bei einer Einladung auf einen Drink ihren Barhocker von ihm weg. Und natürlich tuschelten sie zusammen mit den Männern hinter seinem Rücken über ihn.

Wie diese Intrigantin, die glaubte, ihn ganz ignorieren zu können und die er dabei erwischt hatte, wie sie nach einem Empfang einen übrig gebliebenen, fast trockenen Brezel vom Buffet gegessen hatte. Wenigstens war auf die Gerichte noch Verlass und so war er sie schnell losgeworden. Wo kam man denn sonst hin, wenn sich auch noch das Personal selbst bediente?

Gut, dass die allgemeine Sicherheitslage das Aufstellen von Videokameras an fast jedem Ort erlaubte, ja geradezu vorschrieb. Und natürlich konnte es auch nicht angehen, dass sich das Personal der überall vorhandenen Computer bediente, um private Nachrichten auszutauschen. Immerhin glaubten die doch tatsächlich, dass so eine E-Mail unter das E-Mail-Geheimnis fiel, nachdem sie im Arbeitsvertrag unterschrieben hatten, dass jede Computernutzung protokolliert wird. Ein kleiner Keylogger und schon wusste er, wer was wann gemacht hatte. Handys, Smartphones, ipads: wunderbares Datenmaterial. Wenn jeder immer und überall erreichbar sein wollte, dann entstanden natürlich entsprechende Daten, die man nur abzuschöpfen brauchte. Die Personalakten seiner Mitarbeiter waren ein wertvoller Fundus, der Abfindungszahlungen bei Rauswurf überflüssig machte. Das war nicht das Problem.

Mehr Sorgen als das ungeliebte Personal machten ihm die Gesellschafter, die offensichtlich nichts vom schwierigen Geschäft verstanden und nur immer nach den Zahlen fragten. Die sahen nicht gut aus, natürlich, und sie würden bald noch schlechter aussehen, dank der hausgemachten Konkurrenz. Seit Mechtersheimer aus dem Ruhestand zurück gekommen und seine neue Oase bekommen hatte, hatten die Besucherzahlen weiter nachgelassen. Wie sollte er darauf reagieren?

Baumann ging aus seinem Arbeitszimmer und schloss die Tür sorgfältig ab. In der Bar bestellte er einen Martini und dann noch einen, aber eine wirkliche Beruhigung gab ihm das nicht. Immerhin war privat alles in Ordnung, seine Anke war sogar seit ein paar Tagen richtig gut gelaunt, nachdem sie in den Monaten davor einen recht lustlosen Eindruck gemacht hatte. Der SAR-Geschäftsführer genehmigte sich noch einen Martini und – als der Barkeeper nicht hinschaute – ein Erdnuss-Päckchen aus dem Spender. Nun gab es zwei Möglichkeiten: Entweder der Barkeeper machte ihn auf den kleinen Raub aufmerksam oder er merkte es nicht oder sah drüber hinweg, so dass er ihn feuern konnte. Wenn er wollte. Ein bisserl Spaß musste sein.

ZAR-Geschäftsführer Mechtersheimer feierte einige Kilometer entfernt in einem Nobelrestaurant den Start der schwimmenden Spielhölle mit seinen Parteifreunden bei Erbsenschaum und Shrimps. Die Abkürzung ZAR gefiel ihm, er ließ sich von den Seinen gern so nennen. Überhaupt war man mit seinen Entscheidungen zufrieden und es war ein gutes Gefühl, wieder im Lande zu sein. Hier galt er was und sein Auto war sein Aushängeschild. Den 2,7-Tonner kannte in Mainz schließlich jeder, der irgendwie dazu gehörte oder gehören wollte. Zu denen, die die Fäden im vergitterten Rathaus sponnen.

*

Eine gefühlte Ewigkeit stehen wir uns sprachlos gegenüber. Ihre Hände zittern, meine Gedanken irren umher. Hat sie nur ein Spiel mit mir gespielt? Doch ich habe Zuneigung gespürt. Vielleicht gibt diese Beziehung ihr schon lange nichts mehr? Ich will sie loslassen, doch sie drückt meine Hände mit festem Griff.

„Nein, bleib. Ich hätte es leicht verhindern können, aber ich will etwas von dir.“

Sie küsst mich so leidenschaftlich, dass mir fast die Luft wegbleibt .

„Wie wird dein Freund darauf reagieren?“

„Was sprichst du von ihm? Es ist mein Problem, da muss ich allein durch. Etwas Zeit brauche ich, ich werde mich entscheiden. Wenn du nein sagst, werde ich es verstehen. Aber ich will dich nicht verlieren.“

Sie dreht sich um, legt meine Arme so um sich, dass ich den Ansatz ihrer Brüste spüren kann, hält meine Hände fest. Sie riecht wunderbar nach Vanille, es fühlt sich so gut an. Ihr Herz pocht wild. Meins auch.

„Du spielst nicht mit mir?“

„Rede nicht soviel, halte mich.“

Sie legt meine Hände wieder um ihre Hüften, dreht sich zu mir und hält meine Hände fest.

„So, das muss erstmal reichen."

Irgendwie riechen ihre Haare anders als ihr Parfum. Das ist kein Vanille, sondern etwas anderes.

„Welches Shampoo benutzt du?"

„Ach das meinst du" lacht sie. „Das ist kein Shampoo, sondern Schwefel. Ich war im Urlaub auf den Kanaren und habe in den heißen Quellen gebadet. Die Haare haben jetzt einen orangenen Schimmer und riechen etwas nach Schwefel. Hoffentlich ist das bald wieder weg. Stört es dich?"

„Aber nein. Höchstens, dass du nicht mit mir dort warst."

Sie drückt mich ein klein wenig von ihr weg und ihre Stimme hat wieder diesen entschlossenen Ton.

„Bitte keine Eifersucht, für mich ist es schwer genug."

Dann zieht sie mich wieder an sich und wir küssen uns in der heranziehenden Kälte der Nacht, die das Gras zu unseren Füßen betaut und feine Tröpfchen auf ihr Haar zaubert. Die letzte S-Bahn, der Lumpensammler, kreischt kurz vor ein Uhr morgens über die Weisenauer Eisenbahnbrücke und sie hat es plötzlich eilig nach Hause zu kommen. Als ich sie an ihrem Auto absetze, küsst sie mich noch einmal fest und ganz kurz, haucht mir ein „bis bald" ins Ohr.

Schließlich ist sie weg, die Rücklichter ihres alten Passat verschwinden zur Schiersteiner Brücke hin.

*

01:55 E-Mail

Mein Lieber, ich habe dich schon vermisst, als ich auf die Brücke gefahren bin und kann nicht schlafen. Wann sehen wir uns wieder? Ich muss heute arbeiten und vorher zum Arzt. Ich drücke dich ganz fest. Anke.

06:12 E-Mail

Liebste Anke, ich habe mir vorgestellt, wie du bei mir bist und ich dich spüre. Ich muss auch arbeiten, aber ich fiebere dir entgegen. Ich küsse dich. Dein Ronni.

*

Geli Hassemer war wieder sehr früh im Kommissariat, genügend Zeit, die häuslichen Geschehnisse vom Vortag Revue passieren zu lassen. Als sie nach dem Dienst die Haustür aufgeschlossen hatte, war das Schlimmste schon vorbei gewesen. Tatsächlich hatte sich ihr Töchterchen Jana nur eine Verstauchung eingehandelt – mit einem genialen Stunt. Denn sie wollte ihren Hund Lily wohl zu einem Superdog trainieren und dazu gehören zweifellos große Sprünge. Also war sie zur Anschauung mit der großen Schwester Lea vom Etagenbett heruntergehüpft – direkt in die Lego-Spielzeugkiste. Der Erfolg hatte nicht auf sich warten lassen. Oma und Opa hatten den Schrei gehört, Jana ins Ingelheimer Krankenhaus gefahren und röntgen lassen. Danach war Intensivstation zuhause angesagt gewesen: Liebhalten, Kuscheln, Schmusen und als Krönung Arnika-Globuli für diesen besonders schweren Fall.

Der Fuß musste jetzt einige Wochen mit einer blauen Bandage fixiert werden, was der Kleinen zunächst viel Interesse und Zuspruch einbringen würde. Aber die Mutter kannte ihr Kind: bald würde es ihr lästig werden und sie würde sich bemühen, den Verband wieder loszuwerden.

Auf manche Neuerwerbung ist man stolz – bis man nach einiger Zeit die Nachteile kennen lernt. Ob das auch dem einen oder anderen stolzen Yachtbesitzer so ging, wenn er das erste Mal die Betriebskosten kalkulierte? In der Zeitung hatte sie einige recht junge Motoryachten gefunden, die mit erheblichen Nachlässen auf den Neupreis angeboten wurden. Kai Pritsche klopfte an die offene Bürotür. Er hatte die Yachtbesitzer wohl eher am Trailer oder LKW angetroffen als auf dem Wasser.

„Die meisten waren gerade dabei, ihre Yachten winterfest zu machen oder ins Winterquartier zu befördern. Als ich mal einfach so auf einen Anlegesteg gegangen bin, um mit den Leuten zu sprechen, wurde ich gleich angemacht. „Was haben Sie hier zu suchen? Sie sind nicht Mitglied des Yachtclubs, ich kenne Sie nicht. Verlassen Sie sofort den Steg. Das ist Privatgelände!‘“

„Na ja, die haben halt Angst, dass ein Kratzer an ihre Lieblinge kommt.“

„Oder was geklaut wird. Dann habe ich mich zu erkennen gegeben und das haben sie natürlich auch zunächst nicht geglaubt, waren aber etwas vorsichtiger. Logisch, dass die den Ausweis sehen wollten. Und dann haben sie geradezu die Nase gerümpft, als ich sie fragte, ob in der Nähe ein altes Boot liegen würde oder ob sie jemanden mit einem alten Boot kennen würden. Den Schlüssel gar, den wollte niemand auch nur anfassen. Immerhin hat einer gemeint, dass so ein alter Schlüssel wohl eher zu einem Hausboot gehören würde. Das war es dann aber auch.“

„Ein Hausboot also.“ Geli Hassemer überlegte. Sie war mit ihren Kleinen öfter in der Umgebung unterwegs und das eine oder andere Hausboot hatten sie schon gesehen. Welche Leute lebten auf einem solchen Boot? Individualisten mindestens, manche vielleicht auch Sonderlinge. Sie wohnte im Ortskern von Gau-Algesheim, wo jeder jeden kannte und der Stadt-Tratsch alles wusste – lange vor der Zeitung und dem Radio und inklusive des zum Verständnis notwendigen Kommentars. Auf einem Hausboot war man abgekoppelt von all dem, nur für Eingeweihte erreichbar.

Das passte dazu, dass der tote Mann bisher von niemandem vermisst wurde. Und es passte dazu, dass er im Wasser gestorben war. Genauer gesagt: vermutlich einen Schlag auf den Kopf bekommen und dann im Wasser ertrunken war. Oder ertrunken worden war. Die Hauptkommissarin schüttelte sich. Es gab viele Möglichkeiten zu ertrinken – in jedem Fall ein unschöner Tod. Aber wer stirbt schon gerne freiwillig?

Welche Hausboote gab es in der Gegend? In der Hauptfahrrinne des Rheins mit seiner starken Strömung konnte sie sich das nicht so recht vorstellen, in den Seitenarmen sehr wohl. In Nackenheim hatte sie bereits einige gesehen und lag da nicht auch eins hinter der Schiffsgarage der Wapo-Kollegen auf der Maaraue? Sie rief bei ihren Kollegen von der Wapo an.

„Hallo Herbert“ meldete sich eine männliche Stimme und Geli Hassemer musste erst einmal schlucken. „Na, was ist los?“

„Hier Hassemer, Kripo Mainz.“

„Entschuldigung Frau Hassemer, ich ...“

„... schon gut. Ist ja nun erst ein paar Wochen her. Haben Sie schon die Fragen ansehen können, die ich Ihnen gestern faxte?“

„Ja, wir haben sie soweit durch, aber noch nicht schriftlich gefasst. Sie möchten sicher nicht warten, denke ich.“

„Ja, da denken Sie richtig.“

Die Hauptkommissarin war leicht angefressen.

„Nun, also die Strömungsgeschwindigkeiten im Rhein liegen derzeit im Mittel bei etwa acht Stundenkilometern, je nach Abschnitt schwankend zwischen 6 und 12 Stundenkilometern. Am schnellsten, schmalsten und tiefsten ist der Rhein an der Lorelei und am Binger Loch. Die Schiffe fahren in Bergfahrt mit etwa 10 Stundenkilometern im Schnitt – an der Lorelei mit ihrer starken Strömung langsamer, stromauf wieder schneller, wenn die Strömung abnimmt. Am Binger Loch geht es dann für leistungsschwächere Schiffe kaum noch voran, so dass sie dann einen Schlepper dazu spannen. In Talfahrt erreichen die Schiffe dann leicht zwanzig Kilometer pro Stunde, könnten sogar schneller. Aber mehr dürfen die nicht fahren, die Geschwindigkeit wird überwacht.“

„Kennen Sie Hausboote, die zwischen Koblenz und Oppenheim liegen, vielleicht auch ein Stück in den Main hinein?“

„Ein paar gibt es schon, aber nicht sehr viele. Ich kann Ihnen bis morgen eine Liste schicken.“

„Wenn Sie das schaffen, gibt es einen guten Espresso.“

„Das ist ja wie bei He ...“

„Geli. Geli Hassemer.“

*

Die Nacht war magisch gewesen und ich mag erstmal gar nicht aufstehen, um die Illusion weiter zu genießen, dass Anke neben mir liegt. Doch irgendwann bin ich doch wach und kurz danach unterwegs ins Büro. Es gibt einiges zu tun – zunächst muss ich die Pläne des „Kaiman“ aus dem Provisorium holen. Mein Kollege Heinz ist bereits seit sieben Uhr da, hat aber zu viel zu tun, so dass ich allein über die Wiese zur alten Baubude aus den Fünfzigern gehe.

Sie war damals von einem Bauunternehmen erworben worden, als schnelle Lösung, um technische Zeichner und Ingenieure unterzubringen. Ein Provisorium eben, und die sind bekanntermaßen am dauerhaftesten. Vom Stöberhai mit seinem trotzigen Turm und den Bunkern aus Beton und Stahl wird bald nur noch Betonschutt für den Straßenbau übrig sein. Das Provisorium aber wird bestimmt noch viele Jahre stehen und nicht nur meinem in Mainz deponierten Rad eine Unterkunft, sondern Archäologen später einmal ein Zeitfenster in die zweite Hälfte des zwanzigsten Jahrhunderts bieten.

Dass die ehemalige Baubude nun viele Jahre leer stand, lag daran, dass der nach dem Krieg vordringliche kostengünstige Wohnungsbau im Stadtgebiet weitgehend abgeschlossen war. Man brauchte einfach nicht mehr so viele Ingenieure und Zeichner. Dazu war die Computerrevolution gekommen, hatte die Produktivität der Ingenieure enorm gesteigert und damit auch die Bauzeichner arbeitslos gemacht. Noch in den achtziger Jahren zogen hier mehr als zwanzig Zeichner auf riesigen Zeichenbrettern mit Zeichenmaschinen feine Linien. Beschrifteten mit Tusche und Schablone höchstgenau und peinlich sauber riesige Pläne. Für Änderungen wurden die falschen Eintragungen säuberlich abgeschabt und dann sorgfältig verbessert. Heute erledigten zwei Zeichner dieselbe Arbeit mit dem Computer. Ganz ohne Zeichenbrett und Rasierklinge. Im Hauptgebäude war schon lange genug Platz für die übrig gebliebenen Mitarbeiter.

Einmal war gar ein Vertreter der Stadt da gewesen, auf der Suche nach historischen Schätzen. Tatsächlich – so hatte er dem überraschten Chef erläutert – sei das Provisorium die letzte original erhaltene Baubude aus den Fünfzigern im Stadtgebiet. Was immer man unter „erhalten" verstehen mochte: man verzichtete darauf, die Holzkonstruktion unter Denkmalschutz zu stellen. Gebracht hätte es sowieso nichts, denn längst hat der Holzschwamm Einzug ins Gebälk gehalten.

Eine prächtige Gartenkreuzspinne hat ihr quadratmetergroßes Netz direkt neben den Eingang gesponnen, zwischen den Fensterrahmen und einem Ableger der überall auf dem Gelände wuchernden Robinien und Essigbäumchen. Die Tür ins Innere klemmt, sie hat sich wie die ganze Holzschalung verzogen, gibt aber bei gutem Zureden doch nach.

Die Luft im Innern ist nicht so schlecht wie man erwarten könnte. Ein großes Loch im Dach sorgt für Dauerbelüftung, der Knöterich hat sich durchgearbeitet und breitet sich bereits im Nebenraum aus. Der ehemals wohl hölzerne Dielenboden ist längst verrottet und bildet eine Hügellandschaft. Nur das immer noch feste Linoleum verhindert ein Durchbrechen, wenn auch beim Gehen über die morschen Dielen ein gewisser Nervenkitzel dabei ist.

Auch im Innern sitzen natürlich Spinnen in jeder Ecke, der allgegenwärtige Staub reizt meine Schleimhäute und ich muss niesen. Erstaunlicherweise funktionieren die Lichtschalter noch und alte, brummende und flackernde Neonröhren erhellen die Räume spärlich. Gitterregale speichern jede Menge Planrollen; selbstgezimmerte Regale mit durchgebogenen Böden halten seit unendlichen Zeiten ganze Reihen prallgefüllter und chronologisch sortierter Ordner mit sauberer Beschriftung. Es ist mal wieder eine Zeitreise.

In den Sechzigern dominierten Wohnungs- und Straßenbauprojekte vom Wohnblock bis zur Erschließung ganzer Siedlungen, in den Fünfzigern stand der Wiederaufbau im Vordergrund. Neben Gutachten zur Standsicherheit von Gebäuden, Brücken und Anlagen steht ein Ordner „Statik Tauchglockenschiffe". Ich greife ihn mir und bin kurz danach wieder im Freien, muss erst einmal den Dreck aus der Lunge husten. Auf der Treppe zum Büro kommt mir Heinz entgegen, der bereits zur nächsten Baustelle unterwegs ist.

„Halt, Ronni. Einen Moment!"

Er wischt mir verstaubte Spinnweben vom Kopf, schaut auf den Ordner und schüttelt den Kopf.

„Dann viel Spaß beim Auswerten. Und hol dir keine Staublunge."

Dann ist er wieder weg. Ich wische erst den Ordner ein wenig feucht ab und breite ihn dann vorsichtig in meinem Büro aus. Zunächst kommt der Schriftverkehr. Das Wasser- und Schiffahrtsamt – nach der neuen deutschen Rechtschreibung soll man es gar – grausig! – mit drei „f" hintereinander schreiben – beauftragt die statische Untersuchung des „Krokodil" und des „Kaiman". Die Schiffe sollen modernisiert und mit neuen Kompressoren und Antrieben ausgerüstet werden. Da beide Schiffe durch ihren hohen Tauchschacht stark toplastig sind, können sie schnell umkippen, wenn die Gewichtsverteilung nicht stimmt. Wie und wo also ordnet man die neuen Aggregate an?

Nach einigem Schriftverkehr hat man dann eine interessante Lösung entwickelt, die auf den Tuschezeichnungen genau ausgeführt ist. Die Aggregate wurden seitlich möglichst weit außen angeordnet, um die Kippneigung auszugleichen. Da der neue Kompressor trotz höherer Leistung wesentlich kleiner als die alten Kompressoren war, entstanden gleichzeitig neue Räume unter Deck, die heutigen Spielräume. Dazu gehörte aber auch der ziemlich große Raum direkt am Anleger in Schiffsmitte, auf dessen Tür heute „Zutritt verboten“ prangt. Interessanterweise ist dieser in der Zeichnung mit „freizulassen“ beschriftet und mit einer Spinne markiert. Einer plattgedrückten Hausspinne, die daran wohl schon seit Jahrzehnten haftet. Die war wohl ein wenig zu neugierig gewesen.

Wenig später sind die Pläne gescannt und freigestellt. Mehr aus Spieltrieb als aus Reporterneugier lege ich die Pläne im transparenten Modus über meine Bilder des „Kaiman“. Sie passen ganz gut, aber eben nicht ganz. Der Turm steht schief. Es könnte daran liegen, dass ich bei den Fotos die Kamera etwas gekippt habe, aber ein Vergleich mit der Wasserlinie im ruhigen Wasser des Rheinarms schließt das aus. Der „Kaiman“ hat Schlagseite, wenn auch so wenig, dass man es bei einem normalen Schiff überhaupt nicht bemerken würde. Bei einem Schiff mit einem über zehn Meter hohen Turm aber schon, jedenfalls wenn man darauf achtet. Und es gibt noch etwas: Auf einem älteren Foto mit abgelassenem Schacht steht der „Kaiman“ gerade. Ob das was mit der Schlagseite zu tun hat?

Heinz läuft auf dem Gang an meinem Büro vorbei. Eine gute Gelegenheit, meine Fragen loszuwerden.

„Hallo Heinz. Ich habe da was beim „Kaiman“ gefunden. Ist es kritisch, wenn er etwas Schlagseite hat?“

„Die Statik habe ich damals nicht gemacht. Aber ganz ohne Bedeutung dürfte es jedenfalls nicht sein. Lass mich mal genauer in die Pläne sehen.“

Er vergleicht die Bilder auf dem Monitor und schaut dann in die Pläne.

„Was immer die Schlagseite verursacht, steht in dem Raum am Anleger, der nach den Plänen eigentlich freizuhalten ist. War früher wohl die Sprengstoffkammer. Hast du eine Ahnung, was es heute sein könnte?“

„Wahrscheinlich der Anschlussraum – die Stromzuleitung von der Landungsbrücke geht direkt in diesen Raum. Es scheint logisch, dass man den Anschluss in diesen Raum legt, um Leitungslänge und Kosten zu senken."

„Möglicherweise ist dieser Raum in der Statik als „freizulassen" markiert, weil er am weitesten von der möglichen Drehachse des Schiffes entfernt ist. Alles in diesem Raum übt damit quasi eine hohe Hebelwirkung auf diese Achse aus und verstärkt damit die Schlagseite. Allerdings dürfte selbst ein dickes Kabel keinen Effekt im Verhältnis zur Gesamtmasse des Schiffes von etwa 500 Tonnen haben. Was also verursacht die Schlagseite?"

„Soweit ich weiß, standen da früher die Aggregate für den Betrieb des Tauchschachts, Pumpen und der Kompressor. Aber der Schacht ist sowieso nicht mehr in Betrieb. Die sind also entbehrlich."

„Das wäre meine nächste Frage. Kann es sein, dass der Tauchschacht doch noch in Betrieb ist? Auf einem älteren Foto scheint er herabgelassen zu sein und vielleicht ändert das die Statik."

„Nein, die Schlagseite hat damit sicher nichts zu tun, ganz im Gegenteil. Wenn der Tauchschacht heruntergelassen ist, wirkt er wie ein Gewicht, das das Schiff gerade richtet. Ein Kielschwert sozusagen. Ich sähe keinen Grund, den Tauchschacht aus diesen Gründen nicht in Betrieb zu halten."

„Also wäre die Schlagseite eigentlich nur dann zu sehen, wenn der Schacht oben ist."

„Ja. Aber vielleicht ist das dadurch weggefallene Gewicht ja durch die neuen Anschlussleitungen ausgeglichen worden? Das sind nicht nur die Stromleitungen, sondern auch Wasseranschluss, Sicherheitseinrichtungen und so weiter. Vielleicht sprichst du mal den Betreiber darauf an? Die neue Anlage muss sicher auch abgenommen worden sein."

Heinz zuckt die Schultern und ist schon wieder unterwegs zum nächsten Projekt, da dreht er sich noch einmal um.

„Vielleicht ist es einfach auch nur eine Batterie."

„Wie kommst du jetzt darauf?"

„Letztes Jahr war ich im August am Lago Maggiore, in Stresa. Dort findet zu Mariä Himmelfahrt, Maria Ferragosto, am 15. August eine

Bootsprozession statt. Dabei trägt Maria einen Heiligenschein, der von einer Autobatterie gespeist wird."

„Und?"

„Letztes Jahr hat das einer gemacht, der wohl neu war. Die Batterie war jedenfalls nicht genau in der Bootsmitte und auch die elektrischen Kontakte waren nicht richtig festgezogen. So hatte Maria Schlagseite und manchmal flackerte der Heiligenschein etwas."

Heinz schmunzelt und fährt fort.

„Ob das bei Mechtersheimer auch so ist, weiß ich natürlich nicht."

*

Es soll eine Überraschung sein, doch nach den wenigen Minuten Zweisamkeit fühle ich, dass wir einfach zusammengehören. Fühlt sie es auch so? Heute hat sie Dienst, Croupier bis vier. Es ist bereits nach Mitternacht, als ich von der Wilhelmstraße zur Spielbank einbiege. Staatstheater und Kurhaus sind effektvoll beleuchtet. Die Säulen und wuchtigen Portale ragen in die Dunkelheit wie alte Schiffe, die schon lange vor Anker liegen. Die Parkplätze vor dem Eingang, früher begehrtes Nobelhobel-Schaufenster, sind einer Tiefgarage mit weniger Prestigecharakter und mehr Regenschutz gewichen. Ich habe Glück, finde einen Parkplatz in der an die Spielbank angrenzenden Paulinenstraße.

Das Foyer beeindruckt mit seiner Höhe, dem von roten Granitsäulen getragenen Gewölbe. Der Durchgang zum Kurpark ist verschlossen; in der Dunkelheit hinter den Scheiben spiegelt sich das Foyer. Links ist der Eingang zur Spielbank, wo man – vier Jahre nach meinem letzten Besuch – nun auch ohne Krawatte hineinkommt. Die Sicherheitsvorkehrungen allerdings sind erweitert worden und umfassen nun auch ein aktuelles Foto von mir mit der Webcam.

Im Innern gilt striktes Fotografierverbot, auf diesem Wandelplatz der Eitelkeiten, der an Wochenenden fast noch mehr Voyeure als Spieler anzieht. Überall blitzt und blinkt es, Glas, Spiegel, Messing, die Säulen aus rotem Granit. Das grüne Tuch der Spieltische lockt die Spieler zu den Tischen. Roulette, Poker, Black Jack. Die Männer in Sakkos, die Frauen eher im kleinen Schwarzen als im feinen Tuch, elegant aber allemal. Ein Teppich aus Wortfetzen liegt in der Luft, unaufdringlich, aber vernehmbar. Kommentare über dies oder das, Kalkulationen über Zahlen und Wahrscheinlichkeiten. Alles unverbindlich, frei: Hier geht es um Glück und das ist bekanntlich schwer zu greifen.

Die Roulette-Tische sind voll besetzt, in zweiter Reihe verfolgen Kibitze die Spieler, die sich ihrer Bedeutung sehr bewusst sind und mit großspurigen Gesten kleine Beträge setzen oder scheinbar lässig große Euro-Scheine in die Mitte werfen. Am Kopfende überwacht ein herrschaftlich thronender Croupier die Aktionen am Tisch. Auch die Pokertische sind voll besetzt, ein junges Publikum, das sich der Kleiderordnung unterworfen hat, um professionell zu zocken. Die Black-Jack-Tische sind umgezogen und es ist nicht schwer, Anke zu finden. Natürlich ist sie die Schönste im Saal und natürlich scharen sich die Männer um ihren Tisch.

Wenn sie die Karten zieht, sieht es aus, als schlüpften sie von allein in ihre Hand und wenn sie gibt, schüttelt sie die Karten wie Tropfen in enormem Tempo und dennoch zielgenau zu den Mitspielern. Selten einmal verrutscht eine gegebene Karte um einen Zehntel Millimeter auf dem Tisch. Dann runzelt sie ihre Stirn und ich habe den Eindruck, dass die Karte sich duckt, weil sie weiß, dass sie etwas falsch gemacht hat.

„Sechzehn. Rest oder Karte?"

Sie fixiert den Spieler, bohrt sich in seine Augen, eine Sekunde wartend, länger nicht. Dann kommt ein kurzer mahnender Blick, gefolgt von einem millisekundenlangen Lächeln, wenn er sich endlich entschieden hat. Endlich haben alle gesetzt und sie spielt die Bank.

„Zehn-fünfzehn-einundzwanzig. Bank gewinnt."

Ein leichtes Stöhnen bei einem, der zum wiederholten Mal verloren hat. In Sekunden schaufelt Anke ungerührt die Jetons mit den Karten zu sich, sortiert sie in die Kästen oder lässt sie in einem Einwurf verschwinden. Und schon ist das grüne Tuch wieder leer.

Wer will sich auf das nächste Spiel mit Miss Cool einlassen? Mit dieser schönen Frau, deren straff nach hinten gebundenen Haare ihre Augen- und Wangenpartie so betonen. Deren passgenau sitzende Dienstkleidung ihren Körper ahnen, aber nicht sehen lässt.

Alle wollen weiterspielen, bis der letzte Euro verzockt ist. Sie kennt das Geschäft, hat es im Griff. Wer sich mit ihr messen will, muss dafür zahlen. Das nächste Spiel. Drei der sechs Spieler überkaufen sich, aber drei gewinnen gegen die Bank, die sich auch überkauft. Anke nimmt es mit Gleichmut, zahlt die Gewinner in Jetons aus, schnell weiter zum nächsten Spiel. Ein Spieler steht auf, will seinen Gewinn retten, bevor sie ihn ihm wieder abnimmt. Ein Platz ist frei, sie schaut, wer an den Tisch kommt – und sieht mich.

Sie stutzt einen winzigen Moment, sieht mich und die Zeit bleibt eine lange Winzigkeit stehen, schleicht dann weiter. Anke sieht zum Nächsten, neutral und leidenschaftslos, niemand hat etwas von uns bemerkt. Ich will sie nicht stören, gehe zunächst wieder zu den Roulette-Tischen und halte mich danach mit einem Espresso an der Bar wach. Um drei Uhr früh kommt sie vom Tisch, immer noch fit. Sie geht an mir vorbei als ob sie mich nicht kennt, haucht nur ein „um vier". Gewollt ungewollt berührt ihre Hand für einen winzigen Augenblick meinen Rücken, Funken sprühen und schon ist sie weiter.

Dann steht die Zeit als ob sie nie das Laufen gelernt hätte. Der Barkeeper wirft in hohem Bogen Eiswürfel hoch, durchscheinende Kuben, die sich blitzend in der Luft drehen, bevor sie mit einem satten „Klong" in das Glas fallen, wo sie sich ein letztes Mal aneinander reiben. Die Croupiers an den Roulette-Tischen führen ein merkwürdiges Zeitlupen-Ballett auf. Einer nimmt die Kugel auf, einer dreht den Kessel und einer wirft, immer wieder untermalt von Geräuschfetzen. Die Kugel wälzt sich wie ein Medizinball in tiefem Schnee mühsam vorwärts, steuert auf die Rhomben zu und springt wirr hin und her, bevor sie endlich in einer Kammer zum Liegen kommt. Der allgegenwärtige Flüsterteppich zerreißt in ein Flickwerk, das seinen inneren Zusammenhang verloren hat.

Anke arbeitet an verschiedenen Tischen mit und ich sehe jede Sekunde auf die Uhr, bis die Spielbank endlich schließt. Es ist vier Uhr morgens, bald wird die Müllabfuhr der hessischen Landeshauptstadt ihr Tagwerk beginnen.

Anke kommt schon kurz nach vier durch den Seiteneingang zur Sonnenberger Straße. Sie hat sich beeilt und trägt noch die dünne Hose ihrer Dienstkleidung, darüber die Bluse. Es ist kalt und schnell hält sie ihren weiten Mantel zu. Sie gibt mir einen Kuss und greift meine Hand.

„Komm, du hast mir gefehlt.“

Sie zieht mich in den Schatten des Kurpark-Tores, den die hellen Gebäudestrahler gnädig aussparen. Atemlos küssen wir uns. Heute hat sie ihre Lippen geöffnet, will mich gar aufessen. Sie öffnet ihren Mantel, hüllt mich darin ein und schmiegt sich eng an mich. Welcher Mann würde nicht darauf reagieren.

„Aha, da ist ja etwas für mich“ stellt sie fest, umfasst meinen Po und zieht mich noch fester an sich, reibt ihr Becken an mir. Es ist nur wenig Stoff zwischen uns, die dünne Stoffhose lässt fast jedes Detail spüren. Leider ist da auch ein Reißverschluss, natürlich genau an der falschen Stelle.

„Ich habe oft an dich gedacht.“ stellt sie mit einem prüfenden Unterton fest. „Und du?“

Ich kann zunächst nicht antworten, weil sie mich wieder küsst. Dann lässt sie einen Moment los, schaut mir prüfend in die Augen.

„Einmal.“

„Was, du Schuft?“

Sie stößt mich etwas weg, hält mich aber im Mantel gefangen.

„Nur einmal, dauernd. Seit ich aufgestanden bin bis jetzt.“

Diese Antwort befriedigt sie und wir widmen uns wieder uns selbst. Die Hitze, wenn unsere Körper aufeinander reiben, die plötzliche Kälte, wenn sich der Mantel bei unbedachten Bewegungen öffnet. Es ist ein Wechselbad, der Reiz des Improvisierten, Unvollkommenen. Wieder spielt die Zeit verrückt, diesmal aber in der falschen Richtung. Sie verfliegt oder vielmehr flieht. Eben war es noch vier Uhr morgens und schon kommen die ersten Busse um das Bowling Green und rauben uns unseren Schatten, unsere versteckte Zweisamkeit.

„Ich würde gern mit zu dir gehen, mein Schatz. Du wohnst doch ...“

„Nein, Ronni, das geht nicht.“

„Er wohnt bei dir?“

Sie nickt.

„Er wartet nicht auf mich, arbeitet auch nachts.“

„Schichtarbeit?“

„Kann man so sagen. Bitte dränge mich nicht. Ich will dich doch auch so gern sehen. Mir fällt schon etwas ein. Bringst du mich nach Hause?“

Die Scheiben meines Golfs sind beschlagen und ich wische sie mit einem Taschentuch trocken. Als ich einsteige, merkt sie, wie kalt meine Finger sind und legt sie zwischen ihre Schenkel, drückt sie in ihren Schritt und freut sich über mein verträumtes Gesicht.

Dann legt sie meine Hände mit einem gespielt strengen Gesichtsausdruck aufs Lenkrad.

„Der Motor ist warmgelaufen, sie können jetzt losfahren, Herr Chauffeur!“

„Wie Frauschaft es wünschen.“

Der Kombi springt sofort an – ich nehme den ersten Ring und dann die Schiersteiner Straße, vorbei an mehreren der stylischen Radarsäulen. Kurz vor dem Hafengebiet greift sie meine Hand.

„Halt an. Hier kann ich mich von dir verabschieden.“

Sie küsst mich, streicht mir über die Wangen und lässt ihre Hände bis zu meinen Oberschenkeln weiterwandern. Dann zieht sie sich zurück, öffnet ruckartig die Autotür. Sie geht um das Auto und bedeutet mir, meine Scheibe zu öffnen. Sie öffnet den Mantel, gibt mir mehrere kurze Küsse hintereinander und freut sich, dass ich ihre Brüste streichle, gut gegen unerwünschte Beobachter geschützt.

Dann ist auch dieser Zaubermoment vorbei. Sie richtet sich auf und drückt mir eine Kusshand auf die Lippen. Fest in ihren Mantel gehüllt, geht sie mit großen Schritten zum Hafen und lässt mich allein mit einem Herzen voll Gefühlen und einem kitzelnden Geruch in der Nase. Es ist der leichte Schwefelgeruch ihrer Haare, ein wirklich exotisches Gefühl. Ich frage mich, ob das für alle ihre Haare gilt und hoffe, dass ich das bald herausfinden kann.

Als ich auf die Schiersteiner Brücke fahre, ist sie längst in der Storchenallee verschwunden. Und ich mag mir nicht vorstellen, dass sie mit ihrem Freund in einem Bett schläft. Bestimmt wohnen sie nur noch zusammen, logisch. Der Abend ging gar zu schnell vorbei und ich freue mich auf das nächste Treffen. Und vielleicht unsere erste Nacht.

*

6:17 h Ich bin so müde, dass ich gleich einschlafen werde. Ich wünschte, du wärst bei mir, aber es geht ja noch nicht. Heute habe ich Dienst ab sieben abends – sehen wir uns davor? Ich war vor ein paar Tagen in Mainz einkaufen und habe ein Knöllchen bekommen, obwohl ich einen Parkschein gezogen hatte. Deshalb gehe ich morgen gegen Mittag zur Verkehrsüberwachung – danach bin ich frei. Wann kann ich dich sehen?

9:12 h Es ist schön, mit dem Gedanken an dich einzuschlafen und genau so wieder aufzuwachen. Wie schön muss es erst sein, neben dir aufzuwachen und dich zu spüren. Ich werde da sein, wo du bist. Wo auf dieser Welt sollte ich sonst sein? Ich bin schon seit sieben im Büro und kann daher heute Mittag schon weg. Darf ich dich zum Essen ins Hanoi in der Neustadt einladen?

11:22 h Habe sehr lange geschlafen – muss mich jetzt beeilen. Ich liebe dich.

*

Am Mittwoch saßen Geli Hassemer und Kai Pritsche am Besprechungstisch zusammen und diskutierten die Fahndungs-Ergebnisse zur Ankerleiche. Da hatten sie einmal ein gutes Foto eines Toten, ohne dass Leichenbestatter oder gar Maskenbildner zeit- und kostenaufwändig Hand anlegen mussten. Alle Zeitschriften hatten das Fahndungsfoto veröffentlicht und auch im Internet war es präsent. Sie hatten die Kollegen auch in den anderen Bundesländern um Hilfe gebeten. Über Intrapol, das länderübergreifende Polizeinetz, WinTelex, die moderne Version des ehemaligen Fernschreibers und auch direkt bei der Wasserschutzpolizei nachgefragt. Und doch war die Ausbeute bisher dürftig, um nicht zu sagen: Nicht vorhanden.

Auch die Analysenergebnisse aus der Lunge des ertrunkenen Mannes hatten sie nicht wirklich weitergebracht, denn es war der normale Wassermix um diese Jahreszeit und nicht einer bestimmten Stelle des Rheins zuzuordnen.

„Das Lehrbuch hätten wir also durch“ resümierte Geli Hassemer, die sich fragte, ob es wirklich Zufall war, dass ihr erster großer Fall sich so gegen eine Lösung sperrte. Der Unterschied zwischen Rheinhessen und Mainz ließ sie zweifeln. Wie lange würde die Anpassung an das neue Umfeld dauern? Die Unterschiede in der Polizeiarbeit waren groß, insbesondere in diesem Fall, in dem der Rhein als internationale Wasserstraße erster Ordnung eine Hauptrolle spielte. Mit dem ruhelosen Schiffsverkehr aus allen möglichen Staaten, Besatzungen aus verschiedensten Ländern und einer nicht zu überschauenden Vielfalt an Gütern.

„Herb … Hauptkommissar Wülfing pflegte immer zu sagen, dass er den Leuten gern im Genick sitzt, bis er das weiß, was er wissen will." dachte Pritsche laut und die Hauptkommissarin warf ihm einen prüfenden Blick zu. Wie ein Geist wurde ihr Vorgänger immer wieder erwähnt, machmal aus Berechnung, um sie zu ärgern, ihr zu sagen: Der hätte das besser gemacht. Manchmal aus Gewöhnung, was nach mehr als dreißig Jahren im Polizeidienst verständlich war. Ärgern tat sie es doch, auch wenn sie es natürlich nicht ganz vom Tisch wischen konnte.

„Im Nacken sitzen" … wem konnte sie im Nacken sitzen? Das Umfeld des Toten war nicht greifbar, wahrscheinlich ein Ausländer, vielleicht legal hier, vielleicht illegal. Vielleicht war er ein Wanderer zwischen den Welten gewesen und hatte nun die Grenze zum Hades überschritten. Oder hatte doch der Kapitän der „Melaga" damit zu tun? Nein, so dumm würde niemand sein, mit einer Leiche am Bug über Europas meistbefahrene Wasserstraße zu fahren. Andererseits waren ihr die Blicke zwischen dem Kapitän und seinem Matrosen nicht entgangen. Da war etwas abgestimmt worden, das sie nicht kannte. Vielleicht war es einfach nur der Wunsch gewesen, mit deutschen Behörden nichts zu tun zu haben. Vielleicht aber doch mehr? Vielleicht, vielleicht, vielleicht ...

Sie machte sich eine Notiz und beschloss, den Kapitän anzurufen und zu fragen, ob ihm inzwischen etwas Neues aufgefallen sei. Vielleicht gab es ja etwas, womit man Capitan Doelemans ein wenig aus der Ruhe bringen konnte. Sie schaute ihren Stellvertreter fest an. Das Heft würde sie sich nicht aus der Hand nehmen lassen.

„Wir kennen noch immer niemanden aus dem Umfeld der Ankerleiche. Das macht es nicht einfacher. Welche Ansatzpunkte haben wir noch?"

Der Oberkommissar schaute weg, wich ihrem Blick aus. Was sollte er auch sagen? Auch er wusste nicht wirklich weiter und beschloss, einmal bei Herbert nachzufragen. Aber natürlich nach Feierabend. Die neue Chefin musste ja nicht alles wissen.

*

Als die Festung Mainz, über Jahrhunderte mit Festungsbauwerken überwuchert, mit der Idee der Stadtwerdung schwanger ging, war das 19. Jahrhundert bereits fast an seinem Ende angekommen. Die wichtigste Etappe – man kann auch sagen die Entbindung – war zweifellos der Abbau der Stadtmauer. Plötzlich entstand Platz, Luft, Neuland – und auch eine Sichtverbindung vom Bahnhof zum Rhein, wunderbar. Die wurde umgehend zu einer Prachtstraße, dem „Boulevard" ausgebaut.

Zu par(ad)iserisch sollte die Domstadt aber wohl auch nicht werden und so machten sich in den folgenden Jahren Kleingeister ans Werk. Zunächst benannten wilhelminische Patrioten die weltläufige Allee zur teutsch-korrekten Kaiserstraße um und 1938 klotzte die Bundesbahndirektion ans obere Ende den zeittypisch monumentalen „Kreyßig-Flügel". Hitlers Leibarchitekt Albert Speer hatte mit Elementen aus dem Bombasto-Baukasten den Sichtriegel nahtlos dem älteren Teil des Stadthauses auf der Seite der Kaiserstraße angepasst. Dazu war noch eine wuchtige Übergangsbrücke gekommen, die beide Teile des heutigen Stadthauses verbindet: Aus war es mit der Sichtachse und der neuen Mainzer Luftigkeit.

Die Fassade des Kreyßig-Flügels wirkt düster, vom Straßenstaub grau marmoriert. Die Parkgebühren sind hier, unmittelbar am Bahnhof, hoch wie sonst nirgends in Mainz. Und gerade hier sollte man das Füttern der Eurogräber nicht vergessen, denn ständig schwärmen die Damen und Herren der Verkehrsüberwachung mit ihren bunten Leuchtfarb-Westen aus ihrer Zentrale im vierten Stock. Ein kpm – Knöllchen pro Minute – ist hier sicher problemlos zu erreichen.

Das Foyer des Kreyßig-Flügels empfängt mit einer düsteren Atmosphäre. Große Platten polierten Travertin-Marmors erschlagen mit ihrer dunklen, wild strukturierten Oberfläche das schüchtern-blass durch die Türen fallende Licht. Stilistisch unpassende Lichtfelder an den Decken können den Lichtmangel nur ungenügend ausgleichen und lassen die Einzelheiten im Zwielicht verschwimmen. Ständig kommen Männer und Frauen der

Verkehrsüberwachung herein und verschwinden im Fahrstuhl auf dem Weg nach oben. Neben der Fahrstuhltür erinnert eine Gedenktafel an die gefallenen Eisenbahner der beiden Weltkriege.

Ein Bronzekopf soll den Buchstaben wohl Leben einhauchen, aber die Gesichtszüge sind starr, in der maskenhaften Formensprache des dritten Reiches. Sie erinnern mich eher an den Triebkopf einer Lokomotive als an einen Menschen. So ungefähr saß der unbekannte Mann auf dem Anker und fuhr mit dem Schiff den Rhein hinauf; eine beklemmende Vorstellung. Gallionsfiguren auf alten Schiffen wirken dagegen richtig lebendig.

Eine große Kugel in warmem Messing weist den Weg zum Treppenhaus. Auch hier der Marmor mit seinen kräftigen Farben, verschwenderisch eingesetzt, feinst poliert und mit viel Aufwand den Rundungen des Treppenhauses angepasst. Die Herren Bundesbahndirektoren der dreißiger Jahre hatten zwar keinen guten Geschmack, aber einen teuren. Auf Kosten der Steuer- und Gebührenzahler selbstverständlich. Das ist heute in der Regel auch nicht anders, denkt man an Stuttgart.

Im ersten Stock dominieren weiter dunkle Farben, nur der Eingang zum Sitzungssaal bringt warmes Holzbraun ins Spiel. Die Flügeltür ist aufwändig mit Intarsien verziert, die die Entwicklung von der Postkutsche bis zum modernen Zug darstellen. Ein paar Pflanzen verbreiten etwas grünen Charme im langen Gang mit seinen Büros.

Das „Knöllchenbüro“ ist im vierten Stock, dort, wo in den Gängen der Marmor bereits weißem Wandputz gewichen ist. Ab hier zieht sich der grün-braun-weiße Travertin-Marmor nur noch an der Treppe mit ihren polierten, fein abgerundeten Handläufen weiter nach oben.

Ich setze mich auf einen Kunststoff-Stuhl auf dem Gang, irgendwo zwischen die vielen uniform cremeweißen Türen der Bußgeldstellen. Es ist kurz vor Mittag, die Publikumszeit der Verkehrsüberwachung ist bald vorbei. Und schon kommt sie heraus, ist mit schnellem Schritt mitten auf dem Gang und schaut sich um. Sie strahlt, als sie mich sieht, schaut schnell, ob jemand sonst auf dem Gang ist und gibt mir dann einen Kuss.

„Und hat er gebohrt?“

Sie stößt mich in die Rippen, sagt „Nö, die sind nett. Aber interessiert dich das jetzt wirklich?“ und zieht mich hinter sich her zur Treppe. Auf

dem Absatz sind wir zunächst ungestört, doch dann gehen immer mehr Sachbearbeiter in die Mittagspause. Wir schließen uns ihnen an und ich halte nur einmal im Foyer inne, denn der dunkle Kopf neben der Gedenktafel lässt mich nicht los.

„Was ist, Ronni?“

„Der Kopf an der Wand … wie findest du ihn?“

„Ehrlich gesagt, schrecklich. So kalt. So stelle ich mir jemanden vor, der gerade von der Guillotine geköpft wurde.“

„So ähnliche Gedanken kommen mir auch. Er erinnert mich an die Ankerleiche.“

„Ich habe deinen Bericht in der Zeitung gelesen. Beängstigend, wie nah du dran warst. Doch komm, ich habe Hunger.“

Wir nehmen den rheinseitigen Ausgang auf den zentralen Grünstreifen der Kaiserstraße. Es ist zu öffentlich, wir laufen nebeneinander her, als hätten wir nichts miteinander zu tun. Ich frage mich, wie lange das Versteckspiel noch dauern mag. Als ahnt sie meine Gedanken, streicht sie wie zufällig über meine Hand und wir verhaken kurz unsere Finger ineinander, lassen dann wieder los.

Es ist nicht weit bis zum „Hanoi“ in der Neustadt, zu Festungszeiten das „Gartenfeld“ vor der Stadtmauer. Heute erinnert noch der Gartenfeldplatz an diesen Namen, um den herum zur Jahrhundertwende günstiger Wohnraum für die Mainzer Bevölkerung gebaut wurde. Ausgehend von den Erfahrungen der Großstadt Berlin wurden dabei exakte Maße vorgegeben, die für genügend Licht in den Hinterhöfen sorgten und der Feuerwehr einen ungehinderten Zugang auch zu den Hinterhäusern gewährte. Entstanden war ein typisches Wohngebiet mit bezahlbarem Wohnraum.

Anke war noch nie im „Hanoi“, in dem alles frisch und viel mit Koriander und Zitronengras zubereitet wird, aber das Essen ist heute Nebensache. Der Tisch neben der Eingangstür ist genau richtig für uns, doch wieder rast die Zeit davon. Kaum haben wir bestellt, ist die Ente auf dem Tisch und wir lösen unsere Hände für ein paar Minuten voneinander. Nach dem Essen lockt es uns ins Freie. Wir haben noch Zeit bis zu ihrem Dienstbeginn und fahren zur russisch-orthodoxen Kapelle auf dem Neroberg in Wiesbaden.

Viele prächtige Villen säumen den steilen Weg zum Neroberg. Sie sind im Krieg verschont und danach mit viel Aufwand erhalten worden. Auch hier gibt es mitunter Köpfe als Fassadenelemente, speziell über Portalen. Es gibt pompöse, aber auch freche Karikaturen, die dem Betrachter die Zunge herausstrecken – was für ein Unterschied zur düsteren Kreyßigflügel-Fassade. Wie würde ein Bauhistoriker dichten? „Ein aus dem Barock tradiertes Jugendstil-Element ordnet sich in neuem Kontext der zeittypischen Formensprache unter." Ich sehe es eher eine Unterordnung des kreativen Lebens unter den Größenwahn dieser Zeit.

Die Kapelle liegt in der Sonne, ihre goldenen Kuppeln strahlen weit über Wiesbaden hinaus. Das Seitenportal ist für Besucher geöffnet, während das Südportal zur Stadt verschlossen ist. Es war dem Adel vorbehalten gewesen und wurde nach dem Tod des letzten Zaren Nikolaus II für immer verschlossen. Der Wärter erzählt uns gegen einen geringen Obulus die Geschichte der Kapelle, die der Herzog von Nassau zum Andenken an seine junge Frau bauen ließ, die im Kindbett gestorben war. Wir sind die einzigen Besucher, wandern händchenhaltend umher, hängen unseren Gedanken nach. Stühle und Bänke sucht man hier vergebens, denn hier soll man stehen, wenn man mit Gott Kontakt aufnehmen will.

Schließlich gehen wir nach draußen, setzen uns auf eine der Bänke in die Sonne. Anke erlaubt mir, meinen Kopf auf ihren Schoß zu legen. Ihr Herzschlag ist immer noch aufgeregt, wunderbar. Und wieder rast die Zeit und es sind scheinbar nur Sekunden, bis ich sie wieder an der Spielbank absetzen muss. Ich parke auf dem Parkstreifen neben dem „Warmen Damm", dem Park auf der Rückseite des Staatstheaters. Büsche und Bäume geben uns Sichtschutz und wir können uns ungestört verabschieden.

„Um vier? Und dann zu mir?"

„Ronni, das muss ich erst vorbereiten. Aber du darfst mich abholen, in Ordnung?"

Ein letzter Kuss, fest und bestimmt. So geht sie mit beschwingtem Schritt zum Casino, ihre Hüften schwingen wunderbar. Am Eingang dreht sie sich noch einmal nach mir um, dann schließt sich die schwere Tür hinter ihr.

*

Es ist noch viel Zeit, bis ich Anke abholen kann und ich möchte sie nicht bei der Arbeit ablenken. Es kribbelt in mir, sie wieder in meinen Armen zu halten. Sie zu riechen, ihr Herz zu hören. Wann werde ich sie endlich ganz spüren? Es sind noch so viele Stunden bis zum Morgen ...

Wie automatisch fährt mein Auto an den Rhein, nach Kastel, zum Kaiman. Die Schlagseite lässt mich nicht ruhen, meine Kamera habe ich wie immer dabei, mein Stativ mit der eingebauten Wasserwaage natürlich auch. Die Sonne steht schon recht tief, blendet von der Stadtseite über den Rhein und wirft einen Scherenschnitt des Spezialschiffs auf die Uferböschung und die mit bunten Graffitti verzierten Betonflanken der Brückenauffahrt. Es scheint mir auch, dass der Tauchschacht etwas nach unten gefahren ist. Die Wasserlinie liegt auf der rotweißen Höhenmarke 23, nur knapp unterhalb der Stelle, wo der Arbeitsbereich unter Wasser endet und der Schacht sich nach oben stark verjüngt.

Wenn man weiß, wonach man sucht, findet man es auch: Der „Kaiman" hat zwar eine geringe, aber merkliche Schlagseite zum Ufer hin. Also muss etwas Schweres im Anschlussraum sein. Recherchieren geht über Reflektieren und so finde ich mich ein paar Minuten später auf der Anlegebrücke zum Schiff wieder. Es sitzt eine neue Dame am Eingang, sicher hinter einer stabilen Glasscheibe untergebracht. Schon oft habe ich von Auseinandersetzungen in solchen Daddelhöllen gelesen, wenn Spielsüchtige ihre frustgeborenen Aggressionen nicht mehr beherrschen konnten. Schlägereien, Bedrohungen: Die Polizei ist bei manchen dieser „Unterhaltungs-Etablissements" Dauergast.

Mich wundert die schiere Zahl der „Automatencasinos". Gibt es überhaupt genug Spielsüchtige, um diese Geldvernichter am Leben zu erhalten? Wie wird man zum Spieler? Wie kommen die Süchtigen immer wieder an Geld, wie denken, fühlen diese mutmaßlich armen Menschen?

Hinter dem Empfang geht es die bunt beleuchtete Treppe nach unten; der direkt dahinter befindliche Aufgang zum Turm ist blockiert. Eine weißrote Kette mit dem Schild „Kein Zugang. Privat." hängt über den metallisch grau gestrichenen Stufen, die zur Druckkammer des Tauchschachts führen. „Mainz is fun" – der Prospekt zur Neueröffnung hatte nicht mit Details gegeizt, den denkmalpflegerischen Aspekt herausgehoben und auch erwähnt, dass der Tauchschacht des Schiffs „natürlich" stillgelegt sei. Ich kann mir sowieso nicht vorstellen, wozu man ihn noch nutzen sollte. Eine Taucherglocke, mit der man unter Überdruck trockenen Fußes auf dem Rheingrund gehen konnte – das passt einfach nicht zu einem Spielcasino und ist ohne entsprechende technische Kenntnisse lebensgefährlich.

Vor der Montage der Spielautomaten ist das Schiffsinnere deutlich überarbeitet worden. Die zu den Daddelkabinen führende Treppe wurde verbreitert, die Kanten abgepolstert. Auf der gegenüberliegenden Seite ist ein neuer Notausgang angelegt worden, daneben vier Rettungsinseln für jeweils 12 Personen, ausreichend für voll besetzte Kabinen.

Der Gang ist mit blauen LED-Ketten an der Decke beleuchtet, die Bodenleiste wird von der Notbeleuchtung erhellt. Ich werfe einen Blick in die erste Kabine. Drei Zocker sitzen im Zwielicht, das Gesicht angestrahlt von den Spielmonitoren. Fahle Gesichter, deren Augen konzentriert auf die flimmernden Pixel starren. Die linke Hand schichtet ständig den Zwei-Euro-Stapel um, den der Geldwechselautomat aus dem letzten Hunderter vom Sozialamt gemacht hat, die rechte drückt abwechselnd auf den Start-/Stopp-Button des Glücksspiel-Automaten oder führt die halb aufgerauchte Zigarette zum Mund. Ein gieriges Saugen am Glimmstengel, ohne die Augen von den dahinhuschenden Bildern zu lassen – und schon schlägt die Hand wieder auf den Bedienknopf. Neues Spiel, neues Glück? Nein: Neues Spiel, neue Schulden. Drei Plätze sind noch frei, aber die sechs Automaten „laufen" im Dauerbetrieb. Jeder der Spieler spielt an zwei Automaten; die Lärmkulisse aus billigen Elektronik-Tonkaskaden nervt mich schon nach kurzem Zusehen. Das ist wirklich keine Welt für mich.

Viel interessanter ist da die Tür im Gang, direkt hinter mir, grau, stählern und unscheinbar. Und sie hat sogar ein Schild: „Zutritt verboten" heißt journalistisch „Öffne mich! Da ist was Interessantes dahinter". Ob ich es wagen kann?

Ich werfe einen Blick in den Gang – ich bin allein, es rührt sich nichts. Die Tür aber leider auch nicht, als ich die Klinke herunterdrücke. Zwei dickere Rohre laufen in Sockelhöhe aus dem Raum – das werden wohl die Wasserleitungen für die neuen Sanitäranlagen sein. Oberhalb der Tür ziehen sich Versorgungsleitungen in den Gang und verteilen sich von dort in die Kabinen. An den Leitungsdurchführungen schimmert ein wenig Licht aus dem Innern durch. Es gelingt nicht immer, ganze Kabelbündel fugendicht durch eine Öffnung zu legen. So wie hier.

Außer dem Lichtschein ist von meinem Standort aus nichts zu sehen, doch mir kommt eine Idee. Genau dieses Problem haben wir im Büro auch öfter. Bei einer Brückenprüfung müssen unsere Ingenieure auch in die Hohlräume sehen, so dass wir die dazu notwendigen Gerätschaften haben. Die muss ich mir nur noch besorgen, morgen werde ich den nächsten Versuch starten.

Heute geht es erstmal in die Mainzer Spielbank. Die dürfte inzwischen geöffnet sein und tatsächlich schimmert der Schein der bunten Lämpchen über die Oberfläche des Rheins. Doch erst fahre ich nach Hause, schlafe ein paar Stunden vor. Denn ich freue mich auf das Abholen von Anke, ihre Stimme, ihre Blicke, ihre Berührungen, auf noch soviel mehr. Und wer will schon einen müden Mann im Bett?

*

Alfred war sich nicht sicher, ob er anrufen sollte. Der Eigentümer der „African Queen“ saß in einem bunten Sammelsurium ältlicher Möbel unterschiedlichster Herkunft und überlegte. Seine Katzen lagen noch faul herum. Mit der zunehmenden Dämmerung würden sie munterer werden und dann auf dem Deck herumschleichen. Während es sich Nelli und Mutter auf zwei Plüschsofas bequem gemacht hatten, lag Kater auf dem großkalibrigen Verstärker seiner Hifi-Anlage, der eine wohltuende Wärme abgab. Katzennamen waren ihm nicht wirklich wichtig und den Katzen sicher auch nicht.

Alfred war bereits Mitte fünfzig und hatte eine untersetzte Figur, wobei die Untersetzung jedes Jahr ein wenig zunahm. Seine Haare waren lang, jedenfalls die, die er noch hatte, so dass er sie vom hinteren Haaransatz nach vorn und dann im eleganten Bogen zur Seite kämmen konnte. Damit entstand so etwas wie ein Toupet, das seine Kopfhaut gut bedeckte und fast bis zu seinem leicht gestutzen Kinnbart ging. Er lebte schon lange auf der „African Queen“, die er einst bei einer Vebeg-Versteigerung erstanden hatte. Die Vebeg versteigerte ausgedientes Bundeseigentum und irgendwann musste aus unerfindlichen Gründen einmal das ehemalige Fahrgastschiff hoheitlichen Aufgaben gedient haben. Das passte zu dem ehemaligen Bundeswehr-Feldwebel, der nach dem Z12-Dienst in der freien Wirtschaft nie so recht Fuß gefasst hatte und seitdem Mitglied in Deutschlands größtem Unternehmen, der Agentur für Arbeit, war. Irgendwann hatte er es aufgegeben, auf neue Jobs zu hoffen, denn auch die Weiterbildungsmaßnahmen wie der Staplerschein oder „Wie bewerbe ich mich richtig“ hatten erwartungsgemäß auch nichts gebracht.

Alfred schaute durch die Jalousien nach draußen, deren Lamellen halb gekippt waren und den ehemaligen Fahrgastraum der „African Queen“ in ein Halbdunkel tauchten, durch das die blauen LEDs der großen Lautsprecher schimmerten. Er liebte es hier zu wohnen, mitten in Frankfurt und doch im ruhigen Grünen der Niederräder Schleuse. Sie war schon lange stillgelegt, überflüssig geworden durch die Griesheimer Staustufe ein paar Kilometer mainab. Er wollte seine Ruhe und hier konnte er sie haben. Wenn er unter Leute wollte, paddelte er mit einem kleinen Ruderboot an dem anderen Hausboot in der Schleuse vorbei die paar Meter zum Ufer und ging über die Brücke zum Imbissrestaurant „Ponton“ der Werkstatt Frankfurt. Dort gab es nicht nur kostengünstige, einfache Gerichte und kühle Getränke, sondern auch das Neueste vom Tage. Doch genau das war jetzt das Problem.

Denn er kannte den Mann, der da in der Zeitung gesucht wurde. Er war sein Gast gewesen, schon seit zwei Wochen. Er hatte eines Tages einfach am Ufer gestanden, ihn gerufen und nach einer Bleibe gefragt. Alfred war gerade knapp bei Kasse gewesen und hatte ihm das ehemalige Führerhaus der „African Queen“ angeboten, sein Gästezimmer sozusagen. Mit einem eigenen Schlüssel und fein säuberlich getrennt von seinem Bereich, dem ehemaligen Fahrgastraum.

Charlie – so hatte sich der Mann vorgestellt – war es zufrieden gewesen und Alfred auch, hatte sein Mieter mit einem nagelneuen Schein doch gleich 500 Euro für einen Monat im Voraus bezahlt. Seitdem hatten sich die beiden nur selten gesehen. Charlie schlief gewöhnlich bis in den Nachmittag und ging erst weit nach Mitternacht auf Tour, wohin auch immer. Meist kam er gegen acht Uhr zurück, in seinem alten Auto, einem verbeulten Peugeot 306. Dann schlug das Gartentor und danach zischte die Leine, mit der er das kleine Boot an Land zog. Es folgte ein leichtes Schaben, wenn das Boot an der Bordwand anlegte und schließlich die schweren Schritte, als er ins Führerhaus ging, die Tür hinter sich zuzog und abschloss. Es war dasselbe Prozedere, jeden Tag. Alfred hatte keinen Grund zu klagen und sich schon auf die nächste Monatsmiete gefreut. Bis eben.

Er schaute mainab, in die Schleuse, in der die Betriebsboote des Wasser- und Schifffahrtsamts in der fortschreitenden Dämmerung nur noch schemenhaft zu erkennen waren und überlegte. Sollte er die Kripo anrufen? Charlie war in Mainz gefunden worden, im Wasser, stand in der Zeitung. Das war unweit der Mainmündung. War er hier in den Fluss gefallen? Das war unwahrscheinlich, denn dann wäre er auf dem Weg flussab schon in der ersten Schleuse in Griesheim im Rechen hängengeblieben, der den Turbinenzulauf frei von Unrat hält. Also sollte das Ganze irgendwo am Rhein passiert sein – was hatte er also damit zu tun?

Neugier ist keine nur weibliche Eigenschaft und so fand sich Alfred kurz danach vor der Tür zum Führerhaus. Sie war allerdings verschlossen und jetzt wusste er, dass er die Kripo anrufen sollte, denn er wollte seinen Schlüssel zurück. Er hatte gerade die in der Zeitung angegebene Nummer gewählt, als das Gartentor schlug. Alfred ging die drei Schritte bis zum Eingang, um zu sehen, wer da war. Und er wusste plötzlich, dass er doch nicht die Kripo anrufen sollte. Denn als sich eine Frauenstimme mit „Kripo Mainz, Hassemer“ meldete, kam Charlie die Uferböschung herunter.

*

Dicker blauer Velour auf dem Boden, straff gespannter grüner Filz auf den Tischen, polierte Holzoberflächen und jede Menge Kunststoff an den Daddelautomaten: Die SAR ist eine Spielbank amerikanischen Zuschnitts. Es sind nur wenige Gäste da, die sich am Roulette, Black Jack und Poker versuchen, aber das liegt wohl am Mittwoch. Wer hat schon mitten in der Woche Zeit und Lust zum Spielen? Ist die geringe Zahl der Gäste schon eine Auswirkung der Zocken-am-Rhein GmbH? Ich kann mir nicht vorstellen, dass es Baumann egal ist, dass die Stadt eine Konkurrenz-Gesellschaft zu seiner Spielen-am-Rhein GmbH gegründet hat.

Da werden irgendwelche Machtspielchen hinter Gittern ausgetragen worden sein. Hinter den Gittern des Rathauses, versteht sich. Sie sind optisch hässlich und funktional unsinnig, weil man dadurch die Fenster nicht richtig öffnen kann. Aber vielleicht wollte sich der Architekt auf diesem Weg ganz einfach über seine Auftraggeber lustig machen?

Bei der Eröffnung auf dem „Kaiman“ war Baumann jedenfalls nicht dabei. Vielleicht mag er ja selbst etwas dazu sagen, so ganz inoffiziell. Natürlich kenne ich ihn aus der Zeitung, bin mir aber nicht sicher, ob er mich kennt. Das werde ich gleich sehen, denn er sitzt an der Bar, in Anzug und Krawatte, feiner Zwirn „vom Boss aus Metzingen“. Neben ihm steht ein Angestellter seines Casinos in gestreifter Weste in Demutspose, holt sich offensichtlich eine Standpauke ab. Als auch ich mich an die Bar setze, unterbricht Baumann seinen Vortrag, mustert mich kurz und wendet seine Aufmerksamkeit wieder der Barkeeperin zu, die sich mit dem Putzen der Cocktail-Gläser ablenkt. So etwas nennt man wohl Übersprung-Handlung und es steigert Baumanns Laune sicher nicht.

Missmutig schaut er noch einmal um sich, lässt seinen Blick über mich hinweg wandern und geht dann ohne zu bezahlen zum Roulette, stellt sich hinter den Ober-Croupier. Ich gönne mir ein Bitter Lemon und gehe dann auch zum Roulette-Tisch, versuche etwas von dem zu Erhaschen, was Baumann mit dem Ober-Croupier bespricht, aber kaum bin ich da, verschwindet er hinter einer Tür mit der Aufschrift „Privat! Zutritt verboten!“

Ich bin kein Spieler und so versuche ich zur Recherche dem Treiben der Spieler zu folgen, aber bald beginnen meine Augen zu brennen. Leider ist das Rauchen in der Spielbank am Zollhafen wieder erlaubt. Als Besucher kann ich mich entscheiden, ob ich in eine solche Umgebung gehe, aber welche Wahl haben die Angestellten? Wo bleibt die ach so rührige Gewerkschaft mit dem Arbeitsschutz?

So flüchte ich denn schon um drei vor dem krebserregenden Qualm. Anke wird sich wundern, wieso meine Kleider so stinken, aber es ist ja noch Zeit bis vier Uhr und so werde ich ein wenig durch die frische Wiesbadener Nachtluft stromern, nachdem ich meinen Wagen auf dem Seitenstreifen vor dem Kurpark so geparkt habe, dass ich den Vorplatz im Blick habe.

Es zieht mich zum Kochbrunnenplatz, wo die heißen Quellen unentwegt sprudeln und ihren Dampf in die kalte Nacht entlassen. Ein Streifenwagen biegt von der Wilhelmstraße langsam in die Taunusstraße ein und seine Rücklichter verschwinden durch die Taunusstraße in Richtung Nerotal. Es ist fast vier Uhr. Bald wird Anke Dienstende haben und ich kann es nicht erwarten, sie zu sehen und zu fühlen. Wie in Trance laufe ich zurück, am Staatstheater entlang, getragen von der Wärme der Erwartung, setze mich in mein Auto.

Ich bin nicht allein vor dem Kurhaus, denn ein Benz Coupé braust an mir vorbei und parkt dann direkt vor dem Seiteneingang. Ich bin wohl nicht der einzige Abholer – bei mehr als fünfzig Angestellten im beziehungsfähigen Alter ist das auch nicht zu erwarten. Doch ich muss nicht lang warten, Anke hat es offensichtlich eilig, zu mir zu kommen. Keine fünf Minuten nach vier kommt sie mit Schwung aus der Tür, sieht mein Auto und will zu mir eilen, doch dann fällt ihr Blick auf den Benz. Sie erstarrt einen kurzen Moment, ändert dann unmerklich die Richtung und geht auf den Benz zu. Die Fahrertür öffnet sich, Baumann steigt aus und begrüßt Anke mit einem Wangenkuss, bevor beide einsteigen.

Fassungslos starre ich dem Benz hinterher, der an mir vorbei zur Wilhelmstraße fährt, erhasche noch einen kurzen Blick auf Anke, die auf dem Beifahrersitz starr geradeaus schaut, mich nicht sehen will. Eine Welt bricht in mir zusammen und die Umgebung verschwimmt, als sich meine Augen mit Tränen füllen.

Da schreckt mich ein Klopfen auf. Eine junge Frau steht an der Fahrertür und nach einem Abtupfen der Augen und einem schnellen Schneuzer fahre ich die Scheibe herunter. Sie ist groß, etwa wie Anke und auch in ihrem Alter. Auch sie trägt die Haare straff nach hinten gebunden.

„Sie sind doch Ronni, nicht?“

Ihre Stimme ist klar und fest, ziemlich geschäftsmäßig.

„Woher kennen Sie mich?“

„Nun, Anke ist seit ein paar Tagen wie verwandelt und hat dich auch schon einmal erwähnt.“

„Danke für die Blumen. Aber das eben ...“

„... kann ich dir erklären. Darf ich mich ins Auto setzen? Es ist kalt.“

Wenig später nimmt Ute, so stellt sich Ankes Freundin vor, auf dem Beifahrersitz Platz und streckt die Beine aus. Sie trägt die Arbeitskleidung der Spielbank: frisch gebügelte schwarze Hosen, weiße Bluse, schwarze Schuhe.

„Das eben war Baumann, Ankes ... sagen wir mal langjährige Beziehung. Da kriselt es schon länger. Abgeholt hat er sie sowieso fast nie.“

„Ich kenne ihn. Der Chef der SAR, richtig?“

„Ja, da habe ich auch mal gearbeitet."

„Und jetzt nicht mehr? Hat es dir da nicht gefallen?"

„Kann man wohl sagen. Der ist ein Riesen Ar... loch. Wieso Anke mit so jemandem zusammen ist, verstehe ich nicht und da bin ich nicht allein. Wie der mit seinen Angestellten umspringt, ist unglaublich. Der macht vor nichts und niemandem halt. Geschäftlich ist er genauso unfähig und bekommt nichts auf die Reihe. Die ZAR dürfte ihm den Todesstoß versetzen. Erfindungsreich ist der nur, wenn er sein Versagen begründen muss. Da sind es dann die wirtschaftlichen und gesetzlichen Rahmenbedingungen."

„Ein geborener Politiker."

„Genauso ist er reingekommen. Als Fünfprozenter, ist damit also geschäftsführender Gesellschafter. Das Risiko tragen die anderen Gesellschafter. Vor allem die POM als Mehrheitsgesellschafter, dazu unter anderem ein privater Investor in der Schweiz."

Es klingelt bei mir. Natürlich, die POM. Mal wieder die POM. Eine stadtnahe Gesellschaft, die in Mainz so manches kontrolliert, das nicht in die Öffentlichkeit geraten soll. Die Stadt ist an der POM beteiligt, woran aber die POM beteiligt ist, geht die Bürger und auch den Stadtrat nichts an. Ute spricht weiter.

„Alle, die da arbeiten, wollen weg. Wenn der sich abends in der Bar volllaufen lässt, kann man und insbesondere frau von Glück sagen, wenn man weit genug weg ist."

„Aber was hat Anke mit ..."

„... so einem Typen zu tun? Ich verstehe es auch nicht. Da war vielleicht was in der Vergangenheit – beide kommen aus dem Ruhrgebiet, sind erst vor ein paar Jahren gemeinsam hierher gezogen. Er mit Kohle und sie als Noch-Studentin. Aber das ist die alte Geschichte. Ich könnte mir vorstellen, dass sie mit dir ein neues Buch aufschlagen will."

„Bist du sicher, dass sie ..."

„Sicher? Was ist in der Liebe schon sicher? Aber unter uns gesagt ..."

Sie zwickt mich in den Arm „Versuche es einfach. No risk, no fun. Und jetzt muss ich weg. Mein Freund wartet schon. Tschüss."

Sie drückt mir kurz die Hand, verschwindet dann schnell zur Tiefgarage und lässt mich mit meinen Gefühlen allein. Ist unsere Beziehung nur ein Geplänkel für Anke nur ein weiteres Kapitel oder wirklich ein neues Buch? Warum verhält sie sich so ambivalent? Wird sie von Baumann unter Druck gesetzt?

Es ist inzwischen halb sechs, der Morgen graut. Ich stehe allein in meinem Auto vor dem Kurpark, auf dem Rücksitz nur eine fast leere Packung Puffreis. Die Gäste und Angestellten des Spielcasinos sind längst gegangen; im Parkhaus versperrt kein rollbares Blech mehr den Blick auf die Markierungslinien.

Ich atme tief durch und fahre direkt ins Büro. Das spart mir den Weg nach Hause und wird Heinz verblüffen, denn das ist das erste Mal, dass ich vor ihm im Büro bin. Außerdem haben wir da etwas, mit dem ich auch hinter verschlossene Türen schauen kann.

*

Morgendliche Routine hat etwas für sich, leitet mit der Beruhigung des Gewohnten in den Tag. Geli war froh, dass die Spitzen der ersten Wochen immer weniger wurden, auch wenn sie aus ihrem Stellvertreter Kai immer noch nicht ganz schlau wurde. Er opponierte nicht mehr offen gegen sie, aber wer weiß, was in seinem Kopf vor sich ging. Grübeln hilft da nicht, dachte sie und begann die „Lage“, die morgendliche Besprechung, wie üblich pünktlich um 7.15 Uhr.

„Aufgrund der Presseberichte gab es inzwischen einige Anrufe und Hinweise aus Frankfurt. Irgendwo im Innenstadtbereich muss die Ankerleiche wohl gelebt haben, denn sie wurde dort öfter gesehen, insbesondere in Automaten-Casinos. Aber eine Wohnadresse wusste niemand.“

Allgemeines Gelächter und auch Kai Pritzsche konnte sich ein Schmunzeln nicht verkneifen. Geli fuhr fort.

„Hat das Abklappern der Campingplätze was gebracht?“

Kai schüttelte den Kopf.

„Bisher nicht, aber wir sind noch in der Saison und es haben noch nicht alle Betreiber geantwortet. Bisher jedenfalls kennt niemand die Ankerleiche. Kann natürlich auch mit dem Umfeld des Toten zusammenhängen – vielleicht ein Eigenbrötler."

„Der Tod war allerdings sehr spektakulär. Vielleicht wollte da jemand ein abschreckendes Exempel statuieren."

„Möglicherweise". Kai gab sich reserviert.

„Und dann war da noch ein Anruf, der direkt abbrach, als ich mich meldete. Die Nummer war verdeckt, aber das ist natürlich kein Problem. Auch der Karteninhaber ist bekannt – ein Mann aus Frankfurt, ein Alfred Wiesenhütte. Doch der ist nirgendwo gemeldet – die Adresse gibt es nicht und ans Handy geht er auch nicht."

„Ein wenig dürftig als Ansatzpunkt, finde ich. Vielleicht wollte sich nur jemand wichtig machen."

„Das kann man leider nie ausschließen." gab Geli ebenso kühl zu Protokoll. Sie würde weiter versuchen, den Handybesitzer ausfindig zu machen, auch wenn die Adresse, unter der das Handy angemeldet worden war, nur eine alte Werft am Main war, wie die Frankfurter Kollegen ihr mitgeteilt hatten. Dort sei eigentlich niemand mehr, das Gelände stände schon seit einiger Zeit zum Verkauf. Eine Industriebrache halt. Doch tatsächlich wusste sie nicht so recht weiter, musste sie zugeben.

*

Alfred glaubte nicht an Seelenwanderung, schon gar nicht an Instant-Seelenwanderung. Doch die Ähnlichkeit von Charlie 2 zu seinem vormaligen Mitbewohner Charlie 1 war wirklich frappierend. Beide dieselbe Figur, dieselben Gesichtszüge, dasselbe gebrochene Deutsch, dieselbe Frisur. Dicke, schwarze Haare, ein Schnauzer wie ein Drahtverhau – sieht man von einem runden Ausschnitt vor der Öffnung für die Nahrungszufuhr ab. Aber da Charlie 1 ja tot war, musste das Charlie 2 sein.

Zwar hätte man das in Zweifel ziehen können, so vertraut wie sich Charlie 2 auf dem Boot bewegte. Aber er hatte den Schlüssel nicht und das allein war für Alfred ein klares Indiz. Denn wenn Charlie 1 den Schlüssel verloren hätte, hätte er das wohl gesagt und einen neuen Schlüssel gewollt. Charlie 2 hielt sich mit solchen Feinheiten nicht auf, verlangte den Schlüssel und es war Alfred klar, dass er seinen Ersatzschlüssel fürs Führerhaus ohne Widerworte herausrücken musste und Charlie 2 einzog.

Alfred überlegte lange und beschloss, nichts zu tun. Er wusste nicht, was Charlie 1 getan hatte und wollte auch gar nicht wissen, was Charlie 2 tat. Im Zweifelsfall war Nichtwissen das bessere Wissen. Charlie 2 wollte die Miete weiterzahlen, BAT, also bar auf die Tatze und im Voraus. Charlie 2 war jedenfalls wirklich über alles informiert, denn als Alfred die Miete bei der Gelegenheit um hundert Euro erhöhen wollte, zog ihn Charlie 2 am Hemdkragen so nahe an sein Gesicht, dass er die Nudelreste im Schnauzer deutlich erkennen und seinen scharf gewürzten Atem riechen konnte.

Der Rest der Verhandlungen war dann einfach gewesen. Und als Alfreds Handy geklingelt hatte, fand es sich kurz danach in den Pranken von Charlie 2 und anschließend auf dem Grund der Niederräder Schleuse wieder. Damit war auch dieser Punkt zu Charlies Zufriedenheit geklärt.

„Mein Freund, nenn mich Charlie wie meinen Bruder" hatte er mit dröhnendem Bass erklärt und diese weitreichende Aussage dadurch unterstrichen, dass er mit seiner Pranke gönnerhaft auf Alfreds Akademikerschulter klopfte und dröhnend lachte. Unmittelbar danach war Charlie 2 bereits auf Tour gegangen und Alfred war froh, als er wieder allein war.

*

Was ist silbrig, lang, schmal, biegsam und man kann von einem Ende zum anderen durchsehen? Klar, eine Seh-Schlange. Unser Endoskop ist mehr als drei Meter lang, hat eine eingebaute Beleuchtung und ein Objektiv an einem Ende und ein Okular sowie einen Kamera-Anschluss am anderen Ende. Es ist ideal, um auch kleinste Brückenlager auf Korrosion zu inspizieren und zu dokumentieren. Nach einer ganzen Anzahl von Brückenprüfungen in den letzten Wochen ist es nun frei. Der Vormittag war recht ereignislos gewesen, sieht man davon ab, dass ich trotz des

Vorschlafens ziemlich müde war und mich nur der doppelte Espresso nach dem Mittagessen wieder auf Touren brachte.

Es hatte noch ein paar Rückfragen wegen der Sprengung des Stöberhai gegeben, die am Samstag Mittag sogar live im Fernsehen übertragen werden soll. Sicher ein interessanter Termin, aber mich treiben natürlich andere Fragen. Warum hat sich Anke noch nicht gemeldet, beispielsweise. Und auch insbesondere. Und überhaupt. Ist alles zu Ende, bevor es überhaupt begonnen hat? Wieso wusste Baumann von unserem Treffen? Ihr Handy ist abgeschaltet und auf eine Mail und SMS von mir hat sie noch nicht geantwortet, als ich zum Feierabend mit dem formschönen Endoskop-Koffer in mein Auto steige. Ich bin gespannt, was sich hinter der Tür des Anschlussraums des „Kaiman" befindet. Irgendetwas muss da sein.

An Land kann man alles Mögliche überall verstecken, aber ein Schiff ist da ausgesprochen verräterisch und zeigt an der Wasserlinie recht genau, wie schwer es an welcher Seite ist. Und so muss etwas Schweres im Anschlussraum sein, denn sonst würde das alte Schiff nicht ein wenig nach dieser Seite neigen.

Bevor ich über den Landungssteg auf den „Kaiman" gehe, nehme ich das Endoskop aus dem Koffer und fädele es in die Ärmel meines Arbeitsoveralls, den ich unter der geschlossenen Jacke trage. Dazu kommt noch eine Kappe mit Enblem der Wirtschaftsbetriebe der Stadt Mainz, die ich in der Brusttasche des Overalls verstaue.

Die Dame am Eingang hinter dem Panzerglas merkt nichts und kurz danach stehe ich im Gang vor dem Anschlussraum. Es ist weitgehend ruhig, nur vereinzelt klingen Geräuschfetzen aus den Automatenkabinen; halb unterdrückte Flüche, das Klatschen von Handflächen, ungeduldiges Fußscharren. Die Jacke runter, die Kappe auf: Fertig ist der Handwerker, der auf dem „Kaiman" nach dem Rechten sehen muss.

Vorsichtshalber klopfe ich, aber es antwortet niemand. Ein paar Handgriffe und dann schlängelt sich der Hals meines Endoskops mit seiner millimetergroßen Optik durch das Kabelbündel über der Tür, ganz ähnlich wie die Hälse der unheimlichen Alien-Raumschiffe im „Krieg der Welten". Manchmal stockt der Hals, rutscht nach einer Drehung aber wieder tiefer. Auch wenn die Stahltür nicht dick ist, brauche ich einige Zeit, um das Endoskop durch die vollgestopfte Durchführung zu fädeln.

Ich drehe und drehe am Griff, der die Endoskopspitze schwenkt und endlich sehe ich einen hellen Streifen im Kabelgewirr.

Noch einmal hin und her schieben und ziehen: endlich ist die „optische Schlange“ durch und ein kleines Bauschaum-Flöckchen segelt auf den Gang mit seinem dunkelblauen Teppich. Der erste Blick ins Innere des ominösen Anschlussraums ist noch recht unspektakulär, wenn man kein Liebhaber einfacher, nahe der Tür an der Decke angebrachter Neonröhren ist. Ein paar Drehungen am Handgriff und dann schwenkt die Optik endlich über den Raum. Ein Tisch, zwei Stühle, jede Menge Apparaturen und Aggregate.

Schnell flansche ich meine wasserdichte und stoßfeste Immer-mit-dabei-Kamera ans Endoskop, da höre ich ein Geräusch von draußen, ein Schatten schwächt das durch den Niedergang fallende Tageslicht. Ein ungutes Gefühl beschleicht mich, aber es ist keine Zeit mehr, das Endoskop aus der schmalen Öffnung zu ziehen. Schnell drücke ich den halbflexiblen Endoskop-Hals mitsamt der daran hängenden Olympus 725 sw zwischen Kabelbündel und Decke, schalte die Kamera ein und drücke mich ins nächste Daddel-Separée.

Als ich die Tür hinter mir zuziehe, drängen sich massige Schatten durch den Gang: Mechtersheimer besichtigt sein Reich, zusammen mit jemandem, den ich zuletzt tot an einem Anker habe hängen sehen.

Beide gehen direkt in den Anschlussraum.

*

Das Schöne am Internet ist, dass man alles überwachen kann, egal wo man ist. Denn das Internet funktioniert nicht wie die alte Post, die eine Nachricht von A nach B transportierte und die man höchstens im Zuge eines Postkutschenraubs abfangen konnte. Nein, im Internet werden alle Nachrichten zuerst einmal auf Servern gespeichert, bevor sie vom Adressaten abgerufen werden. Und wenn man das Passwort kennt, kann man die Nachrichten vom Server fischen, bevor der eigentliche Adressat sie überhaupt gesehen hat. Oder man lädt die Nachricht runter, lässt aber eine Kopie auf dem Server. Dabei bekommt der eigentliche Empfänger seine E-Mail und merkt gar nicht, dass da jemand anders sein Konto geknackt hat und alles mitliest.

Baumann entschied sich für die zweite Variante, denn er wollte sicher sein, dass Anke erst einmal nichts merkte und außerdem wollte er herausbekommen, wer denn eigentlich der Nebenbuhler war. „Mein Liebster“, „Liebster“ – er konnte es nicht mehr sehen. Konnten die nicht einfach schreiben: „Besuch mich doch morgen Abend um acht in der Erthalstraße 1, klingele bei Klaus Hemmerling.“ Stattdessen: „Ich werde da sein, wo du bist.“ So ein gesülztes Geschwalle! Er war nun schon einige Jahre mit Anke zusammen und ihre Partnerschaft funktionierte ganz gut. Warum sah sie sich nach einem neuen Mann um?

Er war sich nicht sicher, wie sie reagieren würde, wenn er sie zur Rede stellte. Sie war schon seit einigen Tagen wie verwandelt, freier und selbstbewusster geworden. Er wollte nicht riskieren, dass sie sich ganz von ihm abwandte, aber wollte sie auch nicht teilen. Die einfachste Lösung lag auf der Hand: diesem „Liebsten“ etwas in die Schuhe schieben, was sie nicht gutheißen konnte. Mit einem Zugriff auf sein E-Mail-Konto wäre das ein Leichtes, doch der hatte leider ein 11-stelliges Passwort, was er nicht so leicht knacken konnte. Eine einfache Möglichkeit wäre es, wenn er beide bei einem Treffen sehen würde.

Zwar telefonierte seine Anke merkwürdig oft mit dem Handy, aber auch dafür gab es Lösungen aus dem reichhaltigen Arsenal militärerprobter Überwachungstechnik. Direkt übers Internet bestellbar, Lieferung direkt aus Israel oder den USA. Cäsar thronte in seiner verspiegelten Glaskabine und brauchte nur auf die nächsten Kontakte zu warten. Und dann konnte er loslegen.

*

In dem kleinen Raum sind ein Mann und eine Frau am Spielen, die Frau an zwei Automaten, der Mann gar an dreien gleichzeitig. Er wird um die 50 sein, wenn man das bei Menschen überhaupt schätzen kann, die sich selbst so schlecht behandeln. Seine zittrigen, dünnen Finger sind kaum dicker als der Glimmstengel, den sie halten. Seine Gesichtshaut ist faltig, gegerbt vom unablässigen Zigarettenkonsum. Sein abgetragenes Jackett hat sicher mal bessere Tage gesehen; der Hemdkragen ist verschlissen. Er hat den Barhocker so nah wie möglich an den Automaten gestellt und schmiegt sich mit gespreizten Beinen an die Maschine, eine einseitige Beziehung.

Sein Glück hält er schon lange nicht mehr in seinen Händen, ein Süchtiger, allein mit seiner Sucht und einer Maschine, die dafür da ist, diese Sucht zur Geldmacherei zu nutzen. Sein Kopf dreht sich kurz in meine Richtung, als ich hereinkomme, aber sein Blick streift mich nur kurz. Dann wandern die Augen wieder wie von einem Gummiband gezogen auf den Monitor, wo die bunten Pixel hin und her springen und sein Geld dabei auffressen. Bei den ersten Computerspielen fraß Pacman nur Punkte auf – das waren noch andere Zeiten.

Auch die Frau raucht, hält aber etwas mehr Abstand zu der Maschine und rutscht auf ihrem Barhocker hin und her, schaut dann zu mir.

„Sie sind neu hier." stellt sie fest.

„Ich war das letzte Mal vor 30 Jahren in einer Spielhalle. Es scheint sich einiges geändert zu haben. Damals hatte mich ein Freund ins Wiesbadener Spielcasino eingeladen."

„Fangen Sie bloß nicht an mit dem Spielen. Es ist eine Sucht, von der man nicht mehr loskommt. Im Spielcasino ist es vielleicht nicht so stark, weil so viele Leute da sind, aber hier in deiner eigenen Ecke ... das ist praktisch meine Stamm-Spielhalle. Fangen Sie bloß nicht an!"

„Keine Sorge, ich bin immun."

„Das sagen wir alle von uns. Alle. Und lügen doch alle."

Zwei Staubsauger oder so was Ähnliches tauchen auf den fünf Zahlenreihen auf und sie schlägt auf den Knopf.

„Mist. Immer zwei und nur für drei gibt es Geld."

Wieder laufen die Zahlenreihen los. Die Automaten sind längst nicht mehr wie früher mit Symbolrollen ausgestattet, sondern nur noch reine Bildschirmgeräte.

„Aber wenn ich ein wenig mit dem Geldeinwurf warte, gewinne ich vielleicht etwas."

„Die Automaten sind geeicht. Die haben eine genaue Liste mit mehreren hunderttausend Ergebnissen hintereinander. Erst nachdem die Liste amtlich geprüft ist, darf der Automat aufgestellt werden. Eigentlich dürfen die gar nicht auf die Knopfdrücke reagieren – und sie tun es ja auch nicht wirklich."

Ob sie mir überhaupt zuhört? Sie ist gerade an ihren zweiten Automaten gewechselt, wechselt da den Spieleinsatz.

„Manchmal kann man sie überlisten, wenn man einen kleinen Einsatz auswählt. Nicht zu klein, also nicht fünf cent. Aber auch nicht zu groß. Fünf Euro sind zuviel."

Doch es bringt nichts, auch die nächste Runde geht an den Automaten, was mich gar nicht wundert. Dann ist sie wieder abgetaucht, versucht vergeblich mit ihren Augen den Pixeln auf den Spielmonitoren zu folgen, lässt sich von dem wilden, von Psychologen ausgetüftelten, Geblinke und Gedudel völlig vereinnahmen, bemerkt mich gar nicht mehr. Ich bin wieder allein, obwohl zwei Menschen mit im Raum sind.

Die Luft ist schlecht in der Räucherkammer, trotz der bei der Kaiman-Renovierung eingebauten Klimaanlage. Wann wird Mechtersheimer wieder herauskommen? Ich denke, dass er mich nicht erkannt hat, als er in den Anschlussraum ging, denn in den Automaten-Casinos ist das Halbdunkel Pflicht. Es verspricht eine gewisse Anonymität und lässt die wilden Pixelorgien der Automaten noch stärker wahrnehmen.

Eine andere Frage ist, ob er das Endoskop entdeckt. Natürlich gibt es längst Video-Kameras, die so klein sind, dass man sie nicht mehr wiederfinden könnte, wenn man niest, aber ich bin halt kein professioneller Spion und habe nur meine normale Digitalkamera genommen. Immerhin habe ich meine Ausrüstung in dem Kabelwulst so gut versteckt, wie es eben ging.

Ich werfe einen vorsichtigen Blick in den Gang, aber die Tür zum Anschlussraum ist immer noch geschlossen, Mechtersheimer und Ankerleiche sind noch drin. Was natürlich Unsinn ist, denn natürlich ist nicht die Ankerleiche hinein gegangen. Die war nämlich mausetot gewesen – töter geht nicht, könnte man sagen. Also war der neue sein Bruder, vielleicht Zwillingsbruder oder einfach jemand, der ihm ähnlich sieht. Im letzteren Fall würde das nicht weiterhelfen, aber angenommen, es war wirklich sein Bruder oder jemand sonst aus der Familie: Warum kam er hier auf den Kaiman? So kurz, nachdem sein Bruder ums Leben gekommen war? Und wieso dieses direkte Treffen mit Mechtersheimer, den man sonst nur bei vertrauten Treffen mit seinen Kumpanen der Stadtkassen-Knacker traf?

Ich kann mir gut vorstellen, dass Herbert ein reges Interesse am nicht artgerechten Umgang seines Lieblingsfeindes Mechtersheimer hat. Und natürlich auch Geli Hassemer, seine Nachfolgerin. Meine Hand zuckt zum Handy, aber es gibt keine Verbindung. Unter dem stählernen Deck ist der „Kaiman" ein geschlossener Faradayscher Käfig. Auf dem Deck aber habe ich meine teure Ausrüstung nicht mehr im Blickfeld.

Doch ich muss nicht lange warten, denn schon ein paar Minuten später kommt erst der fremde Mann auf den Gang, dann kommt Mechtersheimer, der die Tür hinter sich zuschlägt. Das hätte er besser nicht tun sollen, denn durch die Erschütterung fällt meine Kamera aus dem Kabelbündel herunter – fast auf seinen Kopf. Dummerweise hängt sie immer noch am Endoskop und das erregt natürlich erst recht das Misstrauen der beiden. Ungeduldig zerrt Mechtersheimer an dem metallischen Schlauch und hält ihn kurz darauf samt Kamera in der Hand.

Sofort schaut er sich um und ich verschwinde sofort wieder in der Kabine. Meine halbamtliche Kappe ist schnell in der Hosentasche verschwunden und die Jacke bedeckt den Overall. Zur perfekten Tarnung opfere ich auch noch ein 2-Euro-Stück in den letzten freien Automaten, was den Daddler auf der Gegenseite kurz hochschauen und verbissen weiterspielen lässt. Es ist keine Sekunde zu früh, denn schon steckt Mechtersheimer seinen Kopf durch die Tür, hinter ihm eine zweite Figur, sicher sein Begleiter. Der Geruch von Fleischkäse zieht vom Gang nach innen, angesogen von der Klimaanlage. Ich stütze meinen Kopf in beide Hände, scheinbar voll aufs Spiel konzentriert. damit er mich nicht erkennt, aber ihm genügt ein kurzer Blick, bevor er weitergeht und sicher auch in die anderen Daddelkabinen sieht.

Glück gehabt? Eigentlich schon. Auch wenn die zwei Euro nach dem Spiel natürlich futsch sind, denn mit Rouge und Noir habe ich es scheinbar nicht so. Wenigstens hat mein Spielkollege Glück gehabt, drückt mit beiden Händen auf den Touchscreen, nimmt dann – ohne seine Augen vom Monitor zu lassen – seine vor sich hin stinkende Selbstgedrehte aus dem Aschenbecher und zieht gierig daran daran. Der Qualm des verschmorten Tabaks wabert erst noch über die Automaten-Displays und kriecht dann langsam die Wand hoch, wo er schließlich in der Ansaugöffnung der Klimaanlage verschwindet.

Ich will Mechtersheimer nicht auf dem Gang begegnen und warte noch zwei endlose Minuten in diesem so abstoßenden Mikrokosmos, der den Spieler mit seiner Sucht allein lässt. Mein Gegenüber ist weiter voll konzentriert bei der Sache und gerade dabei, seine zehn Euro Gewinn wieder zu verspielen. So klar es auch ist, dass hier das Geld der Spielsüchtigen in den Automaten genauso verschwindet wie der Zigarettenrauch in der Klimaanlage, so merkwürdig erscheint mir die geradezu explosionsartig anschwellende Zahl der Daddelhöllen. Es gibt erstaunlich viele Spielsüchtige in diesem unserem Land.

Der Mann scheint von der Kleidung her nicht der gehobenen Klientel anzugehören. Seine alte abgetragene Jacke hängt über dem Stuhl, sein Hemd hat einen Schweißrand am verschlissenen Kragen. Vielleicht hat er gar keinen Job und daher Zeit zum Spielen? In jedem Fall wird er wohl kaum zehntausende von Euro hier verdaddeln, weil er einfach nicht soviel hat. Da liegt Beschaffungskriminalität nahe, aber das ist natürlich reine Spekulation. Wirkliche Rätsel gibt mir Mechtersheimers Begleiter auf, der der Ankerleiche so verblüffend ähnlich sieht.

Einen vorsichtigen Blick in den Gang später scheint die Luft rein. Vorsichtig gehe ich in den Gang und suche nach Kamera und Endoskop, aber die sind verschwunden. Nur ein paar Bauschaum-Flocken auf dem Gangvelours zeugen noch von meinen Aktivitäten und so orientiere ich mich zum Aufgang, der hier gleichzeitig der Ausgang ist. Stimmen ertönen von oben, unverkennbar Mechtersheimer und die etwas schrille Stimme der offensichtlich aufgeregten Empfangsdame.

Dann ein vernehmliches „Schei ...“, Metall prallt gegen Metall und etwas platscht ins Wasser. Kurz danach quietschen die Rollen des Landungsstegs in den Führungsrinnen und schließlich ertönt das sonore Säuseln eines Zwölfzylinders. Mechtersheimer ist wieder unterwegs, die Luft ist rein. Ich gehe die Treppe hoch und da ist niemand mehr, außer der Dame am Empfang.

Die etwa fünfzigjährige, zierliche Frau wirkt so kurz nach dem Auftritt ihres großen Chefs ziemlich nervös. In ihrer Funktion als erste Anlaufstelle hat sie sicher schon einige unangenehme Menschen kennengelernt. Die Fluktuation in diesem Job soll sehr hoch sein, denn diese Ballung von

Frust und Aggression hält niemand dauerhaft aus. Also stresse ich sie nicht, sondern erzähle ein bisschen.

„Ach, endlich wieder an der frischen Luft." bemerke ich ganz nebenbei, lehne mich mit dem Rücken gegen das nächste Geländer und blinzele in die tiefstehende Sonne über der Christuskirche. Sie reagiert noch nicht, ist sich nicht sicher, was sie davon halten soll. Die normalen Daddelgäste sind wohl eher einsilbig.

„Die vielen Raucher da unten sind schon anstrengend ..."

„Aber wir haben eine neue Klimaanlage!" meint sie ganz pflichtbewusst. „Es hat Ihnen doch sicher in unserem schönen Schiff gefallen."

„Aber klar. Eine tolle Technik und so schön auf dem Wasser. Eben hat aber was geknallt – ich habe schon gedacht, da ist was kaputt."

„Nein, alles in Ordnung. Der Chef kümmert sich persönlich um alles. Der ist eine bekannte Persönlichkeit, war ein erfolgreicher Schwimmer bei den Mombachern und ist außerdem ein echter Fassenachter. Wenn's drauf ankommt, fackelt der nicht lang. Eben hat er" sie beugt sich ein wenig zu mir vor, schaut sich vorsichtshalber zur Seite um und ihre Stimme bekommt einen Verschwörerton „ein falsches Kabel vor lauter Wut gegen den Tauchschacht geworfen."

„Och. Wirklich?"

Sie nickt und beugt sich noch weiter vor.

„Da haben bestimmt die Handwerker geschlampt. Und jetzt ist es im Rhein. Plupp war's weg."

Es gibt ein leichtes „klong" als meine Kinnlade auf den Boden fällt, doch die Dame mit ihren krausen Haaren bemerkt es nicht. Immerhin hat er das Endoskop nicht mitgenommen – die Firmenaufschrift ist ihm wohl entgangen. Und meine Kamera ist wasserdicht und stoßfest. Aber wie komme ich wieder dran?

„Für so ein Kabel bekommt man ein paar Euro beim Altmetall" meine ich leichthin.

„Na ja, das habe ich mir auch schon gedacht, aber unter Wasser findet man das sicher nicht wieder. Sehen Sie doch selbst."

Sie zeigt auf den Spalt zwischen Tauchschacht und Bordwand, wo das graubraune Rheinwasser fast unbeweglich steht, vom Schiffskörper gegen die Strömung abgeschirmt. Nachdenklich mustere ich die genietete Stahlkonstruktion aus dem Kaiserreich, deren gewaltige Gliederketten die Tauchglocke auf bis zu acht Meter unter Wasser ablassen konnten. Jetzt gibt die schwarz-gelbe Markierung am Schacht eine Eintauchtiefe von 1,20 Metern an, was der normale Tiefgang sein dürfte. Das Wasser ist hier sicher tiefer.

Vielleicht lassen sich Endoskop und Kamera retten, wenn der Aufprall auf der Tauchglocke nicht zu hart war. Wenn man dann in der Strömung kontrolliert ins Wasser kommt, im trüben Wasser die Teile überhaupt findet und sich bei der ganzen Aktion nicht erwischen lässt. Wenn, wenn, wenn …

„Außerdem hat der das Schiff gut gesichert. Einmal war so eine Sicherheitsfirma da und wollte eine Alarmanlage verkaufen. Die hat er ausgelacht. Wer da dran will, fliegt in die Luft, hat er gesagt."

„Das hat er gesagt?"

„Aber sie wissen es nicht von mir."

„Ehrensache."

Das kann ich mir kaum vorstellen. Weshalb sollte Mechtersheimer bei einem Einbruch sein eigenes Schiff in die Luft sprengen? Der Gedanke scheint bizarr, aber vielleicht weiß ich einfach zu wenig, um ihn zu verstehen.

Als ich das Schiff über die Landungsbrücke verlasse, projiziert die tiefstehende Sonne meinen Schatten auf den Tauchschacht. Es ist noch warm, ein typisch lauer Spätsommerabend. Es ist die Zeit, in der Ehepaare Hand in Hand am Mainzer und Kasteler Rheinufer durch die Platanenalleen flanieren. In der Liebespaare nach einem lauschigen Plätzchen für schöne Erlebnisse suchen. Und ich mache mir Gedanken, wie ich meinem Chef das verschwundene Endoskop erkläre. Kamera und Endoskop kosten zusammen locker einen Tausender.

Den „Kaiman" in die Luft sprengen? So ein Quatsch. Natürlich werde ich trotzdem meine Ausrüstung bergen. So schnell wie möglich, am besten noch in der Nacht. Nur wenig später habe ich Herbert am Handy. Er verspricht mir zu helfen, bestimmt auch, weil er mit Mechtersheimer noch ein Hühnchen zu rupfen hat. Auch er kann sich nicht vorstellen, warum der Daddelkapitän sein eigenes Schiff in die Luft sprengen sollte, aber ein komisches Gefühl bleibt trotzdem.

Herbert hat immer noch den Schlüssel für die „Flavia“ und beschließt kurzerhand, den alten Jollenkreuzer zum Ausgangspunkt der „Operation Kamerabergung“ zu machen. Wir verabreden uns um 22 Uhr am Liegeplatz im Schiersteiner Hafen.

Von dort wollen wir gemütlich den Rhein hochfahren, kurz unterhalb des Tauchglockenschiffs ankern und dann kann es losgehen. Zeitlich passt das perfekt, denn am Open-Air-Kino an der Reduit beginnt der Zweistundenfilm um halb elf – und der dürfte ausreichend von unseren Aktivitäten ablenken. Die Zeit genügt noch, um zuhause meine Schnorchel-Ausrüstung zu holen, dazu meine wasserdichte Kopflampe und schon bin ich wieder auf der A60 nach Mainz.

Kurz vor der Abfahrt Heidesheim summt mein Handy und die Luft schwingt plötzlich mit.

„Was machst du gerade? Ich will dich sehen!“

„Ich dich auch. Aber du bist doch bei der Arbeit ...“

„Wenn du mich um fünf abholst, komme ich mit zu dir.“

Das sind traumhafte Aussichten.

„Natürlich hole ich dich ab. Ich bin sowieso in der Nähe, fahre gerade zum „Kaiman“ in Kastel.“

„Was machst du denn da? Und wann bist du zurück?“

„Keine Sorge, das dauert nur ein paar Minuten. Mir ist meine wasserdichte Kamera in den Rhein gefallen.“

„Wie willst du die im Dunkeln finden? Oder hast du was anderes vor?“

Ihre Stimme klingt besorgt.

„Glaube mir, das ist nicht schwierig. Die hat ein Metallgehäuse und ich habe gerade einen starken Magneten zuhause geholt, an dem sie bestimmt hängen bleibt.“

Na ja, das ist die halbe Wahrheit. Denn die Frage ist weniger, ob die Kamera am Magneten hängen bleibt, sondern eher, ob ich sie überhaupt finde.

Denn ein Magnet funktioniert nur auf ein paar Zentimeter Entfernung – auch mein sehr starker Seltenerd-Magnet. Und wenn der Magnet die Kamera erwischt, würde das die Kamera und die Speicherkarte mit ihren interessanten Bildern wahrscheinlich unbrauchbar machen. Nein, meine Hoffnung liegt auf dem an der Kamera angeflanschten Endoskop mit seiner Metall-Ummantelung. Die drei Meter lange und metallisch glänzende Konstruktion ist sicher auch in recht trübem Wasser noch zu finden und dürfte kaum abgetrieben worden sein. Wenn die Sicht aber schlecht ist, ist der Magnet vielleicht doch noch nützlich.

„Und wieso braucht Herbert dann die „Flavia"? Vielleicht ist es besser, wenn ich es nicht weiß. Aber pass auf dich auf! Oder willst du nicht, dass ich mit zu dir komme?"

„Du kennst doch die Antwort, Anke. Ich passe auf und komme dich abholen, bestimmt. Mit meiner Kamera."

„Männer! Bis später, Liebster."

Vom Abschied abgelenkt, verpasse ich am Mainzer Dreieck fast die Abfahrt nach Wiesbaden. Mainzer Dreieck – eine blöde Analogie zu meinem Verhältnis mit Anke. Ich verfluche ihre Arbeitszeiten und muss mir doch immer wieder sagen, dass ich über jede Minute mit ihr froh sein darf. Jederzeit könnte unsere Beziehung wie eine Seifenblase platzen, allen Beteuerungen zum Trotz. Irgendwann muss eine Entscheidung kommen und ich hoffe so sehr, dass sie zu meinen Gunsten fällt. Wann wird das sein? Wir kennen uns nun schon fast eine Woche, eine sehr ereignisreiche Woche. So kurz und doch so lang, so ungewiss neu und doch so sicher und vertraut. Schläft sie noch mit ihrem Partner, diesem arroganten, machtbesessenen und geschäftlich unfähigen Widerling? Ich mag es mir nicht vorstellen. Was hält sie überhaupt an ihm fest? Hat er sie irgendwie in der Hand? Sie, die so selbstbewusst und frei ist. Oder nur sein will?

Über die Abfahrt Äppelallee geht es zum Schiersteiner Hafen, wo Herbert mit der seeklaren oder vielmehr flussklaren „Flavia" auf mich wartet. Wir tuckern mit dem Außenborder unter der geschwungenen Brücke hindurch aus dem Hafen und dann am Ufer entlang gegen den Strom, die meiste Zeit schweigsam. Es ist inzwischen dunkel; nur die Lichter vor Anker liegender Schiffe tanzen auf den niedrigen Wellen in Ufernähe. Die Strömung wird langsam stärker, als die bunt erleuchtete Silhouette des „Kaiman“ vor uns über die Theodor-Heuss-Brücke hinaus nach oben wächst.

Das Ufer ist mit den Autos der Filmbesucher zugeparkt. Der Film an der Reduit hat gerade begonnen und so werden wir noch eine ganze Weile ungestört sein. Stieg Larssons „Vergebung“ ist der letzte Film der Open-Air-Saison; ein immerhin zweieinhalb Stunden langes Epos.

Dicht am Heck des alten Tauchglockenschiffes wirft Herbert Anker. Die „Flavia“ tänzelt mit ihren gerefften Segeln im leise gurgelnden Kielwasser des über hundert Jahre alten Schiffes. Die schweren Schiffsanker des alten Schiffs sind eingezogen; es ist mit zwei starken Gliederketten am Ufer festgemacht, der Landesteg mit Hanfseilen angekoppelt. Das Wasser wirkt dunkel, kalt und bedrohlich.

„Hast du dir eigentlich mal Gedanken gemacht, warum Kamera und Endoskop jetzt im Rhein liegen, Ronni?“

„Mechtersheimer ist halt ein jähzorniger Typ.“

„Ich denke eher, dass er der typische Radfahrer ist. Nach oben buckeln, nach unten treten. Was würdest du tun, wenn du bemerkst, dass du ausspioniert wirst? Das Corpus delicti wegwerfen? Ohne zu wissen, was drauf ist? Wer dich ausspioniert? Ob du die Polizei einschaltest, bleibt dir ja immer noch überlassen. Vielleicht hast du ja was zu verbergen, wer weiß?“

„Zugegeben. Ich war erleichtert, dass er es in den Rhein geworfen hat.“

„Denk doch mal eine Stufe weiter: Normalerweise würde Mechtersheimer die Kamera nicht in den Fluss werfen, sondern sich alles genau ansehen und dann entscheiden, was zu tun ist. Normalerweise ...“

„ ... aber ...“

„ ... hier war er nicht allein, sondern dieser Bruder der Ankerleiche war da. Der sollte offensichtlich nicht alles wissen. Und Mechtersheimer ist nicht dumm. Selbst falls der nicht weiß, ob die Kamera wasserdicht ist – und die Kamera hat er sicher als solche erkannt – kann er sich vorstellen, dass die Speicherkarte auch unter Wasser noch ihre Daten behält.“

„Wohl wahr.“

„Und hast du dir überlegt, warum er die Kamera direkt am Schiff ins Wasser geworfen und nicht weit hinaus in den Fluss geschleudert hat?“

„Weil er sie wieder rausholen will?“

„Erraten. Und zwar so schnell wie möglich. Vielleicht schon heute Nacht.“

„Du meinst, der ist da jetzt auch zugange?“

„Was würdest du an seiner Stelle tun?“

„Tätersuche nach Kripo-Art.“

„Richtig. Hast du jetzt Angst?“

Herbert lehnt sich gegen das Ruder und mustert mich, sein Gesicht eine dunkle Silhouette gegen die Straßenbeleuchtung der Rheinallee über dem Fluss. Nur manchmal verirren sich ein paar Lichtflecke von der üppigen Landestegbeleuchtung und huschen kurz über sein Gesicht.

„Ehrlich oder höflich, Herr Hauptkommissar?“

„Mein Ding wär es jedenfalls nicht, nachts im Rhein zu planschen. Egal, verboten ist es jedenfalls nicht. Und mit der Konstruktion des Schiffs hast du dich ja ausführlich beschäftigt. Komm, ich helfe dir.“

Mein dünner Neopren-Anzug ist zunächst widerspenstig, weil er seit dem letzten Urlaub in Sri Lanka asymmetrisch geschrumpft ist. Nun spannt er ausgerechnet in der Bauchgegend, obwohl er sonst noch überall passt. Das muss an meinem Kleiderschrank liegen, der auch meine Hosen manipuliert. Etwas gutes Zureden und einen kräftigen Ruck später passt sich das Ganzkörperkondom endlich meinem durchtrainierten Körper an. Ich stopfe den Magnet in den linken Ärmel und mein in einem wasserdichten Beutel verpacktes Handy in den rechten, weil der Magnet ihm sonst ein kurzes Restleben bescheren würde. Dann noch die Flossen an, Taucherbrille und Schnorchel und zuletzt die wasserdichte Kopflampe. Fertig!

„Viel Erfolg! Ich bin in der Nähe.“

Herbert klopft mir auf die Schulter. Ich weiß nicht, was er seiner Elvira erzählt hat, und wenn Anke genau wüsste, was ich hier tue ...

Dann bin ich im Wasser, das Heck des alten Schiffes vor mir. Die Strömung ist schwach, aber merklich. Im Schein der Kopflampe zieht das

Kielwasser Schlieren, die mit der Strömung auseinander laufen und sich im Dunkel verlieren. Die Sicht unter Wasser ist recht gut – der Lichtstrahl reicht etwa zwei Meter weit. Mit ein wenig Glück genügt der Magnet und ich bin in fünf Minuten wieder zurück.

Nach einigen kräftigen Schwimmzügen bin ich direkt am Heck. Die hölzerne Rammschutzleiste lässt sich gut greifen und ich hangele mich vorwärts in Richtung des hell erleuchteten Landestegs. In den Daddelkabinen ist Licht, natürlich, und die Dame in der Empfangskabine blättert in einer Zeitschrift. Sonst ist niemand zu sehen. Dann bin ich am Tauchschacht, wo Mechtersheimer meine schöne Kamera samt dem teuren Endoskop versenkt hatte.

Am Ufer schauen ein paar Steinmännchen meinem Treiben zu und über mir ragt der graue Schacht mit seinen kitschig-bunten LEDs in den Himmel.

*

Dass Charlie 2 die Geschäfte seines Bruders nach dessen Tod weiterführte, war logisch. Es hatte mit Tradition, Verpflichtungen gegenüber den Kunden und – natürlich – dem damit verbundenen Einkommen zu tun. Die Familie war darauf angewiesen, denn in Albanien gab es keine Rentenkasse für freischaffende Unternehmer und die Familie war groß. Zur Tradition gehörte selbstverständlich auch, die Leiche seines Bruders wieder in die Heimat zu überführen, eine Aufgabe, die er jemand anders aus seinem Clan überlassen musste, weil ihm die große Ähnlichkeit zwischen ihm und seinem Bruder sehr bewusst war. Ein anderer Teil der Tradition verlangte, genauso selbstverständlich, dass er seinen Bruder rächen würde.

Charlie 2 verstand nicht, warum sein geliebter Bruder auf so groteske Weise ums Leben gekommen war. Er hatte fast täglich mit ihm telefoniert, wenn er die Zahlen durchgab. Er hatte ihn öfter besucht, hatte auch einen Schlüssel zu seinem Auto. Er hatte sich sogar auf die Krankenkassen-Karte des Bruders die Zähne richten lassen. Alles war seinen gewohnten Gang gegangen, die Geschäfte hatten sich entwickelt und der Kundenkreis war gewachsen.

Es gab zwar mitunter kleinere Widerstände, die aber mit entsprechenden Zuwendungen geregelt werden konnten, entweder finanziell oder eher auf handfeste Art. Konkurrenz aus den östlichen Staaten drängte auf den Markt und er überlegte, ob diese Leute seinen Bruder getötet hatten. Denn dass sein Bruder einfach so ertrunken war, hätte er – völlig unabhängig von dem, was in der Zeitung stand – sowieso nicht geglaubt. Blieb also, herauszufinden, wer es war. Und das sollte sich sogar recht einfach herausfinden lassen.

Er hatte die Liste der Geschäftskunden, natürlich. Die würde er jetzt der Reihe nach besuchen, um die Geschäfte weiterzuführen und auch, um ihre Reaktion zu prüfen. Wenn einer von ihnen seinen Bruder umgebracht hatte, würde er sich sicher verraten. Was sein Todesurteil wäre.

Charlie 2 dachte zurück an die gemeinsamen Tage in Vlora. Zunächst als Fischer, bettelarm, während die weißen Kreuzfahrtschiffe weiter draußen reiche Touristen in den Urlaub schaukelten. Schiffe, deren Bäuche immer dicker wurden, während ihre Netze sich immer wenig ausbeulten. Dann war der Krieg gekommen, als die lächerliche Minderheit der verhassten serbischen Besatzer ihre Panzer und Gewehre gegen die Bevölkerung richtete und die NATO erstmal gar nichts machte und dem Abschlachten tatenlos zusah.

Erst spät war die Unterstützung gekommen. Zu spät für seinen Bruder Agim, der in seinem jugendlichen Überschwang nach Norden gegangen und dort von einer Mine zerrissen worden war. Der Krieg hatte aber auch sein Gutes gehabt, denn die vielen Flüchtlinge hatten die Fischer mit ihren Booten reich gemacht. Der Weg nach Brindisi in die Sicherheit Italiens war ebenso kurz wie einträglich gewesen, doch die Erzählungen hatten seinen Bruder weitergetrieben, ausgerechnet ihn, den Gewissenhaften. Der so gern mit Zahlen umging, dass er auch Buchhalter hätte werden können.

Und nun war er tot, eine Wasserleiche. Er, der ehemalige Fischer. Seine Mutter würde seine Leiche abholen, natürlich, denn der Vater war schon lange tot. Als er allein draußen war, hatte ein Sturm das Boot in die Tiefe gerissen und den viele Jahre dauernden Überlebenskampf dramatisch verschärft. Nun hatten sie mehr als je zuvor, aber die Familie war nicht mehr vollständig.

Sie würde allein fliegen müssen, mit ihren fast siebzig Jahren, denn seine anderen vier Brüder würden wegen ihrer geschäftlichen Aktivitäten bei einer offiziellen Einreise Probleme an der Grenze bekommen. Auch er würde nicht dabei sein können, wenn sie ihren Liebling wiedersah, tot und aufgeschnitten in einer dieser Leichenhallen.

Charlie 2 musste die Geschäfte weiterführen, denn die Ansprüche zuhause waren gestiegen und leichter als in Deutschland ließ sich Geld nicht verdienen. Eigentlich schien es ihm fast zu einfach und er fragte sich, ob der Tod seines Bruders nicht darauf zurückzuführen war, dass dieser im Laufe der Zeit zu vertrauensselig gewesen war. Sein Misstrauen wuchs, auch und gerade gegenüber seinem „Vermieter". Wenn einer etwas wusste, dann er.

Alfred, der Besitzer der „African Queen" war der Einzige, der seinen Bruder jeden Tag gesehen hatte. Alfred: Ein Eigenbrötler ohne Familie, offensichtlich, kaum vorstellbar in Albanien. So etwas machte ihn von vornherein verdächtig; sehr verdächtig. Denn so etwas gab es eigentlich nicht wirklich. Und tatsächlich hatte Alfred gerade dann telefonieren wollen, als er kam, um den Platz seines Bruders einzunehmen – vielleicht mit der Polizei oder einem Komplizen? Sein Lächeln war aufgesetzt gewesen, als sie den neuen Mietvertrag abgemacht hatten. Charlie 2 beschloss, der Sache auf den Grund zu gehen.

Als ehemaliger Fischer kannte er Schiffe genau und wusste, wo man etwas verstecken konnte. Er konnte die ganze Nacht wach bleiben und von seinem Führerhaus konnte man gut in Alfred Wohnung sehen. Da rührte sich zwar nichts, doch das ungute Gefühl blieb. Diese Nacht würde er früher als gewöhnlich wiederkommen und dann das Schiff unter die Lupe nehmen. Zunächst aber musste er den Kunden einen Besuch abstatten.

Die Kundenliste seines Bruders war im Laufe der Zeit immer länger geworden, denn es wurden immer mehr Spielhöllen geöffnet, in den Städten und auch auf dem Land. Sogar auf dem Fluss zwischen Mainz und Wiesbaden gab es seit einigen Wochen einen Kunden auf einem merkwürdig anmutenden uralten Schiff. Es hatte auf der Besuchsliste gestanden, als sein Bruder ermordet worden war. Es war allerdings nicht der einzige Kunde gewesen, an dem Tag, als er ermordet wurde und so war es ein Hinweis, aber kein Beweis.

Als Charlie 2 dem „Kaiman“ seinen ersten Besuch abgestattet hatte, war ihm der Besitzer, ein gewisser Mechtersheimer, komisch vorgekommen. Obwohl der Tod seines Bruders in den Zeitungen gestanden hatte, hatte Mechtersheimer die Geschäfte fortgeführt, als sei nichts geschehen. Und dann war da noch dieses merkwürdige silberne Kabel mit der Kamera daran, das sein Geschäftspartner in den Fluss geschleudert hatte. Aber ganz sicher konnte er sich nicht sein, noch nicht – auch wenn er fühlte, dass da etwas nicht stimmte.

Auch andere Kunden hatten sich merkwürdig verhalten. Es gab solche, die das Geschäftsmodell nach dem Tod seines Bruders wohl selbst weiter betreiben wollten, aber die meisten hatte er mit handfesten Argumenten schnell wieder auf Linie gebracht. Die anderen hatten nur noch eine kleine Frist – bald würden seine Brüder kommen und für Ordnung sorgen. Ja, die ZAR war zweifellos eine Möglichkeit, der Typ undurchsichtig. Und da gab es auf der anderen Rheinseite ja auch die SAR, die sein Bruder allerdings nicht auf der Kundenliste hatte. Warum nicht? Undenkbar, dass er eigene Geschäfte gemacht hatte, denn die Familie war heilig. Vielleicht steckte ja etwas anderes dahinter und Charlie 2 beschloss, beiden häufigere Besuche abzustatten, bis sich die Geschäftsbeziehungen gefestigt hätten oder die Geschäftspartner entsorgt werden müssten. Oder beides.

*

Ein an einem Landesteg in der Strömung liegendes Schiff gleicht in mancher Beziehung einem Nussknacker, dessen Arme sich bei Wellengang mit großer Gewalt öffnen und schließen und alles dazwischen zermalmen. Wenn Mechtersheimer meine teuren Utensilien oberhalb des Stegs in den Fluss geworfen hätte, wäre eine Bergung ungleich schwieriger und gefährlicher geworden, aber so bin ich frohen Mutes, dass ich nicht als Nuss ende. Eingequetscht kann ich nicht werden und durch den nach unten offenen Tauchschacht kann ich jederzeit praktisch mitten im Schiff auftauchen. Es muss klappen und es wird klappen.

In ein paar Stunden werde ich Anke in den Armen halten. Die Luft wird vibrieren und nicht nur die Luft. Ein letzter Blick zu Herbert, der geduldig mit der „Flavia“ hinter dem „Kaiman“ dümpelt. Daumen hoch, einatmen und abtauchen. Ab in die dunkle Brühe, die kühl über die Wangen streicht und deren feuchter, modriger Geruch irgendwie doch ihren Weg zu meiner in der Taucherbrille eingepackte Nase findet.

Nach ein paar Metern tauche ich zur Orientierung kurz auf, direkt neben den Steinmännchen, die am Ufer fragil aufeinander geschichtet sind. Zerklüftete Strukturen, wie gerade aus der Böschung geboren und noch unfertig, im Entstehen nur begriffen, ohne jemals fertig zu werden. Manche erinnern gar ein wenig an die Figuren auf der Osterinsel, ungleich größere Relikte einer Herrenrasse, deren Arbeitssklaven sich einst erhoben und die hohen Herren von der Insel verjagt hatten. Mitten zwischen den beiden größten Ostermännchen kann man zur Stelle sehen, wo Mechtersheimer meine Ausrüstung ins Wasser warf. Ich tauche wieder ab.

Das Wasser ist relativ klar, sieht man von den vielen Schwebeteilchen ab, die im LED-Licht vor meiner Taucherbrille herumwirbeln. Ich folge der Bordwand des alten Schiffes nach unten, etwa einen Meter und schon sehe ich etwas im Dunkel glitzern. Das Endoskop liegt praktisch genau dort, wo es nach der Beschreibung der Empfangsdame hineingeworfen wurde, wunderbar. Es liegt mitten zwischen den Basaltbrocken der Böschung, an die sich ein runder Schachtdeckel anschließt.

Eine leicht überstehende schwarze Gummilippe markiert die Einfassung des Schachtdeckels. Das ist wahrscheinlich ein Revisionsschacht eines alten Dükers, einer Durchführung unter dem Rhein hindurch. Richtig: am Ufer war das Ankerverbots-Schild, das man überall findet, wo Leitungen im Fluss verlegt sind, die beim Ankern zerstört werden könnten.

Noch etwas unterhalb der Platte schimmert eine silbrige Schlange und ich ziehe daran, doch das Endoskop ist verklemmt, wahrscheinlich hat sich die Kamera zwischen den Steinen verkantet. Da verbietet es sich, kräftiger zu ziehen. Die großen Basaltbrocken der Uferbefestigung mit ihren recht scharfen Kanten und spitz zulaufenden Hohlräumen werden meine Wertsachen nicht so einfach hergeben. Also muss ich noch etwas tiefer, aber die Luft wird langsam knapp. Zurück zum Ufer? Nein, denn das hier ist ein Tauchschachtschiff und dieser Schacht ist unten bekanntermaßen offen.

Also noch ein wenig tiefer und drunter durch. Es ist ein mulmiges Gefühl, unter den alten Rumpf zu tauchen. Aber der natürliche direkte Weg nach oben ist nur für einen Moment versperrt, denn zwei kräftige Armzüge und Flossenschläge später ist die glatte Schachtkante aus vernieteten Stahlblechen bereits vor mir. Ich tauche darunter durch und dann auf, blase das Wasser aus dem Schnorchel und schaue nach oben.

Im Schacht ist es völlig dunkel, die stählerne Abdeckung am oberen Ende ist geschlossen. Die Wandung glänzt speckig grau im Licht der Kopflampe. Das muss der Transport-Schacht sein, durch den die Dinge hochgezogen wurden, die während der aktiven Zeit des „Kaiman" vom Grund des Rheins geborgen wurden. Verlorene Anker, Findlinge oder nach dem Krieg auch mal eine Bombe. Schrammen an der Schachtwand sucht man hier vergebens, alles wurde beim Umbau zur Spielhölle frisch gestrichen.

Hier gibt es nichts, woran ich mich festhalten könnte und so trete ich Wasser mit meinen Flossen, in dem doch recht engen Schacht kein wahres Vergnügen. Der Zugangsschacht mit seiner Einstiegsleiter für die Arbeiter ist direkt nebenan. Wie es dort wohl aussieht? Nur selber essen macht dick und nur selber nachschauen schlau. Ich atme die feuchte, abgestandene Luft tief ein, lasse mich etwa zwei Meter absinken und ziehe mich unter der Schachtkante hindurch, die sich klebrig anfühlt.

Der Hauptschacht weitet sich nach unten auf mehrere Meter Durchmesser, der Zugangsschacht ist aber so schmal, dass man nur einzeln die Steigeisen hochklettern kann. Kamera und Endoskop liegen fast direkt unter mir. Ein paar tiefe Atemzüge später will ich abtauchen, als es plötzlich knallt. Ein Knall, der sich durch das alte Schiff fortsetzt, gefolgt wird von einem starken Ruck und Schleifgeräuschen. Mein Herz rast. War das doch kein Quatsch mit der Explosion? So stelle ich es mir vor, wenn ich in einem Fahrstuhl bin, der gerade abstürzt. Hier aber fehlt die Beschleunigung völlig, das Schiff scheint eher ruhiger zu werden.

Nach einer stummen Sekunde hört man plötzlich Fußgetrappel, Rufe und das Schlagen von Türen, ein Knirschen und Reißen – und dann fällt auch noch das Licht aus. Ich habe das Gefühl, dass sich das Schiff bewegt und tauche schnell unter Wasser ab, aber mein Endoskop ist nicht mehr zu sehen. Stattdessen versuchen mich Strudel zu packen, aber ich kann mich an den Schachtkanten festhalten. Der alte „Kaiman" muss sich losgerissen haben – und das ist ausgesprochen fatal.

Wenn ich nun versuche, unter dem Schiffsrumpf weg zu tauchen, habe ich gute Aussichten, zwischen Schiff und der Uferböschung oder dem Grund zermahlen zu werden. Und Anke mit ihren schönen Augen und den wunderbaren Kurven nie wieder zu sehen. Am oberen Schachtende tastet nun auch noch der Strahl einer Taschenlampe durchs Dunkel. Schnell entschlossen drücke ich mich wieder in den Hebeschacht hinüber, wo mich der Schachtdeckel vor Entdeckung schützt. Dem Gefühl nach dreht sich das Schiff um die eigene Achse, dann ein letzter Knall und die Strömung wird wieder geringer.

Dauerhaft kann ich hier aber nicht bleiben – dann werde ich spätestens erwischt, wenn der „Kaiman“ auf Grund läuft und die Wasserschutzpolizei an Bord kommt. Unter die Leute an Bord kann ich mich in meinem Neopren-Anzug nicht unerkannt mischen. Telefonieren kann ich in der engen Stahlröhre auch nicht – also muss ich wieder zurück in den Hauptschacht und versuchen, von dort unter dem Schiff durchzutauchen.

Vorsichtig hangele ich mich wieder hinüber und habe Glück: Der Lichtkegel der Taschenlampe ist verschwunden und ich höre auch nichts. Im Schein der Stirnlampe ist niemand zu sehen. Ich ziehe die Flossen aus, klemme sie in die unterste Stufe und klettere dann vorsichtig die Steigleiter hoch, immer bereit, schnell wieder ins Wasser zu verschwinden. Ohne Schuhe sind die runden Steigeisen nicht ideal, auf halber Strecke bekomme ich einen Krampf in den rechten Fuß, den ich kaum noch loswerde. Es riecht irgendwie ölig, nach Benzin oder ähnlich brennbarem Material. Ich finde die Geruchsquelle im Dunkel nicht und steige weiter die Stufen hinauf.

Oben kommt frische Nachtluft durch die offen stehende Tür der zum Bug gelegenen Druckkammer herein. Mein Handy piepst, meldet, dass es wieder empfangsbereit ist. Gleich drei Nachrichten sind da, zwei von Herbert und eine von Anke.

Schnell melde ich mich bei Herbert, dessen Stimme sehr besorgt klingt.

„Bist du ok? Ich habe schon die Kollegen von der Wapo angerufen. Hast du den „Kaiman“ losgemacht?“

„Nein, ich war auch überrascht. Ich bin jetzt auf dem Turm und hoffe, dass ich wieder ungesehen von Bord komme. War das eine Explosion?“

„Nein, auch wenn es sich so angehört hat. Da ist nur was abgerissen, was stark gespannt war und jetzt treibt der „Kaiman“ weg vom Ufer. Er hat beim Losreißen einen Drehwurm mitbekommen und auch natürlich die

Stromversorgung eingebüßt. Im Moment sind wir immerhin in recht tiefen Wasser – du könntest wohl unter dem Rumpf durchtauchen."

Ich will ihm gerade antworten, als ein dunkles Gesicht durch die in der äußeren Tür der Druckkammer eingelassene Scheibe schaut, seine Taschenlampe auf mich richtet und an der Türverriegelung hantiert. Schon schwingt die Tür auf, er greift nach einer schweren Kette in der Druckkammer und kommt auf mich zu, stößt die innere Tür der Druckkammer weit auf.

Sofort drehe ich mich um und klettere so schnell es geht in den Schacht, lasse meine Hände an der Absturzsicherung entlang gleiten und meine Füße über die Stufen tanzen. Schon ist der schwere Mann am oberen Schachtende und lässt die Kette mit einem Höllenlärm über die Treppe tanzen. Er will sie mir hinterher schleudern, doch sie ist zu lang und hängt noch irgendwo fest. Einen für mich unverständlichen Fluch später rasseln die Kettenglieder wieder – doch da bin ich schon im Wasser und tauche sofort seitlich weg.

Keine Sekunde zu früh! Krachend und knirschend schießen die rostigen Eisenglieder neben mir ins Wasser, die Wasseroberfläche schäumt im Licht der Taschenlampe. Keine Zeit, meine Flossen zu retten, die ich hinter die tiefste Stufe geklemmt habe, nur schnell weg! Dabei darf ich die Orientierung nicht verlieren, muss zur breiten Schiffsseite weg, gerade entgegengesetzt der Schachtleiter.

Einen Meter unter der Wasseroberfläche greife ich die Schachtkante und tauche darunter weg. Außerhalb der Bordwand greift die Strömung nach mir und drückt mich flussabwärts. Ich lasse mich mittreiben und versuche so weit wie möglich vom „Kaiman" weg zu kommen, damit ich beim Auftauchen nicht gleich entdeckt werde.

Es ist pures Glück, dass ich zwischen „Kaiman" und Petersaue an die Oberfläche komme und nach Luft japse. Auf dieser Seite des Kaimans sieht mich keiner der Zocker, deren Aufmerksamkeit sich zum Kasteler Ufer richtet, wo ein erster Streifenwagen mit Blaulicht und Sirene die Eleonorenstraße entlangschnürt.

In der Nähe brummt ein Außenborder los. Herbert hat meine Stirnlampe gesehen und nimmt Kurs auf mich. Dummerweise zieht er damit die Aufmerksamkeit der auf dem Schiff festsitzenden Zocker auf sich und mich. Schon wechseln einige die Schiffsseite, wollen wohl von dem kleinen Jollenkreuzer aufgenommen werden – ein sinnloses Unterfangen.

Und wieder verlagert sich das Interesse, als eine ganze Karawane von blitzenden Blaulichtern mit Getöse über die Theodor-Heuss-Brücke nach Kastel rast.

„Die Kollegen von der Wapo brauchen noch etwas“ konstatiert Herbert nüchtern, als er mir an Bord hilft. „Bist du verletzt?“

„Nein, nichts passiert.“

„Und wo hast du Kamera und Endoskop?“

„Die liegen noch unten. Die können wir morgen holen. Komm, lass uns hier abhauen.“

Herbert schüttelt den Kopf.

„Ich bin zwar pensioniert, aber alt und senil bin ich nicht.“

„Ich bin auf dem Schiff bestimmt nicht erkannt worden, Herbert. Wenn ich mich jetzt umziehe und wir so tun, als wüssten wir von nichts, dann ....“

„Na ja, umziehen solltest du dich schon mal, weil es“ er zwinkert mit den Augen „einfach bequemer ist. Und außerdem habe ich ein starkes Pfeifen im Ohr, seit du an Bord gekommen bist. Ich habe leider nicht verstanden, was du gesagt hast. Außerdem muss ich so schnell wie möglich auf den „Kaiman“ und den Anker werfen. Hoffen wir, das das alles noch funktioniert und die nur niemanden drauf haben, der weiß, wie man das macht. Jetzt mach endlich! Ab in die Kajüte und runter mit dem Taucherdress!“

„Aye, aye Käptain!“

Schnell verschwinde ich in der Kajüte und ziehe mich halb im Liegen um, während Herbert mit auf- und abschwellendem Motor um den „Kaiman“ kreist. Endlich bin ich umgezogen, stopfe die Taucherklamotten in die Hundekojen und bin wieder an Deck. Herbert kurvt noch immer im Dunkel herum.

„Warum legst du nicht direkt an?“

„Es ist nicht so einfach, mit unserer zarten „Flavia“ an diesen drehenden Eisenpott ohne Probleme ranzukommen! Der hat höchstens einen

Meter Tiefgang und wenn wir uns festfahren und der schiebt seine fünfhundert Tonnen über uns rüber, dann haben wir deiner Anke was zu erklären! Wieso hast du nicht einfach deinen Kram geholt, sondern musst auf das Schiff rauf? Jetzt werden die versuchen, dir das Abtreiben in die Schuhe zu schieben. Leg dir schon mal eine gute Geschichte für meine Nachfolgerin zurecht."

Herbert hält weiter einen Respektabstand zum „Kaiman" und achtet darauf, nicht zwischen den überdimensionalen Kreisel und irgendwelche Untiefen zu kommen – eine nicht einfache Aufgabe im Dunkeln.

Ich habe die schwere Kette nicht gekappt, mit der der „Kaiman" am Ufer festgemacht war, klar. Aber Herbert hat recht: man wird versuchen, mir einen Strick aus meinem nächtlichen Kaiman-Besuch zu drehen. Unbefugtes Eindringen, Schiffsfriedensbruch oder wie auch immer werden die Juristen den Strick nennen, an dem sie mich auf Mechtersheimers Geheiß aufknüpfen wollen. Dieselben Juristen, die Mechtersheimer bei dessen millionenschwerer Selbstbedienung aus öffentlichen Geldern vor den Konsequenzen seiner kriminellen Machenschaften geschützt haben.

Der Tumult auf dem „Kaiman" nimmt zu. Inzwischen sollten alle Mann an Deck sein und das Mainz-Wiesbadener Handynetz einer ernsthaften Belastungsprobe unterziehen. Mit dem Strom sind die Spielautomaten ausgefallen, sonst würde es mich nicht wundern, wenn einige Zocker unentwegt weiterdaddeln würden.

Wir können im Moment wenig tun und ich sollte mir für Hauptkommissarin Hassemer eine gute Geschichte überlegen. Aber wie soll ich darin die Aktion mit Kamera und Endoskop unterbringen? Wird sie von Mechtersheimer darüber informiert werden? Mechtersheimer wird mich und Herbert bei jeder Gelegenheit belasten wollen, aber zuviel Aufmerksamkeit auf dem Schiff selbst ist ihm sicher auch nicht recht. Schnell käme die Frage auf, was er mit dem Bruder der Ankerleiche zu tun hat. Das Abtreiben des „Kaiman" selbst hingegen würde nicht unbedingt zu Nachforschungen auf dem Schiff führen.

Was hat Mechtersheimer an Beweisen? Kamera und Endoskop liegen noch immer im Rhein und ich habe vorsorglich die Speicherkarte vor dem Einsatz intensiven Löschprozeduren unterzogen. Darauf ist nichts mehr, was mich als Kamerabesitzer identifizieren könnte. Das Endoskop ist allerdings verräterisch …

Der „Kaiman“ kreiselt weiter in der Strömung, da geht plötzlich ein Ruck durch das Schiff. Die Personen an Bord stolpern wie in einem Ballett erstaunlich synchron in eine Richtung, manche fallen über irgendwelche Gerätschaften, aber erfreulicherweise fällt niemand ins Wasser. Der alte Pott hat Grundberührung gehabt und die Drehung verlangsamt sich merklich, der Bug dreht sich langsam in die Strömung.

„Jetzt könnte es klappen! Hol den Bootshaken, Ronni!“

Herbert gibt Gas, gleitet am Schiff vorbei und dreht dann die „Flavia“ in die Strömung. Der Rumpf vibriert, als sich das Kielschwert nach oben schiebt, weil wir zu wenig Tiefgang haben, aber der Außenborder hält uns auf Kurs. Wenig später habe ich mit dem Bootshaken die Reling gepackt und Herbert zieht sich auf das alte Schiff – im trüben Schein meiner Taschenlampe. Unwirsch schüttelt er die Leute ab, die auf ihn zustürmen und geht zielsicher zu den Ankerwinschen am Bug. Ich lenke die „Flavia“ von der Bordwand weg, in sicheren Abstand zum kreiselnden Schiff.

Herbert schimpft und flucht, was das Zeug hält, um die herumrennenden Menschen von der Ankerkette wegzudrängen, damit er den Anker werfen kann. Irgendwann hat er es geschafft und schnell löst er die Bremse an der Winsch, der Ankerwinde. Zunächst tut sich nichts, doch dann rauscht die Kette mit Gewalt und einem lauten Rasseln über das Vorderdeck, lumpst dann endlich über den Bug ins Wasser. Obwohl Herbert wieder sofort die Ankerbremse anzieht, sind doch schon viele Meter der Ankerkette im flachen Wasser und bilden dort ein schönes Kettenknäuel, das sich – vom „Kaiman“ gezogen – nach und nach aufrollen wird. Jetzt steigt Herbert auf den Deckel der Ankerwinsch, um sich Gehör zu verschaffen.

„Immer mit der Ruhe, meine Damen und Herren. Ich bin von der Kripo Mainz. Wir haben die Situation unter Kontrolle. Das Schiff wird noch etwas treiben und dann ruckartig liegen bleiben. Die Wasserschutzpolizei ist informiert und die Feuerwehr bereitet bereits Ihre Bergung vor. Bitte bewahren Sie Ruhe, bitte Ruhe!“

Natürlich hält niemand Ruhe und Herberts Stimme bekommt einen harschen Befehlston.

„Halten Sie endlich die Klappe! Und halten Sie sich gut fest, aber nicht an der Reling! Das ist das Geländer an der Außenseite! Dieser Kasten hat genug andere Ecken und Winkel. Gleich gibt es einen heftigen Ruck! Also los!“

Endlich reagieren die Leute und klammern sich ans Steuerhaus und an den Turm fest, auch Herbert sucht festen Halt. Noch passiert nichts, doch dann kündigt ein Grollen und starkes Vibrieren an, dass die Ankerkette auf voller Länge ausgerollt ist und sich nun in den flachen Flussgrund krallt. Dann schreit hochbeanspruchtes Metall; die Leute werden nach hinten gerissen und schwappen wie eine Welle wieder zurück, manche stürzen. Und dann, endlich, liegt der „Kaiman" fest. Der Anker hält.

Die Feuerwehr hält sofort den Lichtwagen an und nur wenig später sieht man nichts mehr am Ufer, sondern nur noch gleißende Halogenstrahler. Dazu passend kommt die „He 8" von der Wapo Maaraue und vergrößert die Halogen- und Blaulicht-Show weiter. Ich sitze mit der „Flavia" mittendrin, während Herbert mit mäßigem Erfolg so etwas wie Ordnung auf dem „Kaiman" zu schaffen versucht.

Das Durchzählen hat geklappt: es sind 32 Personen an Bord – inklusive der Empfangsdame, die sich ihre Nachtschicht sicher anders vorgestellt hat. Und jeder von denen will jetzt nur noch so schnell wie möglich runter vom Schiff. Das allerdings ist nicht so einfach. Das Wasser ist zu flach für „HE 8" und die „Flavia" zu klein.

Eine halbe Stunde später kommt dann die flachwassertaugliche „Neptun" der nahen DLRG-Station angebraust und beginnt mit der „Evakuierung". Viermal pendelt das Aluminiumboot zwischen dem „Kaiman" und der DLRG-Landebrücke, dann haben alle „Schiffbrüchigen" wieder festen Boden unter den angstschweiß-gebadeten Füßen. Beim Umsteigen ist Herbert ganz Kapitän und dirigiert das Umsteigen mit nachdrücklicher Amtsautorität. Er verliert selbst dann nicht die Ruhe, als sich Mechtersheimer nach vorn drängelt und ihm einen Blick zuwirft, der nichts Gutes verheißt.

Außer Mechtersheimer sind keine mir bekannten Personen an Bord, auch kann ich niemanden entdecken, der dem massigen Mann gleicht, der mich im Tauchschacht entdeckt hatte. Sicher, Mechtersheimer hat die passende Figur, aber die Stimme war mir fremd. Nicht das unverkennbare Mainzer „Ei, wat hast du denn da zu suche?" sondern ein eher grobes „Taucher!". Zudem frage ich mich, was der geschäftsführende Gesellschafter an einem normalen Wochentag um diese Zeit auf dem Schiff macht.

Herbert geht schließlich als Letzter von Bord. Am Ufer wartet Marco Kreisler vom Wasser- und Schiff(f)ahrtsamt Bingen, der bis zur Außerdienststellung zur Besatzung des Tauchschacht-Schiffs gehörte. Er war von der Wapo aus dem Schlaf geklingelt worden und fährt nun mit der „Neptun“ zum „Kaiman“.

Herbert hatte recht: Wir sind als Zeugen für den frühen Nachmittag, 14 Uhr, ins Kommissariat geladen. Zwar war Geli Hassemer nicht vor Ort, aber ihr Stellvertreter Kai Pritzsche hatte Nachtdienst, was Herbert gar nicht unrecht war. Als die Evakuierung endlich abgeschlossen ist, schaue ich auf die Uhr. Es ist fast vier, Anke hat gleich Dienstende. Croupier im Casino ist ein Knochenjob: viele Stunden Nachtschicht, dabei immer adrett aussehen, hoch konzentriert und nett zu den Gästen. Kleine Pausen gibt es, immerhin. So wie jetzt, denn ihr Name erscheint auf dem Handy-Display.

Eine besorgte Stimme lässt die Schmetterlinge in meinem Bauch wieder auffliegen.

„Wo bist du? Warum hast du nicht zurückgerufen? Ist etwas schiefgegangen?“

„Gewissermaßen schon. Aber mir ist nichts passiert.“

„Ich will dich sehen, so schnell wie möglich. Wo bist du denn?“

„Mit Herbert auf der „Flavia“, zwischen Petersaue und dem Ufer.“

„Immer noch?“

„Ich denke, wir sind hier fertig. Ich könnte dich abholen.“

„Nein … das ist heute nicht gut. Ihr müsst doch noch meine „Flavia“ zurückbringen – ich komme dann von der Spielbank direkt zum Steg.“

„Ich warte auf dich. Ich liebe dich.“

„Ich weiß. Ich dich auch.“

Sie unterbricht die Verbindung. Herbert und ich tuckern in Gedanken versunken stromabwärts, lassen den „Kaiman“ in guten Händen im Rheinarm liegen. Erst unter der Kaiserbrücke mit ihren vielen bunten Liebesschlössern bricht Herbert das Schweigen.

„Das ist ja nochmal gutgegangen. Wenn du dich heute Mittag nicht dappisch anstellst, können wir das mit der Geli Hassemer irgendwie hinbiegen. Aber was ist mit Anke? Immer, wenn ihr euch treffen wollt, kommt etwas dazwischen."

„Du meinst, dass sie ein Spiel mit mir spielt?"

„Das kann ich nicht sagen – das musst du wissen. Ich glaube jedenfalls nicht an Zufälle. Schon komisch, dass der „Kaiman" lostreibt, wenn du drauf bist."

„Und als ich sie vorgestern abholen wollte, tauchte plötzlich ihr Freund auf. Ganz ungewöhnlich. Den kennst du auch – den Baumann."

„Ach gucke mal schau. Schon wieder so einer der Selbstbediener. Wenn du mich fragst, lass die Finger von Anke. Wer weiß, was dahinter steckt. Vielleicht läuft das Spiel anders als du denkst – und vielleicht auch anders als Anke denkt."

„Nein, die würde das merken, bestimmt."

Wir unterqueren die Verbindungsbrücke vom Industriekomplex Amöneburg zur Petersaue, passieren die Stege vor der Hafen-Werft. Die Backsteingebäude des ehemaligen Kalle-Areals sind mir noch vertraut, obwohl es nun schon fast dreißig Jahre her sind, dass ich hier als Werkstudent das Geld für meine erste Asientour verdiente. Es war harte Arbeit und gefährlich noch dazu. In Halle A12 wurden unter gelbem Licht bei maximal 35 Prozent Luftfeuchte beschichtete Aluminiumplatten konfektioniert.

„Konfektioniert" hört sich gut an, aber wenn sich die rasiermesserscharfen, zwei Meter langen und fünfzig Kilo schweren Hartmetallklingen lautstark durch die Alustapel schnitten, flößte das gehörigen Respekt ein. Nach ein paar Stunden waren sie stumpf und mussten ausgetauscht werden. Dazu holte man sie zu zweit aus dem Lager, schraubte an jedes Ende einen kleinen Metallgriff und transportierte sie zu Fuß zur Schneidmaschine. Wäre einer der Griffe abgebrochen, hätte es einen glatten Beinschnitt gegeben. Einen perfekten Querschnitt durch Haut, Gewebe, Muskeln und Knochen. Ganz einfach und sekundenschnell – ganz ähnlich wie in von Hagens Plastinaten-Schaubude.

Ende der Siebziger Jahre kam auch für Kalle das Ende – die Chemischen Werke gingen im Höchst-Konzern auf, der nach etlichen Fusionen inzwischen zur Sanofi-Aventis-Gruppe gehört. Auf dem ehemaligen Werksgelände in Biebrich entstand ein typischer Industrie- und

Gewerbepark moderner Prägung mit vielen neuen Unternehmen. Aber die alten Backsteingebäude stehen noch, denkmalgeschützte Relikte längst vergangener Zeiten, deren harte Umrisse sich dunkel gegen die aufkommende Morgendämmerung abzeichnen.

Unmittelbar hinter der Industriebrücke endet die Petersaue und wir kommen wieder ins normale Fahrwasser. Vorbei am Biebricher Schloss nähern wir uns dem Raiffeisen-Futtermittelsilo an der Schiersteiner Brücke, wo in grellem Halogenlicht ein überdimensionaler Saugrüssel gerade die „Menorca" ausschlürft, hinter deren Führerhaus rote Bettwäsche im Wind trocknet. Ein kleiner Schaufellader schabt die letzten Winkel im Frachtraum aus und schiebt sie vor den nimmersatten Rüssel.

Endlich gleiten wir unter der geschwungenen Brücke hindurch in den Schiersteiner Hafen. Es ist erst halb fünf – wir werden auf Anke warten müssen. Genauer gesagt: Ich warte auf der „Flavia" allein auf meinen Schatz, während Herbert ein „Die Nacht ist auch zum Schlafen da" brummt und sich gleich auf den Weg zu seinem Wagen in der Kleinaustraße macht. Die Schmetterlinge im Bauch wollen mich wachhalten, aber dann fällt die Hektik der Nacht von mir ab und ich kann die Augen kaum noch offenhalten. Die Hundekojen sind mir zu eng in der lauen Nacht. Die Zeit steht wieder still. Eingemümmelt in eine überdimensionale bunte Decke aus der Kajüte und von den winzigen Hafenwellen leicht geschaukelt, falle ich auf der harten Bank der Plicht, dem offenen Heckbereich hinter der Kajüte, fast übergangslos in den Schlaf.

*

Zu seinen aktiven Zeiten bis 2006 hatte der „Kaiman" ein Stammbesatzung von acht Personen gehabt, die im Rahmen der jeweiligen Projekte auch über Nacht an Bord bleiben konnten. Das Schiff war dazu im Laufe der Zeit entsprechend ausgestattet worden und verfügte über genügend Schlafplätze, Duschen und natürlich auch eine Kombüse. Marco Kreisler hatte zur letzten Stammbesatzung gehört, viele Tage auf dem Schiff übernachtet und es zu seinem letzten Liegeplatz im Hafen von St. Goar gebracht.

Die meisten Kollegen waren auf die wesentlich modernere „Carl Straat" gewechselt. Die war durch ihren großen Ausleger am Heck und den eingebauten Antrieb wesentlich flexibler einsetzbar als der noch aus dem Kaiserreich stammende „Kaiman", der immer zum jeweiligen Einsatzort geschleppt werden musste. Marco Kreisler gehörte zu den Kollegen, die das Spezialschiff aus dem Kaiserreich in die Rente begleiteten. Ab und an wurde er noch gebraucht, weil er sich wie kein Zweiter auf dem „alten Kahn" auskannte. So auch, als der 2010 wegen des Hafenausbaus in St. Goar von seinem ersten Rentnerdomizil in den Schiersteiner Hafen umgezogen war. Seitdem war er nicht mehr auf dem Schiff gewesen, hatte von den vielfältigen Umbauarbeiten und seiner neuen Bestimmung nur gelesen.

Umso überraschter war er über die wundersame Verwandlung, die er im Licht seiner Taschenlampe vorfand. Da war zunächst das ehemalige Steuerhaus, das nun als Eingang zum Unterdeck, in dem nun Daddelkabinen statt nüchterner Schlafplätze und spartanischer Duschen untergebracht waren. Stromlose Monitore starrten blind auf die verplüschten Kabinenwände; die Lichterketten wirkten ohne die leuchtenden LEDs wie das Werk einer großen Spinne, die überall ihre Netze aufgespannt hatte.

Der „Kaiman" war ohne Strom, seit er sich vom Landesteg losgerissen hatte, doch das sollte nicht so bleiben, weil ein Leben auf dem Strom ohne Strom nicht besonders komfortabel ist. Also hatte Marco Kreisler für alle Fälle einen kleinen Stromgenerator für Licht, Fernseher und Handy mitgebracht und gleich in Betrieb genommen. Natürlich hatte das Spezialschiff in seiner aktiven Zeit nicht nur den großen Kompressor für den Druckaufbau im Tauchschacht, sondern auch zwei Stromgeneratoren an Bord gehabt.

Die hatten das Licht und die Motoren zum Heben und Senken des viele Tonnen schweren Tauchschachts ebenso gespeist wie die Dinge, die das moderne Leben so angenehm machen, beispielsweise den Durchlauferhitzer für die Duschen. Das alles sollte mit dem Umbau zum Daddelschiff von Bord verschwunden sein, doch am Tauchschacht hatte er Verfahrspuren – also war der nach dem Umbau in Bewegung gewesen. Dazu aber brauchte man die großen Generatoren, die ja angeblich nicht mehr an Bord waren.

Dieses Rätsel wollte Marco Kreisler am nächsten Tag lösen, denn die Sonne würde bald aufgehen und dann würde die Polizei schon ihren Job machen. Der „Reiher“ vom WSA aus dem Schiersteiner Hafen war bereits „gebucht“, um den „Kaiman“ wieder an seine alte Position zu ziehen. Der Schlepper stammte von 1935 und war gehegt und gepflegt worden, sah aus wie neu. Ein Arbeitsschiff mit dem Charme einer Luxusyacht aus den Zwanzigern, geschwungenen Linien, viel lackiertem und polierten Holz und viel Stil.

Da beim Abtreiben scheinbar nichts beschädigt worden war, stand einer kurzfristigen Inbetriebnahme nichts entgegen, doch zunächst musste er auf steigende Rheinpegel warten. Der Steuermann vergewisserte sich noch einmal, dass die „Neptun“ der DLRG sicher vertäut im Kielwasser lag und die Bremse der Ankerwinsch festgezogen war. Er hatte keine Lust auf unliebsame Überraschungen und setzte sicherheitshalber auch noch den zweiten Anker. Dann machte er es sich im ehemaligen Steuerhaus bequem.

So bekam er nicht mit, wie wenig später der Lichtstrahl einer Taschenlampe die steile Treppe vom Schachtturm herunter und dann zum Heck wanderte. Ein schwerer Mann stieg in die „Neptun“ und startete nach einigen vergeblichen Versuchen den Motor. Dann brauste er mit voller Geschwindigkeit am „Kaiman“ vorbei stromaufwärts und weckte damit Marco Kreisler, der gerade eingenickt war, eingeschläfert vom Rollen und Schaukeln des alten Schiffs.

Der ehemalige Steuermann konnte nichts tun, als zuzusehen, wie das schnelle DLRG-Boot mit Höchstgeschwindigkeit unter der Theodor-Heuss-Brücke hindurch verschwand. Auch die mit dem Handy alarmierte Wapo an der Maaraue konnte nur noch registrieren, wie das Rettungsboot an ihr vorbei stromauf raste und in den Main abbog. Es hätte zu lange gedauert, die in der Bootsgarage liegenden Patrouillenboote HE2 oder HE8 klar zu machen und sie hätten mit ihren 150 PS leistenden Dieseln ohnehin keine Chance gegen die schnelle „Neptun“ gehabt. Weit würde die Neptun ohnehin nicht kommen, denn nur wenig oberhalb versperrte die Schleuse Kostheim den direkten Weg den Main hinauf.

*

Ein Hauch streicht über meine Wangen, flimmert über die Haut. Feiner Vanilleduft fliegt schmeichelnd und knisternd mit. Feuchte Lippen streichen über meine Stirn, dann über die Augen. Eine vertraute Stimme, weich und dennoch bestimmt.

„Ich bin da."

Die Schmetterlinge wachen auf, flattern im Magen umher und wollen die Augenlider nach oben schubsen, doch ich widerstehe der Versuchung. Sie küsst mich sanft, dann nachdrücklich. Das Boot schaukelt ein wenig, als sie sich unter dem Querschot durchdrängt, um sich an mich zu drücken. Sie nimmt meine rechte Hand, küsst die Handfläche und führt sie dann über ihre Brüste, wunderbar weich und doch fest.

„Ronni. Ich bin's!"

Ihre Stimme klingt ungeduldig. Doch ich öffne meine Augen immer noch nicht, will den Moment für die Ewigkeit festhalten. Aber sie lässt mich nicht, schlägt meine Decke zurück, legt sich auf mich und ich spüre ihre Haare, ihren warmen Atem und dann einen kurzen stechenden Schmerz am Hals. Ein Knutschfleck dürfte mir sicher sein.

„Autsch!"

Ich blinzele hoch in Augen, die ein wenig zornig blicken und versuche mich aufzurichten, aber sie legt sich einfach ganz auf mich. Sie trägt die Haare offen, sie umrahmen wie Girlanden ihre irritierend schönen Augen und kitzeln meine Nase.

„Das kommt davon, wenn man mich nicht beachtet! Warum tust du so, als ob du schläfst, wenn ich da bin?"

„Ich habe gerade von dir geträumt."

„Warum träumen? Hier bin ich!"

Sie setzt sich etwas auf und führt meine Hände unter ihren Fleece-Pulli mit dem Logo des Wiesbadener Yachtclubs, dann über ihre Brüste. Sie trägt keinen BH, fühlt sich wunderbar an.

„Alles dran. Wo es sein soll."

„Das will ich meinen!"

Sie führt meine Hände wieder zurück, küsst beide und dann wieder mich. Die ersten Sonnenstrahlen erreichen uns und lassen ihre Haarspitzen im Gegenlicht glühen. Ihre rechte Hand wandert meine Beine hoch und sie stutzt.

„Freust du dich nicht, dass ich hier bin?"

„Doch, aber ich fühle mich noch richtig steif. Mir ist auf der harten Bank so einiges eingeschlafen."

„Von steif kann hier wohl nicht die Rede sein." stellt sie tadelnd fest. „Dem müssen wir schnell abhelfen. Hoch mit dir, alter Mann."

Sie steht ruckartig auf und zieht mich nachdrücklich in die Vertikale. Die „Flavia" schwankt ein wenig, aber Anke schmiegt sich so eng an mich, dass ich mich nicht festhalten muss. Wir küssen uns, kosten genüsslich jeden Millimeter unserer Lippen aus. Es kribbelt in den Lenden, als das Blut wieder hineinströmt. Anke stellt es mit einem zufriedenen „Geht doch!" fest und schmiegt sich noch enger an mich.

Einige Sekunden später brauche ich eine kleine Atempause und öffne die Augen. Es ist inzwischen taghell, die ersten Spaziergänger sind schon unterwegs. Ein paar Jugendliche, mit ihren Mountain-Bikes auf dem Weg zur Schule, halten am Uferweg an. Sie wollen wohl sehen, ob sie was von uns lernen können, radeln aber schnell gelangweilt weiter.

„Es ist gleich acht. Komm, wir fahren zu mir, Anke. Ich will dich lieben, in dir sein und mit dir sein. Alles nehmen und alles geben."

Anke küsst mich heftig, nimmt dann meinen Kopf in ihre Hände. Ihre Augen sind plötzlich groß und traurig.

„Ronni, es ist etwas passiert, was ich dir sagen muss. Er hat uns erwischt, voll erwischt."

„Dein Freund Baumann? Hat er uns zusammen gesehen?"

„Nein, er ist an meinen Computer gegangen, als ich nicht da war und hat einen Keylogger installiert. Damit hat er dann alle Passworte abgefischt und hat unsere Mails gelesen. Schon am Dienstag, nach unserem Abend in Frankfurt."

„Das ist kriminell!"

„Der kümmert sich nicht um Regeln. Der will alles wissen und alles bestimmen. Hat erst ein paar Tage gewartet und mich dann zur Rede gestellt. Vorgestern."

„Deshalb bist du gestern nicht gekommen. Aber lass dir doch nicht von ihm vorschreiben, wie du zu leben hast. Wenn du mich liebst, komm zu mir! Oder habe ich doch keine Chance, hatte sie nie?"

„Ach, wenn das so einfach wäre. Glaube mir, ich liebe dich. Er hat mich in den letzten Jahren immer mehr vernachlässigt, sonst hätte ich mich nicht so geöffnet. Nun habe ich dich kennen und lieben gelernt. Aber ich bin mit ihm jetzt schon acht Jahre zusammen und wir haben viel gemeinsam erlebt. Grenzen waren ihm immer egal, Kompromisse fremd und auch seine Gesundheit interessierte ihn nicht, er qualmte was er konnte. Dann bekam er Krebs, war sterbenskrank und ich habe ihn gepflegt. Natürlich habe ich gebangt, dass er überlebt und tatsächlich rappelte er sich wieder auf. So etwas verbindet mehr als mir heute lieb ist. Und dann sind wir nach Mainz gekommen."

„Aber er achtet dich nicht, du sagst es selbst."

„Ich war natürlich stinksauer, weil er mich überwacht hat, aber aus seiner Sicht hatte er ja Grund dazu. Ich muss mich verändert haben – er hat einiges gespürt, das für dich gedacht war."

„Das ist nicht fair, denn ..."

Sie küsst mich, so dass ich nicht weiterreden kann. Als sie wieder loslässt, hält sie mir mit ihrem Zeigefinger die Lippen zu.

„Es ist nicht fair, ich weiß. Aber ich will dich nicht so sehen. Du hast deine Chance, ich will mit dir sein. Ich will mich von ihm lösen und er hat gemerkt, dass es mir Ernst ist."

„Und hat dich unter Druck gesetzt!"

„Anders, als du denkst. Ich lasse mir nicht alles gefallen, bestimmt nicht – auch von ihm nicht. Nein, er ist weggefahren, zu seiner letzten Freundin nach Düsseldorf. Direkt nach der Szene am Donnerstagmorgen."

„Dann hätten wir uns gestern doch sehen können."

„Männer! Kannst du dir nicht vorstellen, dass ich da allein sein wollte?"

„Kommt er wieder?"

„Früher wäre er sicher nicht wiedergekommen. Aber er ist auch älter geworden, wer weiß? Angerufen hat er noch nicht."

„Wartest du darauf?"

„Sei nicht so eifersüchtig. Ich will dich und ich komme mit dir. Ich habe es dir versprochen und ich will es auch selbst. Aber ich will noch nicht mit dir schlafen."

„Noch nicht?"

„Bitte werde nicht ungeduldig. Und du musst ja bestimmt auch noch zur Arbeit."

Oh, fast hätte ich den Termin im Polizeipräsidium vergessen.

„Das nicht, aber ich muss mich bei der Kripo blicken lassen, heute Nachmittag."

„Wegen des Kaiman-Desasters?" Mehr eine Feststellung als eine Frage. „Willst du bis dahin hier bleiben? Jetzt komm schon, lass uns das bisschen Zeit nützen, das wir haben. Den Zauber kosten."

Als ich schnell meine Taucherausrüstung aus den Hundekojen hole und sie in die große Tauchtasche stopfe, schaut Anke interessiert zu. In der vorher gut gefüllten Tasche ist nun reichlich Platz, denn normalerweise sind darin auch die Flossen – und die sind ja leider auf dem „Kaiman" geblieben. Warum hat Herbert sie nicht gleich mitgenommen, als er von Bord gegangen ist? Selbst wenn er in dem Trubel daran gedacht hätte, wäre es doch sehr auffällig gewesen.

Nachdem ich gepackt habe, nimmt sie meine Hand, lässt sie aber auf der Straße wieder los, um Neutralität nach außen bemüht. Wir gehen die wenigen Meter am Hafen entlang zum Parkplatz, blicken über das Wasser und die vielen Yachten zu den Fenstern der Storchenallee. Die Scheiben der würfelförmigen Bauelemente spiegeln in der Morgensonne, die Lamellenjalousien verhindern den Blick ins Innere. Ich hatte direkt neben Herberts Auto geparkt, aber der ist längst weg. Ein anderer hat den Platz bereits belegt.

Auf der Schiersteiner Brücke empfinde ich ein Gefühl der Sicherheit, weg von irgendwelchen Überwachungen, wenn man von der Radarkontrolle in Höhe des Raiffeisen-Futtersilos absieht. Trotz der aufregenden

Aussichten steigt ein wenig Müdigkeit in mir hoch. Anke geht es nicht besser, manchmal scheint sie einzunicken.

In weniger als einer halben Stunde werden wir bei mir sein. Dort wird es ein wenig unordentlich sein, weil ich am Vorabend in aller Eile die Tauchersachen in die Tasche gestopft hatte. Aber das Bett ist bereits frisch bezogen und – bevor ich das Haus verlies – hatte ich meinen „Snoopy" auf Tour geschickt. Der Robot-Staubsauger hat seine Saugtour sicher längst beendet und den Weg zurück in die Ladestation gefunden. Und vorher erfolgreich Jagd auf die Wollmäuse unter meinem Bett gemacht.

*

Als Mutter zweier frühpubertierender Mädchen und eines großen Haushalts mit Ferienwohnung war Geli Hassemer eine erfahrene Krisenmanagerin und so mancherlei Geschichten gewohnt, aber was sie Freitagmorgen um sieben von ihrem Stellvertreter Kai über die Ereignisse der vergangenen Nacht zu hören bekam, war schlichtweg unglaublich.

Dass eine Spielhölle auf dem Rhein abgetrieben war und einen nächtlichen Großeinsatz von Wapo, Polizei, Feuerwehr, WSA und DLRG ausgelöst hatte, war schon starker Tobak. Dazu kam die Flucht eines möglicherweise Tatverdächtigen in einem gestohlenen Boot und nicht zuletzt, dass ihr Vorgänger Herbert Wülfing abseits des schon seit Wochen mit „Richard III." verschlammten Staatstheaters auch noch den Helden gegeben hatte. Herbert I. sozusagen. Und als ob das noch nicht genug sei, landete noch während des Übergabegesprächs das Fax aus einer bekannten Mainzer Anwaltskanzlei auf ihrem Schreibtisch. Sie überflog es und reichte es dann wortlos an ihren Stellvertreter weiter.

„Im Auftrag unseres Mandanten Mechtersheimer ..." werde hiermit angezeigt, dass sich der „ … pensionierte ehemalige Leiter der Kripo Mainz, Herbert Wülfing, der Amtsanmaßung schuldig gemacht habe", weil er sich auf dem Schiff als Angehöriger der Kripo Mainz ausgegeben habe. Außerdem sei man sicher, dass die Ermittlungen eine Verstrickung des Herrn Wülfing in die ganze Sabotageaktion belegen würden, da dieser bereits in der Vergangenheit ihren Mandanten „mit missionarischem Eifer verfolgt" habe, um diesen verdienten Bürger der Stadt Mainz wirtschaftlich zu schädigen und gesellschaftlich zu diskriminieren. Gerade weil ihr, der „Sehr geehrten Frau Hauptkommissarin Angelika Hassemer“ diese Zusammenhänge „in der noch kurzen Amtszeit“ möglicherweise nicht vollständig bekannt seien, weise man darauf „hiermit gesondert“ hin.

Nachdem er das Fax durchgelesen hatte, reichte Oberkommissar Kai Pritzsche seiner Chefin das Fax mit spitzen Fingern zurück.

„Willkommen im Team. Ich habe noch nie erlebt, dass ein Anwalt so früh für einen Mandanten tätig wird.“

„Eine große Nummer, dieser Mechtersheimer, oder?“

„Das kann man wohl sagen. Herbert, pardon, Herr ...“

„Wülfing, ich weiß ...“

„... bekam damals richtig Stress, obwohl er den Schuldnachweis kriminalistisch korrekt geführt hatte.“

„Das Schreiben könnte man als Drohung auffassen. Soll es wahrscheinlich auch sein.“

Kai nickte und beobachtete Geli Hassemers Reaktion. Die atmete erst einmal aus und fixierte eine Platte der abgehängten Zimmerdecke, auf der eine Schramme zu sehen war. Sie stammte von dem kürzlichen Einbau der neuen Klimaanlage und so klein sie auch war – auf der sonst künstlich glatten Oberfläche war sie nicht zu übersehen. Das Auge suchte immer nach Unterschieden, auch und gerade in Plagiaten. Suchte Mechtersheimer nach der ersten Schramme, die er ihr beibringen konnte?

„Alles ok? Ich möchte langsam nach Hause.“

Die Stimme ihres Stellvertreters riss Geli Hassemer aus ihren Gedanken.

„Selbstverständlich. Und vielen Dank für das umfassende Briefing.“

Kai Pritzsche schloss die Bürotür hinter sich und die Hauptkommissarin versuchte auf dem Flipchart die vielfältigen Informationen anzuordnen. Es war ein noch ziemlich wirres Puzzle, in dem persönliche Abhängigkeiten eine zentrale Rolle spielten. Mechtersheimer hasste Wülfing, klar. Und Wülfing hatte sicher nicht viel für Mechtersheimer übrig, aber er war nun außer Dienst, verbrachte seine Zeit mit Angeln und seinem Schiff. Da war er natürlich öfter auf dem Rhein, aber in der Nacht, mit dem Schiff? Wer segelte schon nachts? Und dann passierte ausgerechnet da etwas …

Was ging sonst noch auf dem „Kaiman" vor sich? Wer war mit dem DLRG-Boot geflüchtet, lange nachdem Herbert – sie ertappte sich bei der Nennung des Vornamens – vermeintlich alle von Bord evakuiert hatte? Mechtersheimer war es nicht gewesen, der war als erster von Bord gegangen. Aber vielleicht wusste Mechtersheimer, wer das gewesen war? Ein normaler Zocker dürfte es kaum gewesen sein, also war es jemand, der mit Mechtersheimer zu tun hatte oder aber jemand, der Schlechtes im Schilde führte. Oder beides?

Den ganzen Vormittag trudelten weitere Infos zum Geschehen ein. Im Tauchschacht des „Kaiman" fand die Spurensicherung Schwimmflossen und die Wapo auf der Maaraue die „Neptun" der DLRG auf dem Sandstrand direkt an der Kostheimer Brücke. Von da waren es ein paar schnelle Meter auf die Brücke und von da war man mit dem Auto schnell wieder weg. Tatsächlich hatte ein Taxifahrer dort in der Nacht einen Mann mitgenommen und nach Flörsheim gefahren. Dort war der Unbekannte ausgestiegen und dann verlor sich die Spur.

Die Ursache für das Abtreiben des Kaimans war schnell gefunden, denn der Schäkel, der die Kaiman-Kette an einem Ring der Uferböschung festmachte, war gelöst worden. Er war nicht gestohlen worden, nein, sondern lag einfach noch da, direkt neben dem Ring. Fingerabdrücke? Fehlanzeige.

Nachdem die Strömung erstmals das Schiff erfasst hatte, konnte es von der Anlegebrücke allein nicht mehr gehalten werden – und von den Versorgungsleitungen schon gar nicht. Es entwickelte sich dann ein Szenario, das an Absurdität kaum zu überbieten war.

Als die Versorgungsleitungen rissen, fiel der Strom nicht auf dem ganzen Schiff aus, sondern einige Bereiche waren noch von einer Notstromversorgung gespeist worden, weil die Spielstände erst in der zentralen Erfassungseinheit abgespeichert werden mussten. Dazu zählten sogar einige Spielautomaten – aber nicht alle. Und so entwickelten sich handgreifliche Auseinandersetzungen um die noch laufenden Automaten, in die mehrere Personen verwickelt waren und die erst endeten, als endlich auch die letzten Automaten abgeschaltet wurden. Die Zocker konnten zu diesem Zeitpunkt nicht wissen, ob das Schiff möglicherweise sinken würde, aber das interessierte sie in ihrem Realitätsverlust offensichtlich nicht.

Nun war das alte Schiff wieder in guten Händen und wartete darauf, wieder auf die alte Position an Stromkilometer 499 geschleppt zu werden. Das WSA Bingen teilte dazu mit, dass dies erst am Wochenende geschehen könne, da der Rheinpegel erneut gesunken war und erst für Sonntag ergiebige Regenfälle angekündigt worden waren.

Gegen Mittag kam dann mit der Hauspost ein Luftpost-Brief aus Albanien. Er war in Deutsch abgefasst, der weichen Schrift mit runden Bögen nach von einer Frau. Schrift und Unterschrift waren offensichtlich von zwei unterschiedlichen Personen, denn die Unterschrift wirkte etwas dünn und zittrig.

„Sehr geehrte Polizei!

Ich bin Vlora Peshkatar und die Mutter von meinem Sohn, der im Fluss gestorben ist. Ich hole ihn ab. Bitte sagen Sie, wann ich kommen kann."

Telefonnummer und E-Mail fehlten, aber auf dem Umschlag war eine Adresse in der Hafenstadt Vlora angegeben.

Hauptkommissarin Hassemer war ohne eigenes Zutun einen großen Schritt weitergekommen. Der Brief aus der direkten Umgebung der Ankerleiche ließ weitreichende Schlussfolgerungen zu. Zunächst zeigte er, dass die Ankerleiche nicht allein in Deutschland gewesen war. Da hatte jemand im Verbreitungsgebiet der regionalen Zeitungen die Nachricht gelesen – aber nicht mit der Kripo Kontakt aufgenommen, sondern direkt mit der Familie. Es schien logisch, dass es jemand aus der Familie selbst war. Warum aber holte dieser die Ankerleiche nicht selbst ab, sondern ließ die alte Mutter die weite Strecke reisen? Da steckte etwas dahinter, da war sich die Hauptkommissarin sicher. Sie war auf den Besuch der alten Dame gespannt, schrieb gleich einen Brief zurück und nannte als möglichen Abholtermin bereits den Dienstag der kommenden Woche. Dann sandte sie ein Fax an die albanische Polizei in Vlora, worin sie um Auskunft über die Familienverhältnisse der Peschkatars bat.

Sie war ein großes Stück weitergekommen und nun erhoffte sie sich weitere wichtige Informationen von dem für zwei Uhr nachmittags angesetzten Gespräch mit Herbert Wülfing und seinem Freund Ronni Sander. Die beiden waren nach dem nächtlichen Abenteuer wohl so müde, dass sie sich ausschlafen mussten.

*

Die Heckenrosen vor dem Eingang sind längst verblüht, aber der blaue Lavendel zieht noch immer die Hummeln an. Anke nimmt meine Hand mit einer wohltuenden Selbstverständlichkeit und lässt ihre leicht schläfrigen Augen über meinen malerisch-chaotischen Vorgarten gleiten. Sie lässt sie erst los, als ich die Haustür aufschließe, studiert die Fotos meiner Kinder im Flur.

„Sind die beiden noch so jung?“

„Du weißt ja: Je älter die Fotos sind, umso jünger sieht man darauf aus. Die sind jetzt 42. Zwanzig und zweiundzwanzig.“

„Witzbold.“

Sie mustert nur kurz die Bilder an der Wand, taxiert den Rückenakt von Heike Justen im Wohnzimmer und stellt fest, dass sie da mithalten kann. Sie zieht mich an sich, will mehr.

„Zum Schlafzimmer geht es die Treppe runter.“

„Verlockend, aber es ist noch zu früh. Nein, lass uns tanzen.“

Der alte Fischer-Receiver knackt verdächtig beim Einschalten, aber dann kitzelt die Diamantnadel einen Ozean an Gefühlen aus der alten 10cc-LP.

„Im not in love, so don‘t forget it,

It‘s just a silly phase I‘m going through ...“

Ich ertrinke in ihren Augen und mag mich nicht dagegen wehren. Sie versteht den Text sehr wohl und macht ihn mit ihrer Nähe spielerisch wett.

„Don‘t tell your friends about the two of us ...“

Baumann versucht sich imaginär zwischen uns zu stellen, doch sie schüttelt den Kopf und hält mir für einen Moment die Ohren zu, lässt sie dann wieder los.

„I keep your picture on the wall ...“

Schnell zieht sie ihren Sweater über den Kopf und springt aufs Sofa direkt neben den Rückenakt.

„ ... it‘s because … keep quiet … keep quiet ….“

Dann kratzt die Nadel schon in der Leerrille, wieder ist die Zeit vor unseren Gefühlen geflohen. Sie zieht mich aufs Sofa, knüpft mein Hemd auf und dann die Hose. Als ich nach ihrem Slip greife, nimmt sie meine Hände und schüttelt mit gespielter Strenge den Kopf, legt sich direkt auf mich, so dass mir fast die Luft wegbleibt.

„Vorsicht, du drückst deine Brüste zu sehr."

„Keine Sorge, ich weiß schon, was ich tue."

Sie setzt sich auf mich, lässt ihre Hüften kreisen und wirft ihre blonden Haare in den Nacken. Nach dem langen Tag oder vielmehr der langen Nacht fallen sie etwas strähnig. Es sind verspielte, blonde Strahlen, so ganz anders als der straff nach hinten gebundene Pferdeschwanz, wenn sie den Croupier gibt.

Auch ihre Brüste schmecken etwas salzig, wunderbar. Wir sind beide seit dem Vortag noch nicht unter die Dusche gekommen und schaffen es auch jetzt nicht, denn die Müdigkeit kommt wie eine Keule. Das Sofa ist zwar nicht so breit wie mein Bett und auch nicht so weich, aber für ein „Löffelchen" reicht es allemal.

*

Als er vom Niederräder Ufer in den Parkplatz einbog, zerrte Charlie ungeduldig am Lenkrad seines betagten Honda Civic. Die Servolenkung funktionierte schon lange nicht mehr, aber das machte er mit seinen Kräften wett. Er wusste nicht, wie lange der Wagen noch TÜV hatte, schon allein deshalb, weil es so etwas in Albanien nicht gab. Und hätte er es gewusst, hätte es ihn nicht interessiert.

Er war nicht nur ungeduldig, sondern auch zornig, witterte Verrat. Wer außer seinem Vermieter konnte wissen, dass er unterwegs war? Natürlich hatte er Alfred nicht mitgeteilt, wohin er fahren würde, aber der war fast immer da und wusste daher genau, wann er weg ging. Das Handy hatte er ihm weg genommen, aber vielleicht hatte er ein neues gekauft? Und damit die Konkurrenz informiert, die das Geschäft übernehmen wollte?

Sein Bruder war in diesem Umfeld ums Leben gekommen. Dieses Mal wäre auch er sicher erwischt worden, hätte er sich nicht im Turm verstecken können. Gut, dass er wieder flüchten konnte, Wie sorglos die Deutschen mit teuren Dingen umgingen, war immer wieder faszinierend.

Der Zündschlüssel für das Boot hatte gesteckt, aber auch ein fehlender Schlüssel wäre für den Fischersohn kein wirkliches Hindernis gewesen.

Nun nahte die Abrechnung. In Alfreds Wohnbereich leuchteten die blauen LEDs wie immer und die Jalousien waren heruntergelassen, auch wie immer. Natürlich war die Zugangstür verschlossen und natürlich hielt sie Charlies Kräften nicht stand. Als er mit Gewalt eindrang, sprangen die Katzen in Panik erst zur Seite und dann durch die Tür ins Freie, eine gar über Bord, schwamm ans nahe Ufer. Alfred schlief, doch das half ihm nicht.

Zwar öffnete er die Augen noch einmal, als sich Charlies Pranken um seinen Hals schlossen, aber er hatte keine Möglichkeit der Gegenwehr mehr. Als er aufhörte zu zappeln, durchsuchte Charlie seine Behausung und fand tatsächlich ein neues Handy sowie in einer Box hinter dem Elektroherd ein Bündel 100-Euro-Scheine, das er einsteckte. Beides zeigte ihm, dass sein Verdacht richtig gewesen war. Nun galt es noch ein Exempel zu statuieren. Zwar graute schon der Morgen, aber die Straßen am Niederräder Ufer waren noch menschenleer.

Alfred war nicht besonders schwer oder groß, so dass er – leicht zusammengefaltet – gut in den Civic-Kofferraum passte. Er war in seinem Jogginganzug vor seinem neuen Flachbild-Fernseher eingeschlafen, dessen Verpackung noch in einer Ecke stand. Charlie 2 hatte eine Idee und klemmte ihm einen Styroporwürfel der Verpackung unter die Joggingjacke. Nach einer kleinen Fahrt warf er ihn unterhalb der Opel-Werke in den Main. Da, wo der Radweg einen Schlenker weg vom Ufer macht und man gut mit dem Auto anfahren kann. Es war nur ein paar Kilometer oberhalb der Schleuse Kostheim, deren umfangreiche Video-Überwachung er in der Nacht davor bereits bemerkt hatte.

Als es hell wurde in Frankfurt, lag Charlie 2 bereits wieder im Bett. In Alfreds Bett, denn das Führerhaus war ihm einfach zu klein gewesen. Wie gut, wenn man umziehen kann, ohne etwas umzustellen. Und wie schön, wenn man einen neuen Flachbild-Fernseher hat.

*

Mit dem Verschwinden des „Kaiman“ kam Bewegung in die Steinmännchen am Ufer. Sie vermehrten sich, wechselten die Form und wuchsen schnell in die Höhe. Sie hatten nun wieder freien Blick auf die Silhouette von Mainz mit Dom und vergittertem Rathaus, während die Christuskirche von den hohen Pappeln auf der Petersaue verdeckt war. Und sie bekamen öfter mal Besuch, denn viele Mainzer und Wiesbadener pilgerten bereits am Freitag an Ihnen vorbei zum provisorischen Ankerplatz des Kaiman. Das alte Schiff lag im flachen Wasser wie ein Krokodil auf der Lauer nach Beute.

Fürs Wochenende wurde ein wahrer Ansturm an Schaulustigen erwartet. Die ortsansässigen Brezelbäcker hatten bereits Standflächen für mobile Verkaufsstände in der Eleonorenstraße reserviert; die schrille Klingel des Eiswagens war bereits Freitag Mittag zu vernehmen.

So wurde der Anlegeplatz des Tauchglockenschiffs von der öffentlichen Aufmerksamkeit nur gestreift, denn dort gab es nicht viel zu sehen. Außer einer Landebrücke, an deren Anschlüssen die ortsansässigen Elektriker und Installateure bereits am Freitag Vormittag die Schäden ausgebessert hatten. Und auch der Angler, der da mitten zwischen den Steinmännchen seinen Haken auswarf, war nicht wirklich spektakulär. Ein älterer, etwas untersetzter Herr mit weißen Stoppelhaaren und weißem Stoppelbart. Dennoch wurde er gleich von zwei Herren aufmerksam beobachtet.

Beide standen auffällig unauffällig mit Ferngläsern auf der Theodor-Heuss-Brücke. Sofern man auf der Theodor-Heuss-Brücke mit einem Fernglas auffällig unauffällig stehen kann. Jedenfalls schauten sich beide scheinbar die ganze Gegend an, ganz sicher aber nicht den „Kaiman“ und den Angler. Jedem Betrachter musste klar sein, dass beide Objekte nur rein zufällig immer mal wieder in den 8x30 Fokus des Binokulars rückten. Den Angler interessierte das nicht wirklich, wahrscheinlich hatte er gar nichts davon bemerkt, auch wenn er ab und zu einen Seitenblick auf die Brücke lenkte.

Ansonsten warf er ungerührt immer wieder einen schweren Drillingshaken an einer 100er Monofil-Schnur aus, als wollte er auf 2-m-Welse gehen. Nicht, dass es im Rhein keine großen Welse geben würde, aber die würden einen blanken Haken nicht fressen wollen. Denn an den Haken war kein Köder befestigt. Das störte den Angler offensichtlich so wenig wie der Fakt, dass er keine Fische fing und sogar zwei Drillingshaken verlor, bevor er seine erste Beute an Land zog: ein kurzes schwarzes Stück Gummi. Das befriedigte ihn nicht und so angelte er weiter, bis er einen langen silbrigen Schlauch an Land zog.

Das schien nun das zu sein, was er gesucht hatte, denn er packte ihn gleich in eine Tasche und ging zu seinem Auto, das er neben der Einfahrt zu Sand + Kies Menz geparkt hatte. Sofort steckten auch die beiden Männer auf der Brücke ihre Ferngläser ein. Sie schienen sich zu kennen, denn dafür gibt es für Außenstehende zwei klare Indizien: Entweder man kommt aufeinander zu, wenn man voneinander entfernt ist, oder man entfernt sich voneinander, wenn man einander näher kommen kann.

In diesem Fall war sicher das Letztere gegeben, denn als sie zu ihren an der Reduit geparkten Autos gingen, hielten sie peinlichst eine Ansprechvermeidungs-Entfernung ein. Auch ihre Karossen schwäbischer Herkunft waren in entsprechender Entfernung voneinander geparkt. Kaum saßen beide auf dem Leder, wandelte sich das Bild sehr schnell. Denn plötzlich ging es darum, wer schneller durch das Tor der Reduit auf die Auffahrt zur Theodor-Heuss-Brücke kam. Das Duell endete unentschieden, es sei denn, man berücksichtigt, dass ein rechter Kotflügel an einem Maybach teurer ist als ein linker Kotflügel an einem Benz.

*

Es gibt wohl kaum etwas Schöneres, als mit dem Menschen gemeinsam aufzuwachen, den man liebt. So übermüdet, wie wir eingeschlafen sind, so behutsam tasten wir uns ein paar Stunden später wieder ins Mittagslicht, in diese Welt, die wir eigentlich im Moment gar nicht bräuchten, so sehr wie wir uns selbst genug sind.

Ein kleines Zucken mit dem Bein, eine andere Atemfrequenz, eine Berührung mit den Lippen, ein verspieltes Streicheln zarter Finger über nackte Haut: Es gibt viele Dinge, die im Halbschlaf unbewusst passieren. Die ohne zu erklären und ohne zu beschreiben die Liebe zeigen.

Ihr Atem streichelt meinen Nacken, ein wenig zu leise und zu regelmäßig für den Schlaf. Ist sie wach? Vorsichtig drehe ich mich aus dem Löffelchen zu ihr um. Sie schaut mich fest mit ihren blauen Augen an, die noch ein wenig müde aussehen und mir schon so nah, so vertraut sind. Schließt sie wieder, nur für einen Moment und dreht sich auf den Rücken. Ich drehe mich um und meine Hand gleitet über sie, von der Stirn über ihre

Nase, wir küssen uns, noch ein wenig den Geschmack des Schlafes auf den Lippen.

Ihre Brustwarzen sind noch weich und richten sich unter meinen Liebkosungen auf, sie lässt es mit geschlossenen Augen geschehen. Als ich mich in ihren Bauch vergrabe, dreht sie sich lachend zur Seite und dann wieder auf den Rücken.

„Hey, das kitzelt! Langsam!"

Sie entspannt sich und so kann ich sie weiter erkunden – bis ich an diesen blöden Slip komme, den sie wohlweißlich angelassen hat, als wir uns aufs Sofa legten und uns wegträumten. Dieser weiße Stoff, so fein und dünn, ein textiler Appetitmacher. Er macht Lust, ihn auszuziehen. Doch genau das geht jetzt nicht. Noch nicht. Oder gar nicht? Oder vielleicht doch?

Sie nimmt meine Hände, die schon unter den Slip geschlüpft sind und zieht sie zu sich, küsst mich und schaut mich ernst an.

„Nein, Ronni. So gern ich dich in mir spüren würde … ich kann es jetzt noch nicht. Das verstehst du doch?"

Wieder ertrinke ich in ihren Augen, einem irisierenden Blau, mystisch wie das Licht über dem Indischen Ozean, das mich immer wieder nach Sri Lanka zieht. Wenn sie mich jetzt schon so fangen kann, wie wird es werden, wenn wir das erste Mal „richtig" miteinander schlafen? Es muss überirdisch sein, ein Rausch, der nie enden soll und wird. Und doch ...

„Was hast du?"

Anke nimmt mein Gesicht in beide Hände und schaut mich prüfend an.

„Warum schaust du auf einmal so traurig? Ist es, weil du jetzt mehr möchtest? Kannst du mir nicht vertrauen oder willst du mir nicht vertrauen?"

Sie birgt meinen Kopf zwischen ihren Brüsten, während die Sonne am Himmel offensichtlich einen absurden Zwischensprint einlegt. Plötzlich setzt sie sich auf mich, streckt sich und lauscht. Aus dem Bad dudelt plötzlich „Freude schöner Götterfunken", ihr Handy. Sie stutzt, schrickt zusammen, schaut auf die Uhr. Es ist schon zwei, ich sollte längst bei der Kripo sein. Bei Anke hat einer Anderer angerufen.

„Dein Freund?"

„Ja, Ronni, das ist bestimmt er. Bleib."

Wieder kuscheln wir. Atemlos. So, als würden wir uns nie mehr sehen, nicht voneinander lassend, bis ihr Handy wieder losdudelt, noch einmal, noch zweimal. Als dann auch noch mein Handy klingelt und die 65 des Polizeipräsidiums auf dem Display erscheint, verfluche ich den Erfinder dieser Mistdinger. Denn nun steht Anke endgültig auf und zieht mich sanft, aber nachdrücklich am Arm.

„Rücksturz zur Erde. Willst du noch mit mir duschen?"

Gefühlte Millisekunden später sind wir gemeinsam unter den warmen Wasserstrahlen und natürlich hat sie ihren Slip nun ausgezogen, wunderbar für neckische Spielchen. Nein, ich darf nicht in sie eindringen, aber man kann sich ja auch so viel Freude machen, während das Wasser den Geschmack der Haut wegspült, kaum, dass man sie geküsst hat. Ja, der leichte Schwefelgeruch hat sich auch in ihre Schamhaare geprägt.

Ich könnte stundenlang weiterduschen, aber Anke schubst mich irgendwann mit einem „Genug!" aus der Duschwanne. Meine Haut ist schon ganz schrumpelig vom vielen Wasser – nur an der rechten Hand und unter den Fingernägeln kleben immer noch kleine graue Farbflecken vom Tauchschacht.

Dann ist auch dieser Traum zu Ende und nachdem wir uns angezogen haben, gehen wir Hand in Hand zum Auto. Auf der A60 schaut sie das erste Mal auf ihr Handy, studiert schweigend eine SMS.

„Er?"

„Ja, Ronni."

„Willst du mit mir kommen?"

„Ich muss zurück. Tut mir leid, wirklich."

„Er ist in Schierstein."

„Ja."

Der Wagen brummt die Steigung der A60 bei Heidesheim hoch. Nur noch ein paar Meter bis zur Abfahrt zur A643 Richtung Wiesbaden.

„Soll ich dich nach Hause fahren?"

„Nein, du musst zu Kripo. Lass mich einfach am Mombacher Schwimmbad raus, ich nehme den Bus. Das dauert zwar ein wenig, aber," sie lächelt aufmunternd „da habe ich Zeit zum Nachdenken."

Auf dem Parkplatz vor dem Schwimmbad verabschieden wir uns, heftig und leidenschaftlich.

„Wann sehen wir uns wieder?"

„Bald. Werde nicht ungeduldig. Ich liebe dich."

„Ich dich auch."

Sie steigt aus, kommt noch einmal auf meine Seite, ein letzter Kuss. Als ich vom Parkplatz fahre, kurvt bereits die 47 um die Ecke. Sie springt hinein, dreht sich noch einmal zu mir um, bevor sich die beige Schwenktür hinter ihr schließt und der abgasgereinigte Stadtbus-Diesel losbrummt.

Ich muss los. Geli Hassemer wird ganz schön sauer sein, denn inzwischen bin ich fast zwei Stunden zu spät dran. Und auch Herbert wird das gar nicht gut finden, da bin ich mir sicher.

*

Die Wohnung hatte etwas von einem Vogelnest, einen Weitblick, ein wenig das Gefühl, losfliegen zu können, vorbei an den glitzernden Kunstobjekten von Laura von Ledebur und anderen Künstlern auf dem Steg über die freie Wasserfläche weg zu gleiten. Während die Wohnblöcke der Storchenallee zur Innenseite den Charme einer Vorstadt-Siedlung verströmten, dominierte auf der Hafenseite Glas, viel Glas.

Freiheit war ihr wichtig, der Blick in die Ferne. Anke war allein, ihr Partner war schon aus dem Haus und sie war froh darüber. Sie roch den Duft ihres Liebhabers noch an sich und ganz automatisch schwenkte sie ihre Hüften, als sie die Stufen zu ihrem Nest hochging. Der nach außen voll verglaste Kubus gewährte einen Panorama-Blick über das ganze Hafengebiet – von der Schiersteiner Brücke bis zum Mastenwald am Anlegesteg, in dem sie ihre „Flavia" wusste.

Etwas war neu in ihrem Reich – ein Fernrohr! Es stand nahe am Fenster, glänzte neu, wie frisch ausgepackt. Und es war frisch ausgepackt, denn ein paar winzige Verpackungs-Flöckchen lagen verstreut auf dem blauen Teppichboden. Sie kannte das Fernrohr nicht, bisher hatte sie Baumann nur mit einem Fernglas gesehen, wenn er einmal am Steg auf sie gewartet hatte – aber auch das war schon lange nicht mehr so. Neugierig trat sie näher, schaute durch das Okular.

Aus dem Mastenwald schälte sich die „Flavia" heraus und auch der Steg davor war in allen Einzelheiten zu erkennen. Das konnte nur eins heißen: Nach dem Computer überwachte er auch noch ihr Schiff! Hatte er gesehen, wie sie ihren Ronni nach dem nächtlichen Abenteuer im Hafen abgeholt hatte? Sie war direkt von der Spielbank zu ihrem Geliebten gefahren, ohne den Umweg über die Wohnung. Wo war er gewesen? Die Spielen am Rhein SAR machte zwar auch um vier Uhr morgens zu, aber er als Geschäftsführer konnte natürlich jederzeit gehen.

In jedem Fall war die Situation eindeutig gewesen, als er sie mit ihrem Ronni am Steg gesehen hatte. Genauso eindeutig war, dass sie nicht sagen konnte, ob es so war, weil sie nicht sagen konnte, wann er wo war. Das Fernrohr war ein klares Indiz dafür, dass er sie erwischt hatte. Aber woher wusste er, dass sie zu ihrer „Flavia" gehen würde? Dass der kleine Jollenkreuzer überhaupt ausgeliehen war? Er hatte sich schon lange nicht mehr für das interessiert, was sie machte.

Natürlich hatte er ihr großzügig verziehen, nachdem er sie über die E-Mails erwischt hatte. Doch hatte sich seitdem wirklich etwas verändert? Wenn er unter „Interesse am Anderen" die Überwachung aller Aktivitäten verstand, verstand sie darunter etwas anderes.

*

Zu spät kommen ist nicht schön, weil respektlos. Zwei Stunden zu spät erst recht nicht und das alles kurz vor dem Wochenende am Freitag Nachmittag ist ein geradezu unverzeihliches Szenario. Bleibt also eigentlich nur die Frage, ob mich Geli Hassemer, die ja sicher irgendwann auch mal ins Wochenende will, erst filetiert oder gleich zerreißt.

Demütig melde ich mich an der Pforte und kurz danach kommt mich Hauptkommissarin Hassemer abholen, wuchtet die Glastüren mit ihrem schweren grünen Metallrahmen mit Vehemenz auf. Trotz meiner Verspätung scheint sie gut gelaunt, geradezu erleichtert, mich zu sehen.

„Guten Tag Herr Nachbar“ begrüßt sie mich und geht vor.

„Sie kommen aus Appenheim?“

„Aus Gau-Algesheim.“

„Eine „Eue“?“

„Ja, dort geboren und aufgewachsen.“

Wir passieren die letzte Tür und stehen dann vor dem Geschäftszimmer, wo Eddi gerade ihre Siebensachen fürs Wochenende packt und mich freudig begrüßt. Herbert sitzt schon am Besprechungstisch und auch er registriert meine Verspätung mit einem Lächeln. Langsam werde ich misstrauisch. Was geht hier vor?

Pünktlich kurz nach vier schließt die Hauptkommissarin die Tür und eröffnet die Runde.

„Nun, Herr Sander, Herr Wülfing hat mir etwas von ihrer merkwürdigen Unternehmung der letzten Nacht erzählt. Nun bitte nochmal von Ihrer Seite. Sie hatten ja noch Wichtiges zuhause zu erledigen, wie Herr Wülfing sagte.“

Herbert grinst vielsagend.

„Nun, mir ist beim Fotografieren auf dem „Kaiman“ meine Kamera ins Wasser gefallen und die wollte ich mir wiederholen.“

„Warum in der Nacht und ohne Benachrichtigung des Eigentümers?“

„Ich wollte sie so schnell wie möglich bergen, bevor doch irgendwann Wasser eindringen konnte und – im Rhein zu schwimmen ist doch nicht verboten.“

„Das Betreten fremden Eigentums ohne Genehmigung aber sehr wohl.“

„Das war nur, weil mir die Luft ausging, ich war nur kurz im Schacht und bin dann wieder raus – mit leeren Händen.“

Demonstrativ strecke ich meine Hände auf den Tisch, doch als ich sie wieder zurückziehen will, kommt ein „Einen Moment, Herr Sander“ von der Hauptkommissarin. Einen Augenblick später hat Sie ihre Digitalkamera in der Hand und lichtet meine Hände ab. Dann kratzt sie mit einem rhetorischen „Darf ich?“ und einer Nagelfeile aus ihrer Handtasche etwas vom grauen Rand unter meinen Fingernägeln und füllt es in einen kleinen durchsichtigen Kunststoff-Beutel. Ich schaue fragend zu Herbert, aber auch der kann sich keinen Reim auf die Maniküre machen.

„Verehrte Kollegin, wollen Sie mir sagen, wozu Sie das machen?“

„Nein, Sie wissen schon, Dienstgeheimnis. Doch gehen wir weiter. Wir sind immer noch nicht weiter, was den Ort betrifft, an dem die Leiche auf den Anker kam. Sie kennen ja die Fundsituation genau, waren als Erste an der Leiche. Und Herr Sander hat ja ebenfalls einen – ich will mal sagen – gewissen kriminalistischen Spieltrieb in sich.“

„Kann man von der Ausprägung der Leichenflecke Rückschlüsse auf die Dauer ...“

„Ja, Herr Sander, das haben wir bereits. Aber es ist leider relativ ungenau. Zwar konnten wir die Zeit, in der der Tote auf dem Anker hing, auf etwa drei bis vier Stunden eingrenzen, aber das geht immer noch bis zur Lorelei. Die „Melaga“ ist ein gut motorisiertes Schiff mit mehr als tausend PS, die macht als Selbstfahrer auch noch am Binger Loch genug Fahrt. Je genauer wir wissen, wo die Leiche auf den Anker kam, umso genauer können wir bestimmen, wo sie ins Wasser kam.“

Herbert schaut plötzlich sehr interessiert.

„Könnte es sein, liebe Kollegin, dass diese Frage mit Herrn Sanders Maniküre zusammenhängt?“

Geli Hassemer lächelt.

„Man hat mir schon gesagt, dass Sie gut waren.“

„Gut bin, meinten Sie doch sicher.“

„Sie sind doch außer Dienst, denke ich.“

Kurz nach dem bisschen Kompetenzgerangel ist die Runde ohnehin zu Ende. Die Hauptkommissarin lässt den Beutel mit meinem Nagelrand noch ins Labor bringen und übergibt bereits an die nächste Schicht.

Ich gehe mit zu Herberts Auto, denn er will mir etwas Wichtiges geben. Das allerdings würde etwas Zeit brauchen und so fahren wir die paar Meter zum Wein-Park in Gonsenheim.

Nachdem wir Flammkuchen und Traubensaftschorle geordert haben, kommt er endlich zur Sprache und überreicht mir mit gewichtiger Miene eine Plastiktüte mit meiner Kamera und dem Firmen-Endoskop. Beide haben ein paar Schrammen, aber erfreulicherweise nicht die Optik.

„Wie hast du die denn so gut rausbekommen?"

„Ich konnte schon immer gut im Trüben fischen."

„Und deine Kollegin hat sich nicht dafür interessiert?"

„Ach, da gibt es so gewisse Dinge, die man etwas … flexibler … handhabt."

„Sie weiß nichts davon?"

„Unterschätze sie nicht. Sie kann sich schnell zusammenreimen, dass du nicht zur Algenernte ins Wasser gestiegen bist. Und ich habe ihr erzählt, was ich da mit meiner alten Angelrute und 100er Leine samt Haken rausgefischt habe. Wobei mir der gesunkene Wasserstand natürlich entgegen kam."

Ich öffne die Kamera-Abdeckung und tatsächlich …

„Aber die Speicherkarte ist noch drin."

„Wer sagt denn, dass die nicht schon kopiert worden ist?"

„Ist sie das?"

„Das musst du dir selbst beantworten."

„Streng genommen durfte ich natürlich nicht aktiv herumspionieren."

„ … nicht nur streng genommen, sondern überhaupt nicht."

„Wir sind nicht die Einzigen. Auch Ankes Lebensgefährte spioniert, was das Zeug hält. Hat sogar einen Keylogger auf ihrem Rechner installiert und ist uns darüber auf die Schliche gekommen."

„Keylogger ist ein Protokoll-Programm, richtig?"

„Dieses Programm schreibt sämtliche Tastatur- und auch Mauseingaben mit und sendet sie direkt an eine vom Lauscher angegebene E-Mail-Adresse. Passwörter, Inhalte von E-Mails, was auch immer: Der personifizierte Big Brother."

„Aber das muss doch der Benutzer merken."

„Leider nein – die E-Mail geht direkt raus und nicht über das E-Mail-Konto. Ganz gemein: Der Keylogger wird im Taskmanager noch nicht einmal angezeigt, wo sonst alle Programme auftauchen."

Herbert schüttelt den Kopf.

„Schöne neue Welt mal wieder. Und du willst mit Rücksicht auf Anke keine Strafanzeige erstatten, vermute ich. Deine Aktion mit Endoskop und Kamera war sicher auch nicht ok. Aber Mechtersheimer hat bisher keine Anzeige erstattet – warum wohl nicht?"

„Weil dabei was rauskommen könnte, was ihm nicht gefällt."

Herbert lächelt.

„Da dürftest du nicht falsch liegen. Doch zunächst einmal müssen wir mit dem arbeiten, was wir haben – wie deinen Fingernägeln. Ist dir nicht aufgefallen, dass die Ankerleiche auch dunkle Ränder unter den Fingernägeln hatte? Obwohl der Körper sonst völlig rhein-gewaschen war?"

„Du meinst, dass der vorher auf dem „Kaiman" war? Im Schacht?"

„Ich will meiner Nachfolgerin nicht zu nahe treten, aber für mich stinkt es geradezu danach. Spätestens seit dieser Doppelgänger aufgetaucht ist, kann man eigentlich nicht mehr von einem Zufall sprechen. Und was hat der Tote vorher im Schacht angestellt? Aber es kann natürlich auch alles ganz anders sein."

„Weil graue Farbe nun mal nicht so selten ist ..."

„... und Schiffe nicht so schnell fahren. Vielleicht eine Sackgasse – das Fischen im Trüben."

Ich schaue durch die Scheiben nach draußen, wo sich gerade die Straßenbahn ihren Weg durch den dichten Verkehr in der Breiten Straße bahnt. Die Kastanienbäume auf der anderen Seite werfen schon seit einigen Tagen ihre Früchte nach allem, was sich unter den weit ausladenden Ästen befindet. Mitunter verrät ein satter „Klong" einen Treffer auf blankpoliertem Autoblech. Ist der Aufprall stark genug für eine Beule? Mir kommt eine Idee.

„Die Ankerleiche hatte doch auch einige Schrammen ..."

„Ja, klar. Das bleibt nicht aus, wenn man im Rhein treibt."

„Ich denke schon. Wenn du nur treibst, hast du die gleiche Geschwindigkeit wie das Treibgut, kollidierst also nicht mit ihm. Also gibt es keine Schrammen – bis du vom Anker aufgenommen wirst und gegen die Strömung fährst. Da bekommst du reichlich was ab. Angenommen, du fährst mit zehn Stundenkilometer gegen eine gleichschnelle Strömung – da prallt alles mit zwanzig Stundenkilometern auf dich."

„Und?"

„Wenn man bedenkt, dass auch Wasser ohne natürliche oder naturidentische Treib-Stoffe beispielsweise ein Unterhemd bester Feinripp-Qualität zerreißen kann, dann ..."

„Dann?"

„Na ja, ich habe da eine vage Idee, gib mir etwas Zeit."

„Du hast alle Zeit der Welt, du selbsternannter Hilfsermittler. Aber hüte dich vor Übermut, sonst wirst du Geli Hassemer mal von einer anderen Seite kennenlernen. Nachbar hin oder her."

„Geli? Nicht mehr die böse Nachfolgerin Hauptkommissarin?"

„Na ja, die scheint ja ganz verträglich zu sein."

„So wie du." stelle ich fest und er muss schmunzeln.

„Genau. So wie ich. Wann geht es denn los?"

„Sagte der Kapitän nicht, dass er in einer Woche die Tour nochmal macht? Das war vor einer Woche."

„Also heute? Hast du die Handynummer vom Kapitän noch?"

„Woher? Das ist doch euer Ding, oder? Ich bin nur ein dummer Bürger mit spinnerten Ideen ohne Amtsbefugnis und ohne Schlüssel zur Asservatenkammer."

Herbert schaut ernst, fast böse.

„Scherze nicht über so etwas. Der Griff in die Asservatenkammer zur persönlichen Bereicherung war wirklich übel. Was meinst du, wie sehr uns so etwas in der Öffentlichkeit schadet?"

Herbert hat recht und ich entschuldige mich. Er lässt nicht locker, ruft im Polizeipräsidium an und erhält auch die Nummer von Herrn Doelemans, dem Kapitän der „Melaga“. Der aber ist krank, ein Kapitän mit dem schönen Vornamen Tony hat aushilfsweise übernommen. Wir haben Glück – er fährt Sonntag mit der „Melaga“ an Koblenz vorbei zu Berg. Das passt wie angegossen. Wie Feinripp auf eine Leiche – aber auch nur fast. Denn mir ist immer noch unklar, wie ich das Feinripp-Szenario denn überhaupt nachstellen kann. Immerhin ist die erste Voraussetzung gegeben, denn der Kapitän will mich und mein Auto an Bord nehmen, gegen ein paar Euro Gebühr natürlich. Herbert will und kann auch mitkommen, eine willkommene Unterstützung.

„Und was ist mit deiner Anke?“

Herbert studiert die Karte auf der Suche nach dem nächsten Flammkuchen und nutzt die Kaupause zur Konversation. Die Frage ist berechtigt. Sie ist nun wieder bei diesem unsäglichen Baumann, „zuhause“. Was wird er tun? Warum ist er zurückgekommen, nachdem er Anke belauscht hatte und dann zu seiner alten Freundin flüchtete? Mindestens wegen seines Jobs, klar. Sein Ego verlangt außerdem, dass sie bei ihm bleibt. Hat er sie überhaupt verloren?

Die Ungewissheit nagt, aber ich muss mich gedulden. Als ich das Endoskop zurück zum Architekturbüro bringe und noch einmal in mein Büro im dritten Stock schaue, versinkt die Sonne langsam hinter den Taunushügeln. Letzte Strahlen blitzen durch die Zweige der hochgewachsenen Robinie vor meinem Bürofenster, deren schlanke Zweige bei starkem Wind auf die Wellblechplatten auf dem Dach klopfen.

In dieser Blickrichtung liegt auch der Schiersteiner Hafen. Was wird sie nun tun? Bald muss sie zur Arbeit und vielleicht ruft sie mich von dort an. Es bleibt mir nichts als nach Hause zu fahren und ein wenig Schlaf nachzuholen, zumal am nächsten Tag in unserem Architekturbüro ein mediales Großereignis ansteht: Die Sprengung „unseres“ ersten Radarturms an der ehemaligen Ostgrenze zum Warschauer Pakt, dem „Stöberhai“.

Es wird einen ordentlichen Bumms nahe der Odertalsperre geben, denn die Betonkonstruktion aus dem kalten Krieg ist mit reichlich Bewehrungsstahl „ausgesteift“, wie die Ingenieure sagen. Mein Lieblingskollege Heinz ist sogar nach Wieda gefahren, um dem Sprengmeister letzte Tipps zur Platzierung des Ammongelits zu geben. Nicht weniger als hundert

Kilo des Sprengstoffs sollen das Relikt des Kalten Kriegs mit Hilfe der Schwerkraft auf den mineralienreichen Boden des Südharzes zwingen. Wir können aus der Ferne zusehen: Der Seniorchef hat die Mitarbeiter zum gemeinsamen Fernseh-Event in den Besprechungsraum geladen.

Und schon wieder kommt mir Mechtersheimers Bemerkung über den „Kaiman" in den Sinn. Nur dummes Rumgeblaffe oder mehr? Hat „die Bombe" was mit dem Elektronik-Raum zu tun?

*

Rrrr-rrr, rrr-rrr. Das alte Telefon im Flur klingelt, ein rotes Modell der Post-Bakelit-Ära, das aber immerhin schon Tasten und keine Wählscheibe hat. Es steht im Flur neben meinem Schlafzimmer und den verwaisten Zimmern meiner beiden Lieben, Dominik und Linda, die inzwischen flügge geworden und ausgezogen sind. Der Funkwecker auf dem Nachttisch zeigt drei Uhr an – die Auswahl der Ruhestörer ist sehr klein, nur wenige haben diese Nummer.

Rrr-rrr. Ich stehe auf und melde mich mit einem „Ronni".

„Ich glaube, ich habe dich geweckt, Liebster."

Anke hat etwas auf dem Herzen. Ihre Stimme ist fest und da ist sie wieder, diese Nähe, verstärkt durch meine Schlaftrunkenheit. Gern wüsste ich sie jetzt neben mir.

„Komm ruhig näher – ich habe Appetit auf dich."

Sie lacht ein wenig, aber nur kurz. Ein Alibi-Lachen, kurz und aufgesetzt.

„Nein, Ronni, du weißt, worum es geht."

„Baumann?"

„Er ist wieder da, kam bereits gestern Abend. Rief mich auf der Arbeit an, verzieh mir meinen ‚Ausrutscher', bat um Verzeihung, dass er mich so vernachlässigt habe."

„Wir haben doch noch gar nicht miteinander geschlafen."

„Denkst du nicht ein wenig einfach? Glaubst du nicht, dass da mehr zwischen uns ist als der Wille, miteinander zu schlafen? Ich weiß, du bist ungeduldig und ich bin es auch. Aber ich muss klaren Kopf bewahren. Oder willst du dich zurückziehen, weil es dir zulange dauert?“

Noch bevor ich antworten kann, fällt im Hintergrund eine Tür ins Schloss und sie beendet das Gespräch. Ich gehe wieder ins Bett, versuche zu schlafen. Doch ich bin zu müde, um wachzubleiben, habe zu viele Dinge im Kopf, um einzuschlafen, wälze mich hin und her. Noch vor vier stehe ich wieder auf, gehe an den Computer und schiebe endlich die Speicherkarte aus meiner Unterwasser-Kamera in das Lesegerät.

Sofort nach dem Einschieben leuchtet die blaue Kontroll-LED auf und der Videoplayer startet, der berühmte „Blick durchs Schlüsselloch“. Die winzige Endoskoplinse verzerrt das Bild kreisförmig und lässt die Gegenstände im Hintergrund kleiner als tatsächlich erscheinen, aber anders würde sie den ganzen Raum nicht aufnehmen können. Zunächst fallen hellgrau und dunkelblau gestrichene Abdeckbleche, Kühlrippen, Zuleitungen und dicke Kabel auf: das gehört zum Kompressor, der den Tauchschacht unter Druck setzen konnte. Wieso konnte? Der sieht voll einsatzbereit aus – obwohl der „Kaiman“ ja eigentlich nur noch ein Eurograb sein sollte.

Das größte Leitungsbündel aber läuft zu einem mit 19-Zoll-Komponenten vollgestopften Schaltschrank. Auf den glänzenden Oberflächen blinken ganze Reihen von LEDs und digitalen Anzeigen, ein kleiner Flachbildschirm mit ausgefahrener Tastatur ist ebenfalls integriert. Leider ist der Schaltschrank soweit von der Kamera weg, dass keine Einzelheiten zu erkennen sind, insbesondere nicht das Monitorbild.

Dafür bekomme ich gleich eine ausgesprochen scharfe Bildfolge, auf die ich durchaus verzichten könnte: zunächst schiebt sich eine schuppige Kopfhaut mit den Webansätzen eines dunkelblonden Toupets nur wenige Zentimeter unter der Linse durchs Bild. Das dürfte Mechtersheimer sein. Ich wusste gar nicht, dass er ein Toupet trägt, aber die zweiten Haare werden heute schon so professionell angebracht, dass man normalerweise davon nichts sieht. Bei einer Betrachtung aus wenigen Zentimetern Entfernung allerdings schon.

Dann folgt der nächste Kopf, zunächst ein dunkler Pigmentfleck auf der Stirn und dann schwarzes, krauses Haar, teilweise schon angegraut. Das dürfte dann also der Bruder der Ankerleiche sein – oder zumindest jemand, der ihr verdammt ähnlich sieht. Bleibt man der Einfachheit halber beim Bruder, dann sollte das der große Bruder sein. Bei der Ankerleiche waren mir keine grauen Haare aufgefallen, aber die können natürlich auch gefärbt gewesen sein.

Dann setzt sich Mechtersheimer vor den Schaltschrank und ich verfluche die Kamera-Perspektive, die mir zwar zwei breite Rücken zeigt, aber nicht das, was sie machen. In allen möglichen Krimis und Filmen gibt es für diese aus Ermittlersicht ausgesprochen ungünstige Situation eine geniale Lösung wie beispielsweise jemand, der dem Täter über die Schulter schaut. Oder eine geschickt platzierte chromblitzende Espressomaschine, die das Monitorbild wunderbar wiederspiegelt. Hier und heute gibt es nichts außer breiten Männerrücken zu sehen – noch nicht einmal ein Maurerdekolleté, worauf ich aber auch gut verzichten kann.

Klar ist, dass Mechtersheimer irgendetwas in die Tastatur eingibt und der große Bruder ihm dabei über die Schulter schaut. Welche Daten sind so interessant, dass Mechtersheimer sie höchstpersönlich aus dem System abliest? Und wieso in Begleitung eines völlig Unbekannten? Das Ganze scheint mir ominös, aber die Aufzeichnung gibt nicht mehr Erhellendes her – sieht man davon ab, dass Mechtersheimer nach ein paar Minuten wieder aufsteht und beide wieder an der Endoskoplinse vorbei zur Tür gehen, diesmal zuerst schwarz-graue krause Haare vor feingeketteltem Toupet-Ansatz.

Dann springt das Bild plötzlich hektisch hin und her, als Mechtersheimer Kamera und Endoskop herausreißt und ins Wasser schleudert. Dass die Aufzeichnung auch unter Wasser noch weiter geht, ist technisch durchaus logisch, da ich vor dem Einsatz im Dienste der allgemeinen Wahrheitsfindung den Kamera-Akku aufgeladen und eine leere Speicherkarte hineingesteckt hatte. Wirklich befriedigend ist das freilich nicht, denn die folgende fast einstündige Aufzeichnung von leicht-grünlichem Rheinwasser ist nicht wirklich spannend. Aber so lange halte ich sowieso nicht durch, denn die ersten fünf Wasserminuten mit dem Spannungspegel der Jahreshauptversammlung eines Turnvereins treiben mich zunächst auf die Toilette und dann auf das Sofa in unmittelbarer Computernähe, wo ich sofort einschlafe. So verpasse ich leider das Vorbeischwimmen eines neugierigen Moderlieschen-Schwarms etwa zehn Minuten vor dem Ende der Aufzeichnung.

*

Es heißt, dass der Anblick des Wassers beruhigt und so war es ganz folgerichtig, dass Anke nach der Arbeit nicht ins Bett ging, sondern am Schiersteiner Hafen spazieren ging. Ein Spaziergang im Morgentau, einsame Schritte auf der Zufahrt zum WSA bis zum sauber umzäunten Betriebsgelände mit einer ganzen Reihe von Spezialschiffen, die sie schon beim Hafenfest besichtigt hatte.

Der Schwimmkran „Ajax", auch im Einsatz bei der Bergung der „Waldhof" an der Lorelei. Die „Josef Langen", ein Schlepper, der mit seiner Stampfanlage selbst dicke Eisschichten durchbrechen kann. Der „Reiher", ein 1935 gebauter, wunderschöner und bestens gepflegter Schlepper mit den geschwungenen Linien einer Yacht aus dem Kaiserreich, mit polierten Teak- und Mahagoni-Vertäfelungen, Messing-Verkleidungen und einer 600 PS-Maschinenanlage auf dem neuesten Stand.

Nun, sie hatte die „Flavia" und die musste reichen. Obwohl sie schon davon träumte, einmal auf große Fahrt zu gehen, weit weg vom Alltag. Aber nicht allein, sondern mit ihrem Liebsten. Anke liebte Zuverlässigkeit, brauchte sie. Ihr Leben war immer unstetig gewesen, ein Auf und Ab mit wechselnden Beziehungen – bis sie Baumann getroffen hatte. Ein Egozentriker, der immer genau wusste, was er wollte und das dann mit allen Mitteln durchsetzte.

Rückwirkend betrachtet war es vielleicht nicht mehr als eine Show gewesen, als er sie beim ersten Date an ihrem Geburtstag mit 32 roten Rosen überrascht hatte.

*

Die Kleiderordnung im Baubereich basiert auf Authentizität. Dazu gehört Dreck an baustellenfesten Sicherheitsschuhen ebenso wie ein cooler Auftritt mit offenem Kragen, das „Du" für alle und ein Bauhelm auf dem Kopf. Am Wochenende gilt das natürlich verschärft und so ähnelt die Betriebsversammlung des Architekturbüros Schlüssel einer Landpartie, die zufällig im Besprechungsraum im ersten Stock gestrandet ist. Passend zur Sprengung des „Stöberhai" hat Kollege Rui explosiv gewürzte Bacalhau-Bällchen kreiert und auch die anderen Mitarbeiter haben eifrig zum kalt-warmen Buffet rund um den zentrisch angeordneten Fernseher beigetragen.

Ich bin ein wenig spät, habe nach der nächtlichen Unterbrechung nicht mehr richtig einschlafen können. Als ich komme, gehen die Salate bereits zur Neige und im Bierkasten ist nur noch eine Alibiflasche vorhanden. Nicht, dass man für mich eine übrig gelassen hätte, denn es ist allgemein bekannt, dass mein Bierkonsum gleich Null ist.

Es ist noch etwas Zeit, denn die Sprengung hat sich wegen der vielen Schaulustigen, die sich nicht an die Absperrungen halten, verzögert. Zeit für einen Plausch und einen Blick in die Tageszeitung. Viel hat sich nach dem Sommerloch nicht ereignet und so findet sich eine Meldung bereits auf Seite 3, die sonst wohl weiter hinten zu finden wäre: Eine Leiche ist an der Schleuse Kostheim angeschwemmt worden, ein unbekannter Mann mittleren Alters. Er war wohl nicht lang im Wasser gewesen, als er gefunden wurde. Ein Bild aber ist nicht beigefügt, in der AZ nicht und in der MRZ auch nicht. Die Kripo Wiesbaden vermutet wegen nicht näher beschriebener Umstände ein Gewaltverbrechen.

„Nicht näher beschriebener Umstände“: Das kann alles sein – vom Messer in der Brust bis zum Betonklotz an den Füßen. Ob dieser Leichenfund gar etwas mit der Ankerleiche zu tun hat? Vielleicht ist es gar der Bruder der Ankerleiche? Vielleicht erfahre ich beim nächsten Besuch im Polizeipräsidium „zufällig“ Näheres.

„Es geht los!“

Die ruhige Stimme des Seniors lässt das allgegenwärtige Gemurmel verstummen, als die Live-Kameras des NDR von den Schaulustigen-Interviews auf den großen alten Turm umschwenken, dessen Radarantennen einst weit hinter den Eisernen Vorhang schauten. Zuerst kommt mein Lieblingskollege Heinz ins Bild, mit seinen unter dem weißen Baustellenhelm herausschauenden silbernen Haaren, direkt neben ihm der Sprengmeister. Ein letztes Umschalten in die verschiedenen Kameraperspektiven, das letzte Hornsignal.

Und endlich das Kurbeln am Zündkasten, der Druck auf den Zündknopf. Aus der glatten Betonwand tanzen plötzlich kleine Wölkchen, umrunden den Turm wie ein „Christmas“ im Setdance, dann ein zweiter Ring, deutlich größer, gewaltiger, lauter. Dennoch passiert für eine unglaublich lange Millisekunde scheinbar nichts, der Turm bleibt trotzig stehen. Bis er sich doch der Schwerkraft beugen muss, seitlich fällt und seine Brocken aus einer dichten Staubwolke unkontrolliert in die Gegend schleudert. Zuerst fallen einige der automatischen Kameras aus, dann werden sogar einige Schaulustige getroffen.

Endlich verzieht sich die Staubwolke und die Sirenen der signalrot lackierten Notarztwagen heulen los. Schon kurz danach steht „unser“ Heinz leicht eingestaubt, aber sonst unversehrt vor einer noch funktionsfähigen Kamera und gibt bereits eine erste Stellungsnahme ab, begleitet von launischen Kommentaren der Arbeitskollegen, die inzwischen in Feierlaune den zweiten Bierkasten angebrochen haben.

Erst gegen zwei Uhr Nachmittags gehen die Letzten nach Hause, ein weiteres Kapitel der jahrzehntelangen Firmengeschichte ist in einer Staubwolke zu Ende gegangen. Der „Stöberhai“ war der erste Radarturm an der Ostgrenze der freien Welt und diente als Blaupause für viele weitere Türme. Die Erfahrungen, die man dort machte, finden sich bis heute in vielen Radomen wieder, diesen riesigen weißen Kugeln, in denen die Radaranlagen gegen die Witterung und neugierige Augen geschützt sind.

Mit hochkomplexen Berechnungen werden die Konstruktionen „gerechnet“, denn eigentlich sind die Anforderungen so widersprüchlich, dass es scheinbar gar keine Lösung geben kann. Einerseits soll das Material extremen Temperatur-, Wind-, Wasser- und Schneelasten standhalten – andererseits aber so leicht wie möglich sein, damit die Radarstrahlen „durchsehen“ können. Die Konstruktion muss gleichzeitig Schnee und Eis, ebenso wie Wasser sofort ableiten oder abwehen lassen, weil Wasser die Radaranlage schlagartig „erblinden“ lassen würde. Regenschauer zaubern wunderschöne Grisselbilder auf den Radarschirm.

In Radomen steckt wirklich viel Know-how. Das Ergebnis sind ineinander verwobene Gebilde geradezu lächerlichen Gewichts, die trotzdem Stürmen und starkem Schneefall trotzen. Ein Mensch aber, der darüber laufen wollte, würde durch die miteinander verwobenen Sandwich-Strukturen brechen und im Innern landen.

Verwobene Strukturen – das entspricht genau dem Feinripp-Hemd der Ankerleiche. Wer könnte die Belastung und Haltbarkeit einer solchen Struktur besser berechnen als der Senior-Chef? Er sitzt im Büro, liest die Tageszeitung. Obwohl schon fast achtzig, kann er nicht von der Arbeit lassen, seinem Lebenswerk, in dem zivile und militärische Radome eine zentrale Rolle spielen. Er schaut auf, als ich hereinkomme, ein feiner älterer Herr mit silbernen Haaren und wachen Augen.

„Nun, Herr Sander, womit kann ich dienen?“

„Ich habe da ein technisches Problem. Eine textile Netzstruktur wird durch eine zu hohe Wasserlast und den Aufprall von Fremdkörpern unbestimmter Größe teilweise zerstört.“

Er schaut mich fragend an und so fahre ich fort.

„Anders formuliert: Wie lange hält ein Feinripp-Hemd einer mit etwa 20 Kilometer pro Stunde darauf strömenden Wasserlast samt einigen Holzstücken stand?“

„Wie ist es aufgespannt?“

„Es wird getragen, liegt also auf der Haut an.“

„Und die erwähnten Fremdkörper?“

„Das könnten Holzstücke unbestimmter Größe sein.“

„Nun, genau rechnen lässt sich so etwas nicht, weil die Parameter nicht genau genug bestimmt sind. Immerhin kann man gewisse Annahmen treffen. Zunächst spielt eine entscheidende Rolle, wie das Wasser über die Haut strömt. Wo fließt es wieder ab? Da ist die Belastung am höchsten. Liegt das Gewebe fest auf der Unterlage, trägt es die Wasserlast darüber ab. An diesen Stellen haben auch Fremdkörper nur wenig Einfluss.“

„Also entscheidet die Verankerung des Gewebes auf dem Tragkörper über die Kräfte, die auf das Gewebe wirken?“

„Genau. Mein Vorschlag: Nehmen Sie einfach einen möglichst ähnlichen Körper, unterziehen Sie ihn einer Belastung, die der erforderlichen Belastung möglichst nahe kommt und messen Sie. Die Zeit, bis die ersten Risse auftreten; die Zeit, bis sich die Struktur auflöst. Und messen Sie mehrfach, damit sie einen vernünftigen Mittelwert bekommen.“

„Wer viel misst, misst viel Mist ...“

„Da ist etwas Wahres dran. Aber selbst heute noch sind solche Berechnungen sehr schwierig und wir greifen daher im Zweifel auf Erfahrungswerte zurück. Wenn wir das bei den Radomen nicht so gemacht hätten, wären wir nie weitergekommen. Das funktioniert seit fünfzig Jahren – wer kann das sonst noch von sich behaupten?"

„Na ja, das mit dem Körper ist ja eine gute Idee, aber ..."

„Ja?"

„Das war eine Leiche."

Der Senior schüttelt den Kopf.

„Was glauben Sie, was wir in unseren Projekten in den einsamsten Winkeln der Erde schon alles gefunden haben? Bilden Sie den Körper nach, so gut es geht und machen Sie Ihre Versuche. Und jetzt ist mein Arbeitstag zu Ende. Ich muss nach Hause zu meiner Frau!"

Entschlossen steht er auf und packt sorgsam seine Sachen zusammen. Ich gehe zurück in mein Büro, während sich der Himmel über den nahen Hügeln des Rheingaus zuzieht. Das angekündigte Gewitter ist bereits im Anmarsch. Es wird Wasser in den Rhein bringen und den „Kaiman" wieder flott machen, so dass Mechtersheimer seine Aktivitäten wieder aufnehmen kann. Das nächste Festmachen wird der Spielhöllen-Chef sicher persönlich überwachen.

Wie bildet man eine Leiche nach? Bei Crashtests werden neben den sogenannten Dummys auch echte Leichen eingesetzt. Das mag aus wissenschaftlicher Sicht sinnvoll sein, aber bereits die Vorstellung lässt mich schaudern. Nein, was ich brauche, muss menschenähnliche Haut und Formen haben und natürlich wenig kosten. Für möglichst gute Aussagen müssen die Versuchsbedingungen stimmen – derselbe Anströmwinkel, derselbe Anker und so weiter. Das aber lässt sich eigentlich nur auf demselben Schiff erreichen, der „Melaga", denn es gibt kaum Binnenschiffe, die exakt identisch sind. Ich frage mich, ob der Tankerkapitän da mitmachen würde.

Die nächsten zwei Stunden telefoniere ich in der Weltgeschichte herum und kann es kaum glauben: Alle machen mit. Die „Melaga" ist Montag auf Bergfahrt nach Mainz und will mich ein Stück mitnehmen. Im Hafen an der Lorelei will Kapitän Tony über Nacht festmachen und ich kann zusteigen. Schließlich hat auch der Metzger meines Vertrauens eine Idee: Weil er kein gutes Fleisch verschwenden will, näht er mir Lunge und Pansen in eine große Schweineschwarte ein, die ich am Sonntag

Mittag abholen kann. So bleibt nur noch, mir in der Stadt meine textile Netzstruktur zu besorgen.

Gegen sechs bin ich wieder auf dem Heimweg, fahre vom Mombacher Kreisel in die Aufleitung Richtung Bingen/Koblenz, während auf der Rückbank ein Fünferpack Feinripp-Unterhemden der Größe S herumrutscht. Wenn die hohen Bäume am Rheinufer und der Rettbergsaue nicht wären, könnte ich fast zu Ankes Wohnung sehen. Aber was wäre, wenn ich sie mit Baumann sehen würde? Eifersucht ist eine Leidenschaft, die mit Eifer sucht, was Leiden schafft.

Die Sonne steht schon tief und taucht unter dem inzwischen fast pechschwarzen Himmel die Umgebung in ein unwirklich gelblich-rötliches Licht, das das Grün aus den Blättern und Wiesen zu ziehen scheint. Als ich aus der engen Ausfahrt auf die A643 auffahre, klatschen bereits die ersten dicken Regentropfen auf die Windschutzscheibe. Kurz danach kommt ein Wolkenbruch herunter, der in Appenheim so viel Erde von den Feldern und Weinbergen der Gemarkung ins Tal schwemmt, dass die Obergasse in der Ortsmitte mit einem feinen Schlamm geflutet wird.

Nach einer halben Stunde geht der Wolkenbruch fast übergangslos in einen ergiebigen rheinhessischen Landregen über. Das Zerplatzen der Tropfen auf der Oberfläche meines Gartenteichs und das Rauschen der Blätter wiegen mich in den Schlaf.

*

Noch vor wenigen Jahren gehörte Poker nicht zum Angebot deutscher Spielbanken, aber das hatte sich seit den kontinuierlichen DSF-Sendungen gründlich geändert. Ein Boom war entstanden, der zweifelhaften Online-Anbietern viel Geld auf ihre Konten auf den Cayman-Inseln oder anderen Steuerparadiesen spülte. Aber auch die Spielbanken waren mehr oder weniger schnell auf den fahrenden Zug aufgesprungen – ein Geschäft zum gegenseitigen Nutzen. Denn das jüngere Publikum tat dem Altersdurchschnitt der Spieltempel gut und diese wiederum boten ein professionell gemanagtes Umfeld für die Pokerspieler.

Ankes Poker-Bild war zunächst von Hollywood-Filmen geprägt gewesen: Ein kleines Hinterzimmer mit einem kleinen runden Tisch, wo Chips und

Knarren nebeneinander auf dem grünen Tuch lagen. Verqualmte Luft, ein nervöses, zwielichtiges Publikum, in dem die Frauen durch gewagte Dekolletés die Aufmerksamkeit auf sich ziehen wollten und durch alle möglichen und unmöglichen Andeutungen versuchten, das Spiel zu beeinflussen. Noch nervösere, zwielichtigere Spieler am Tisch, die Karten in den Händen und den Loser-Blick in den Augen. Bis auf den einen, den Helden, den Gewinner, der am Szenenende den Tisch abräumte, die Damen abschleppte und die restlichen Zocker erschoss. Winner bleibt Winner und Loser bleibt Loser, das wusste Hollywood schon immer.

Die Wirklichkeit in der Spielbank Wiesbaden und wohl auch anderen Spielbanken sieht anders aus: Große Tische in großen Sälen, Video-Überwachung und komplett ausgebildete Croupiers, die mit ihren Augen auch die kleinste Bewegung am Tisch mitbekamen und mitprotokollierten. Ob es die Hollywood-Tische noch in irgendeinem Hinterzimmer gab? Bestimmt gab es einige, die das Zwielicht suchten. Und wo ein Wille ist, ist auch ein Weg.

Ihr Weg war das nicht. In dieser Nacht war sie gleich mehrfach an den Pokertischen im Einsatz gewesen, zuletzt, als draußen ein richtiger Wolkenbruch heruntergekommen war. Poker war sicher interessant, doch ihr war die Rolle als Geber zu passiv. Eigentlich mochte sie lieber selbst die Fäden in der Hand halten, wie beim Black Jack, wo sie als Bank gegen die Zocker spielte.

Ja, auch sie hatte etwas von einem Spieler, aber im privaten Umfeld wollte sie das genaue Gegenteil: Verlässlichkeit. Genau das aber hatte sie nun nicht mehr. Seit sie sich von Baumann vernachlässigt gefühlt hatte und von Ronnis Augen verzaubert worden war. Er hatte ihr die Dinge ins Ohr geflüstert, die sie so lange vermisst hatte.

Eigentlich wäre es einfach gewesen, zu Ronni zu gehen, wenn da nicht diese gemeinsame Vorgeschichte gewesen wäre, diese Jahre mit Baumann, die sie bei allen Problemen – oder wegen der ganzen Probleme – zusammengeschweißt hatten. Irgendwie war sie froh gewesen, dass er sie „erwischt“ hatte, weil die Situation dann ja eigentlich klar war. Sie hatte erwartet, dass er eine Szene machte, Schluss machte und sie damit freigab.

Doch genau das tat er nicht, sah scheinbar generös über ihren „Ausrutscher“ hinweg – und so war es nun ein Patt. Sie konnte nicht, wie sie wollte oder wollte nicht, wie sie konnte.

Wie lange würde Ronni das noch mitmachen? Es war kein Spiel für sie und für ihn schon gar nicht. Sie hatte ihn ihren Körper erkunden lassen, seine Haut, seine Hände und seine Zunge willkommen geheißen und auch sie hatte ihn mit Lust studiert. Sie waren von Anfang an so vertraut und hatten gleichzeitig soviel Appetit aufeinander – doch würde das irgendwann kippen? Das Vertraute in Distanz oder gar Langeweile münden, weil unerfüllte Lust sich, zunächst unbemerkt, in schleichenden Frust gewandelt hatte? Wie würde es sein, wenn sie denn doch einmal zusammen waren und irgendwann die Gewöhnung ihre Liebe überdecken würde?

Natürlich waren sie erst ein paar Tage zusammen, doch was hieß „zusammen"? Außenstehende würden von einem Flirt sprechen, selbst für das Wort „Affäre" würde es nicht reichen. Er wollte sie, aber sie hatte ihn noch nicht in sich aufgenommen. Auch sie wollte ihn – hatte aber Angst vor den Konsequenzen dieser Entscheidung. Es war ein wenig wie im Film „Kleine Fluchten", ein Ausbrechen aus dem Alltag für ein paar Augenblicke, ein paar Minuten, ein paar Stunden, nicht mehr. Und doch – zum Schluss gelingt die große Flucht. Auch ihr?

Für heute hatte sie eine kleine Flucht geplant. Baumann hatte sie einen Besuch bei einer Freundin angekündigt – die natürlich Bescheid wusste – und selbst Ronni wusste nichts von ihrem Plan. Es kribbelte ihn ihr, als sie das Radfahrertrikot überzog, ein paar Sachen zum Wechseln in ihren Rucksack packte und die Spielbank verließ. Die Wassertropfen auf ihrem Rad glänzten im Schein der Parkplatz-Beleuchtung, doch der Sattel war trocken, geschützt von einem Schonbezug mit Hundegesicht und spielerisch angenähten Ohren.

Die Luft war feucht und frisch, das Gras am Warmen Damm glänzte im Licht der Wilhelmstraßen-Beleuchtung, bevor es sich in die Dunkelheit verlor. Das Gewitter hatte den Wochendreck herausgespült, in die Pfützen, die um verstopfte Gullydeckel standen oder direkt in den Rhein, dessen Durst nach den langen trockenen Wochen damit noch längst nicht gestillt war.

Die Reifen an Ankes Trekking-Rad summten auf dem nassen Asphalt ein wenig tiefer als sonst. Es war ein wenig Melancholie, die hinter ihr her fuhr und sie einholen wollte. Sie fuhr schnell, am Wasserturm vorbei die Biebricher Allee herunter, mit über vierzig Stundenkilometern auf dem leeren vierspurigen Asphaltband. Dann die Äppelallee entlang, zu

Stoßverkehrszeiten ein gefährliches Pflaster für Radler, schließlich die Auffahrt auf die Schiersteiner Brücke, so versteckt und ihr als Radlerin doch so bekannt.

Schließlich der entscheidende Moment; die Brückenmitte, der Blick über den Rhein zurück zum Schiersteiner Hafen. Sie hielt an, gab der Melancholie Zeit, aufzuholen, sie einzuholen. Noch waren es dreißig Kilometer zu ihrem Ronni und nur ein Kilometer zu ihrem langjährigen Partner, zu der Beständigkeit, die sie eigentlich so schätzte. Keine fünf Minuten ins glatte, geordnete, vertraute Leben. Oder eine gute Stunde durch den dämmernden Morgen, durch die Pfützen auf dem Weg hinter dem Damm, durch die kühle Luft und zuletzt den Anstieg von Gau-Algesheim den Welzbach entlang.

Es war nicht ihr Kopf, der die Entscheidung traf, sondern es waren die Füße, die von selbst auf den Clickpedalen einrasteten; die Beine, die noch mehr Adrenalin spüren, die Lungen, die mehr Luft atmen wollten und der Kopf, der noch mehr Freiheit fühlen wollte. Sie ließ die Melancholie stehen, mitten auf der Brücke; da, wo ein Schild „Willkommen in Rheinland-Pfalz" verkündet. Aber die Melancholie gab noch nicht auf und folgte beharrlich den Spuren der 28er Reifen, wenn sie auch viel zu langsam für das von Anke angeschlagene Tempo war.

Eine knappe halbe Stunde später war sie bereits in Heidenfahrt und nach weniger als einer Stunde in Gau-Algesheim. Als sie an Ronnis Haus ankam, war es viertel nach sechs. Ihr Herz pumpte; sie war von der rasanten Fahrt so mit Hormomen vollgepumpt, dass sie sich entladen musste. Ungeduldig klopfte sie an Ronnis Schlafzimmerfenster.

*

Die morgendliche Geräuschkulisse auf dem Lande ist ausgesprochen vielfältig, auch und gerade im Vergleich zur Stadt. Meist schnauft die Nacht über ein Igel durch die Gegend und verspeist schmatzend eine Schnecke nach der anderen, bevor er sich mit dem Tagesanbruch ein ruhiges Plätzchen sucht und schlafen legt. Bereits vor fünf setzt das Spektakel der Singvögel ein und kurz danach gleiten die ersten Flieger im Anflug auf Frankfurt über den Himmel, hier noch erfreulich leise. Nach der

Nachtigall kommt der Airbus und dann die Amseln. Die Nachtohreule an meinem Haus setzt sich zur Tagruhe und das Falkenpärchen beendet seine Nachtruhe mit einem morgendlichen Rundflug, begleitet vom aufgeregten Spektakel der besorgten Singvögel.

Es ist eine schöne Zeit, sich in den Tag zu träumen und es gibt immer wieder etwas Neues zu hören, aber ein Klopfen gehörte bisher nicht dazu. Dazu „Darf ich reinkommen?“, leise und doch so klar. Ein Traum? Ich wende den Kopf zum gekippten Fenster und – ja – da steht mein Traum, winkt ein wenig ungeduldig. Wie der Blitz bin ich aus dem Bett, öffne die Tür zum Garten und halte sie in den Armen.

Sie schwitzt, ihre Haut schmeckt salzig und ihr Herz pocht durch das Radlertrikot, das ihre runden Brüste so schön betont. Wir küssen uns wild und leidenschaftlich, bis das ratschende Geräusch eines mit morgendlichem Schwung hochgewuchteten Rolladens die Stille durchschneidet und sie mir auf die Schulter klopft, ohne einen Millimeter von mir abzurücken.

„Eine kleine Peep-Show am Morgen? Ich weiß nicht, ob das auf dem Dorf so angesagt ist.“

Da hat sie recht – ich bin schließlich nackt. Schnell drehe ich mich mit ihr rein in den Flur.

Einen Zungenkuss später tanzen wir direkt ins Bett. Anke liegt auf mir, sie küsst mich; ihre Haare kitzeln mein Gesicht. Ich will den Kopf ein wenig zur Seite drehen, doch sie greift ihn mit beiden Händen, küsst mich heftig.

Wir sind beide atemlos und sie hat eindeutig zu viel an. Es ist höchste Zeit, etwas dagegen zu tun. Ich will sie ausziehen und sie setzt sich auf mich, hilft mir beim Abstreifen; das vom Anstieg nach Appenheim verschwitzte Trikot, dann der Sport-BH. Sie verharrt einen Moment, stolz auf ihre schönen runden Brüste mit den weichen Nippeln, die sich unter meinen Liebkosungen ein wenig aufrichten, so dass ich noch besser mit ihnen spielen kann. Dann beugt sie sich nach vorn, streift mit ihren Brüsten über mich, richtet sich wieder auf und hält meine Hände fest. Ihre Stimme ist sanft, aber fest, eine wunderbare Mischung aus Melancholie und Selbstbewusstsein.

„Ronni ...“

„Du machst mich glücklich.“

Sie strahlt und wird gleich wieder ernst.

„Du willst mich schon lange etwas fragen, hast es aber noch nicht getan. Ich bin dir dankbar dafür.“

„Mich quälte die Vorstellung ...“

„Nein, schon seit ein paar Monaten nicht mehr. Ich fühlte mich vernachlässigt, auch in dieser Hinsicht. Als er dann reumütig zurückkam, war ich versucht, ihm nachzugeben, aber da warst du schon zu sehr in mir.“

„Das beruhigt mich.“

„Quatsch nicht. Nimm mich endlich!“

Sekunden später fliegt ihre Radlerhose in die Schlafzimmerecke, rutscht an dem Bildnis der Nofretete auf Papyrus ab und landet auf meinem Robot-Staubsauger „Snoopy“, der es sich nach einer ausführlichen Wollmaus-Jagd am Vortag in der Ladestation bequem gemacht hat.

Sie ist feucht, nicht nur vom Schweiß und meine Gefühle explodieren, als sie mich aufnimmt und wir uns ineinander vergraben. Ich hatte mir eine Langsamkeit ausgemalt, ein Erobern, Ertasten und Erfühlen, doch die Hormone spielen ihr Spiel und haben keine Zeit mehr für literarisch-versponnene Verführungsphantasien. Unsere Körper haben zu lange gewartet, nehmen sich, was sie bekommen können und fragen nicht nach dem danach. Anke schon.

Sie bleibt auf mir liegen und versucht meinen kleinen Freund in sich zu halten, aber der ist eindeutig auf dem Rückzug.

„Liebster ... es war wunderbar. Noch einmal? Ich kann noch ...“

Sie bewegt ihr Becken, aber schwupp, ist er rausgerutscht. Sie rollt sich zur Seite, dreht den Kopf zu mir, küsst mich, zart, noch ein wenig atemlos.

„Da scheint jemand eine Ruhepause zu brauchen“ stellt sie fest. „Wie wärs mit einem Frühstück?“

„Vollkornbrötchen, Croissants ... ?“

Als ich mich aus dem Bett drehen will, hält sie mich fest.

„Nach dem Duschen!“

Die dampfende Wärme entspannt uns noch weiter und ich hätte mich sicher noch ein paar Stunden weiter berieseln lassen, wenn sie mich nicht mit einem energischen „Croissants!“ aus dem Bad geworfen und allein weitergeduscht hätte. Der Morgen ist noch frisch und ruhig, die Hauptstraße unbelebt bis auf zwei Autos, die schon vor der Bäckerei halten. Fünf Minuten später bin ich mit Körnerbrötchen und Croissants auf dem Nachhauseweg, das Rad läuft schwerelos, obwohl die Straße leicht ansteigt.

Zuhause hat sie bereits den Tisch gedeckt und auch eine Tischdecke nicht vergessen. Sie hat ein Handtuch um ihre noch nassen Haare geschlungen und sich in meinen Bademantel gehüllt, der sicher noch nie einen so schönen Inhalt hatte. Sie hat keinen Slip an, der locker geschnürte Gürtel gibt den Blick auf ihre schönen Brüste frei; elektrisierende Rundungen von flauschigem Frottee umhüllt. Sie ist entspannt, lehnt sich lächelnd im Stuhl zurück. Das Küchenfenster ist nach Osten gerichtet; ihre blonden Schamhaare leuchten so schön im Gegenlicht, dass ich kaum wegschauen kann. Sie bemerkt meine Blicke und genießt sie, wartet noch, bis ich ein Ei und ein Zehn-nach-Sechs-Korn-Brötchen samt Schinken und Käse vertilgt habe und meine Kräfte zurückkehren.

Die Zeit reicht nicht bis zum Schlafzimmer; wir versuchen es auf dem Stuhl, der aber zu klein ist und erreichen atemlos das Sofa. Alles weiß, wohin es gehört, alles fließt wohin es soll, die Welt dreht sich um uns. Dann wiegen wir uns, fliegen gemeinsam auf Wolke Sieben über die Welt tief unten. Jede Berührung ein Erlebnis, jeder Kuss ein Flattern der Seele, jedes Eindringen und Aufnehmen ein Versprechen. Ja, wir gehören zusammen, ganz sicher.

Und wieder rast die Zeit, es ist schon früher Nachmittag, als wir uns voneinander lösen. Erst ein paar Millimeter, schnell wieder zurückfallend ob der erschreckenden plötzlichen Ferne. Wir lieben uns noch einmal, ganz langsam, eigentlich schon satt und ein wenig Vorrat schaffend für die Stunden, die wir nun getrennt sein werden.

Dann ziehen wir uns an, wie in Trance, sie hat ein frisches Radler-Set dabei. Wir haben noch Zeit für den Gartenteich, den eine große eingelassene Scheibe zu einem riesigen Aquarium macht, in dem es vor Leben wimmelt: Ein Schwarm Moderlieschen schnappt sich aufgeregt ein paar Futterflocken von der Oberfläche, die Bitterlinge mit ihren brünftig roten Bäuchen umsorgen die Teichmuscheln, in denen ihr Laich reift. Die Teichmolche hängen gemütlich an den Stengeln der Seerose und tauchen nur alle paar Minuten mal auf, um tolpatschig Luft an der Wasseroberfläche zu tanken und sich wieder sinken zu lassen.

Um den Lavendel summen Hummeln und Bienen, Taubenschwänzchen und Schmetterlinge umtanzen den Sommerflieder. Anke und ich stehen händehaltend an der Teichmauer und bewundern den Frieden. Ein Pärchen Kohlweißlinge tanzt um uns, setzt sich dann auf den Sommerflieder.

„Das sind wir, Ronni! Halt mich fest!"

Anke dreht sich mit dem Rücken zu mir, nimmt meine Hände und legt sie auf ihre Brüste, wir wiegen uns in der Sonne, die Kohlweißlinge haben sich verbunden und machen Liebe, ein Bild des Lebens. Bis plötzlich ein grüner Strich vor uns durch die Luft schnellt und in derselben hundertsel Sekunde die weißen, aufgeregt flatternden Flügel verschwunden sind. Nichts ist mehr zu sehen, doch da muss etwas gewesen sein. Als ich mich nach vorn beuge, um den Liebesplatz genauer zu betrachten, schnellt wieder etwas Grünes durch die Luft, platscht in den Teich und verschwindet unter dem dichten Bewuchs.

„Das war gemein, Ronni."

Sie dreht sich zu mir um und schaut mich mit großen Augen an.

„Das passiert uns nicht, Liebste. Aber vielleicht gibt es ja auch keinen schöneren Tod als bei der Liebe?"

Diese Einstellung tröstet sie nicht wirklich und sie ist ein wenig schweigsam, als wir wieder ins Haus gehen. Sie will nach Hause, auf ihrem Handy sind schon wieder fünf Anrufe; Baumann lässt nicht locker. Doch bald wird das Versteckspiel vorbei sein, jetzt gehört sie zu mir und ich zu ihr.

Herbert ruft pünktlich um drei an, Zeit für die Fahrt nach Koblenz. Anke küsst mich leidenschaftlich und hält dabei meine Hände fest, ganz fest. Dann wendet sie sich ab, unsere Hände trennen sich. Sie schwingt sich aufs Rad, tritt die Breitgasse hoch energisch in die Pedale und ist kurz danach um die nächste Kurve entschwunden, die Haare frei im Wind.

*

Der „Reiher“ blitzte in der Sonne, als er den Rheinarm mit halber Leistung hochfuhr und dann seine beiden Deutz-Maschinen soweit drosselte, dass er sich nur ganz langsam an dem vor Anker liegenden „Kaiman“ vorbei schob. Die Menge am Kasteler Ufer beklatschte die Ankunft des alten Schleppers, dessen Kapitän gutgelaunt mehrfach das Nebelhorn ertönen ließ, was ihm weiteren Beifall einbrachte. Auch Marco Kreisler auf dem „Kaiman“ stand längst bereit, um in Schlepp genommen zu werden.

Das Werfen der Schlepptrosse, das Festmachen am Frontpoller, das Spannen und Arretieren der Schleppwinde. Es ging schnell, in vielen gemeinsamen Arbeitsjahren hundertfach geübte Handgriffe. „Kaiman“ und Reiher waren ein altes Pärchen, das gut zusammenpasste. Es ging sogar ein wenig zu schnell für die Eis- und Brezelverkäufer, deren Umsatz schnell zurückging. Aber es gab andere, die es scheinbar kaum erwarten konnten, den „Kaiman“ wieder am alten Platz zu sehen. Da waren die beiden Fernglasgucker vom Freitag, die wieder von der Brücke das Herannahen des Schleppverbands beobachteten. Ihre Karossen waren noch nicht wieder repariert. Die Kotflügel waren schon da, mussten aber selbstverständlich noch in Sonderfarbe lackiert werden. Sie waren zeitgleich vom selben Lieferwagen angeliefert worden – und wurden nun in derselben Lackiererei lackiert. Gut, dass beide es nicht wussten, sonst hätten sie möglicherweise dasselbe noch einmal bestellt, da sie mit dem anderen nun wirklich gar nichts zu tun haben wollten.

Diesmal allerdings hatten beide in zufälliger Eintracht vorwärts eingeparkt. Der Grund war einfach: So zeigten die verbeulten Kotflügel nicht zur Straße. Und diesmal war nur ein einziger Parkplatz zwischen ihnen, weil der Parkplatz weitgehend belegt war.

Auch der Angler vom Freitag war wieder da. Er kam als letzter der drei und parkte auch nur solange zwischen den beiden anderen, bis der „Kaiman“ wieder an seinem zugewiesenen Ankerplatz vertäut war. Als er wieder einstieg um wegzufahren, fiel etwas aus seinem Auto, das zufällig vor einen der extrabreiten Maybach-Schlappen rollte, wo es liegenblieb. Er fuhr los, aber nur auf die Brückenrampe, von der man die Parkplätze gut überblicken kann und sortierte dann umständlich seine Angelutensilien um. Wenig später kam der erste der beiden Fernglasgucker, stieg in seine Express-Sänfte und fuhr los.

Kurz nachdem sich der 2,7 Tonnen schwere Maybach rückwärts aus der Parklücke heraus in Bewegung gesetzt hatte, fuhren die 275er Reifen auf eine noch volle Ovomaltine-Flasche, die aus unerfindlichen Gründen unter dem Auto gelegen hatte. Ob die Flasche mit ihrem nahrhaften Inhalt wirklich klüger als der profilierte Hochgeschwindigkeitsreifen war, ist zwar nicht sicher. Aber sie gab schlagartig nach.

Sofort spritzte eine Hochdruck-Malz-Kakao-Dusche unter der Protzkarosse hervor und badete den Benz in klebriger Ovomaltine. Die noch unverbeulte Seite war ebenso wie die vormals weißen Sitze nun mit unregelmäßigen braunen Flecken gesprengt. Der Maybach-Fahrer konnte das Geschehen wohl nicht mit seinem Auto verbinden und fuhr genüsslich lächelnd auf sanft rollendem Gummi durch den Innenhof der Reduit davon.

Als etwas später der Cabrio-Besitzer zu seinem Wagen kam, bekam er einen Tobsuchtsanfall, der die Umstehenden zusammenlaufen ließ und drohte mit der Faust zum Kaiman, obwohl das alte Schiff ja sicher nichts dafür konnte. Zu diesem Zeitpunkt waren die Malz-Kakao-Flecken schon leicht angetrocknet.

*

Ob sie das ist? Die dritte in der Reihe, die da von Neuwied auf Koblenz zuläuft? Die Gondel der von der Festung Ehrenbreitstein zum Deutschen Eck herunter gleitenden Seilbahn schaukelt kaum, so dass ich den tief im Wasser liegenden Tanker schnell mit dem Fernglas scharf stellen kann. Wenig später sind wir direkt über dem Fahrwasser. Zwar ist der Schiffsname am Bug durch die Bugwelle verdeckt, dafür aber prangt der Name unübersehbar auf dem Führerhaus: Es ist die „Melaga“.

Nachdem Anke mit ihrem Rad gen Wiesbaden entschwunden war, hatte ich mich mit Herbert auf den Weg nach Koblenz gemacht. Von dort wollen wir zur Lorelei und auf der „Melaga“ mitfahren. Im Hafen unter dem berühmten Felsen können wir bequem zusteigen und mein Auto aufs Schiff laden.

Nach den bisherigen Berechnungen ist die Lorelei der am weitesten flussabwärts gelegene Punkt, an dem die Ankerleiche von dem Tanker aufgenommen worden sein kann. Wie weit oberhalb aber ist ebenso wichtig wie unklar. Daher unternehmen Herbert und ich diese abenteuerliche Aktion, an deren Ende möglicherweise herauskommt, wo die Ankerleiche auf den „Haken“ genommen wurde. Oder auch gar nichts.

Wir sind zu früh dran, wollen noch einen Abstecher zur Bundesgartenschau Koblenz 2011 machen. Sie hatte bereits Mitte April geöffnet und die Festung Ehrenbreitstein und die Koblenzer Rheinanlagen in ein Blütenmeer verwandelt. Nun neigt sich die Schau dem Ende zu, wird Mitte Oktober beendet sein. Aber es wird einiges bleiben, insbesondere die wunderbare Seilbahn mit ihrem dramatisch-schönen Blick über das Neuwieder Becken, Koblenz, Rhein und Mosel.

Doch so ganz entspannen kann sich Herbert an dieser Stelle nicht, denn die Festung erinnert ihn an ein Verbrechen, das vor mehr als 20 Jahren Schlagzeilen machte. Und das bis heute ungelöst blieb – der einzige ungelöste Fall der Koblenzer Ermittler in diesem Zeitraum. Es war eine junge Kanadierin gewesen, gerade 16 Jahre, die mit ihrem Rucksack durch Europa tourte und einen Zwischenstopp in der Jugendherberge auf der Festung Ehrenbreitstein einlegen wollte.

Von irgendwoher musste sie von der Abkürzung auf den Festungsberg gehört haben. Oder sie hatte ihn einfach gefunden, den vielgenutzten Trampelpfad, der sich durch Gebüsch, Felsen und alte Festungsbauten steil den Berg hinauf schlängelte und auf halber Höhe in die offizielle Zufahrtstraße mündete. Sie hatte den Bus um halb zehn verlassen und war schon zwanzig Minuten später tot; vergewaltigt und ermordet. Inmitten des Drecks, den Nichtsesshafte über die Jahre im offen stehenden „Helfenstein“-Zimmer hinterlassen hatten, einem der vielen seit Jahrzehnten vernachlässigten Befestigungselemente von Europas größter Festung.

Nein, Herbert kann die Aussicht auf den Rhein nicht wirklich genießen. Auch wenn es nicht sein Fall gewesen war; unter den Kollegen tauscht man sich aus, hilft sich – und leidet auch mit.

Als wir am Deutschen Eck aus der Gondel steigen, zieht bereits die „Melaga“ an den Anlegern der Köln-Düsseldorfer Fahrgastschiffe vorbei. Sie ist voll beladen und liegt tief im Wasser. Die Anker werden von der Bugwelle überspült – genauso wie vor einer Woche, als die Leiche gefunden wurde. Das ist eine wesentlich Voraussetzung dafür, dass unser Versuch aussagekräftige Resultate bringt. Nach dem Morgen mit Anke habe ich Schwierigkeiten, mich auf andere Dinge zu konzentrieren, aber Herbert lässt nicht locker.

Bleibt eigentlich nur noch die Frage, wie wir unseren Fleischbrocken an den überdimensionalen Haken bringen. Ich hatte ihn Samstag Nachmittag bestellt und wir haben ihn auf dem Weg nach Koblenz abgeholt, sorgsam in eine überdimensionale Kühltasche verpackt, die den größten Teil meines Kofferraums einnimmt. Beim Spaziergang durch die üppigen Blumenbeete diskutiere ich mit Herbert unsere Ideen, bevor wir auf der B42 rheinauf fahren. Wir haben keine Eile. Bis zur Lorelei braucht „unser" Schiff noch zwei Stunden.

Der Rhein ist vom Binger Loch bis hinter St. Goar eine der anspruchsvollsten Wasserstraßen weltweit. Die enge Fahrrinne mit ihren nicht einsehbaren scharfen Kurven zwingt vor allem talwärts fahrende Schiffe in einen abenteuerlichen Slalom. Der kritischste Punkt ist aber sicher die Lorelei, wo wir zusteigen wollen.

Die Felsen ragen hier so hoch, dass die Funkverbindung von Schiff zu Schiff nicht funktioniert. Auch das Radar ist hier keine Hilfe und die Strömungsgeschwindigkeit höher als an jeder anderen Stelle des Rheins. Daher wurden hier fünf Warnstationen eingerichtet, die die Berg- und Talfahrt regulieren, wobei die Talfahrt in der Regel Vorrang hat. Trotz aller Vorkehrungen bleibt die Lorelei ein sehr gefährlicher Flussabschnitt; immer wieder geschehen hier schwere Schiffsunglücke.

Strömungen, Untiefen, Funk- und Radarschatten? Nein: Für die vielen Schiffsunglücke ist nur die Lorelei verantwortlich, diese junge nackte Frau, die mit ihren langen blonden Haaren und atemberaubenden Figur die Sinne der Lorelei-Schiffer verwirrt. Zweifellos haben Sagen einen wahren Kern und so hat es die Lorelei sicher gegeben. Das ständige Sitzen am Wasser nur mit den Haaren und einem großen Kamm bekleidet ist natürlich nicht gut für die Gesundheit und so war es wahrscheinlich nur ein Teilzeit-Job, der irgendwann zu anstrengend wurde, so dass sich die Lorelei schließlich zur Ruhe setzte. Oder hatte sie sich endlich in einen der vielen Schiffer verliebt, den sie zum Kentern gebracht hatte?

Wie auch immer: Wahrscheinlich lebt die ehemals junge Schönheit inzwischen als ergraute Rentnerin in St. Goarshausen. Vielleicht hat sie nur eine kleine Rente; hatte in ihrer freiberuflichen Tätigkeit nicht genug in die Rentenversicherung einbezahlt. Vielleicht bekommt sie wenigstens eine Art Betriebsrente von den benachbarten Werft- und Abschleppunternehmen, bei denen sie mit jeder Havarie für einen ordentlichen Umsatz sorgte. Ich hoffe doch nicht, dass sie sich mit Altersarmut und schlecht gelaunten Hartz-4-Sachbearbeitern herumplagen muss.

Bestimmt aber geht sie öfter mal mit ihrem netten Mann den Rhein hinauf spazieren, zum Hafen direkt unterhalb der Lorelei, wo ihre Skulptur an der Spitze der Hafenmole sitzt. Dann werden sie ihren Erinnerungen nachhängen, händehaltend wieder zurück gehen und sich im Café einen leckeren Sahnekuchen und einen Latte Macchiato mit Arabica-Bohnen aus fairem Handel gönnen. Auch berühmte Frauen gehen halt mit der Zeit.

Und vielleicht war Lorelei gar nicht ihr bürgerlicher Name, denn Künstlernamen gibt es schon so lange es Künstler gibt. Vielleicht hieß sie tatsächlich ganz anders, etwa Anke? Die Ähnlichkeit ist verblüffend, alles sitzt am rechten Platz, ein Männertraum in Bronze. Lediglich ihre Haare sind ein wenig lang und bilden fast einen Umhang; da hat der Bildhauer die Sage wohl ein wenig überinterpretiert.

Die Lorelei schaut nach unten und sieht so die „Melaga“ nicht, die um das Bankeck kommt, zunächst vor St. Goar auf freie Passage wartet, bevor sie mit voller Kraft über den Rhein kreuzt und auf den Lorelei-Hafen zuläuft. Eine schöne junge Frau mit Rettungsweste steht mit einem Sprechfunkgerät am Bug und achtet auf Hindernisse im Wasser und Untiefen. Die ergiebigen Niederschläge der letzten Nacht haben den Wasserstand um fast einen halben Meter steigen lassen, was das Rangieren unter dem berühmten Felsen mit seinen tückischen Untiefen vereinfacht.

Mit beeindruckendem Fingerspitzengefühl dirigiert der Kapitän die „Melaga“ in den Hafen und legt zentimetergenau an. Doch irgendetwas scheint nicht in Ordnung, er rangiert das große Schiff noch mindestens fünf Minuten immer wieder ein paar Zentimeter vor und zurück. Dann endlich wird der große Pott festgemacht, die Maschinen verstummen. Der Kapitän kommt aus dem Führerhaus und wirft mit geübtem Schwung eine Planke zum Kai.

„Kommen Sie an Bord! Das Essen ist schon vorbereitet.“

An Bord kommt man sich schnell näher und so sind Herbert und ich beim Essen mit allen per du. Da ist zunächst der Kapitän, „Ersatzkapitän“, wie Tony augenzwinkernd bemerkt, denn sein Schiff ist eigentlich die

„Joson“, ein kräftiges Schubschiff, mit dem er normalerweise bis zu 190 Meter lange Schubverbände um die engen Flussbiegungen von Main und Donau und bei Bedarf auch über den Rhein zirkelt. Da sich seine nächste Ladung verzögert hat und sein Kollege Doelemans den Blinddarm entfernt bekommt, hat er die „Melaga“ für eine Woche übernommen.

Seine zierliche Frau Francine strahlt eine fröhliche Gelassenheit aus. Sie ist nur noch bei Bedarf Steuerfrau, und sonst vor allem die gute Seele des Schiffs. Jetzt kredenzt sie zur Feier des Tages handgemachte leckere Garnelen im Blätterteig, dazu ein paar Plätzchen und natürlich Tee oder Kaffee. Alkohol ist an Bord tabu und niemand vermisst ihn.

Lucia komplettiert die Mannschaft – oder eher Frauschaft. „Vorne 20, mitte 15, vorne 15, mitte 10, mehr backbord, vorne 15, mitte 15 ...“ die ruhige, bestimmte Stimme der blonden Steuerfrau beim Anlegemanöver klingt mir noch im Ohr nach. Tony schätzt ihre Zuverlässigkeit und genaue Schätzung von Abständen sehr; ohne sie könnte er keine 190 Meter langen Schubverbände zentimetergenau durch die engen Schleusen von Main und Donau rangieren.

Auch wenn es mir in der netten Gesellschaft und heimeligen Atmosphäre der Gästewohnung an Bord wunderbar schmeckt, bin ich mir nicht sicher, ob es Herbert wirklich als Abendessen reicht. Jedenfalls macht er die Schüssel leer und das muss dann halt bis zum Frühstück reichen.

Dann bugsieren wir natürlich unser „Gepäck“ an Bord. Francine schaut die mehr als zwanzig Kilo schwere Fleisch-Kreation kritisch an und besteht darauf, dass wir sie nicht in den Kühlschrank legen, sondern auf Deck lagern.

Zuletzt kommt mein Golf an den Kran – er fährt mit, denn ich will ihn ja nicht morgen in St. Goar wieder abholen müssen. Es ist ein komisches Gefühl, meinen rollenden Untersatz wie ein Fisch am Haken über dem Wasser schweben zu sehen, aber Tony hat alles im Griff. Er steuert das Verladen mit seiner Kransteuerung wie ein Dirigent sein Orchester mit dem Taktstock. Dann noch Unterlegkeile unter die Reifen – fertig.

Bevor ich ins Bett gehe, stimme ich mit Tony und Herbert das weitere Vorgehen ab. Tony will wie jeden Morgen Punkt fünf Uhr ablegen und schlägt vor, dass wir unseren Fleischbrocken mit dem Anker einklemmen und zusätzlich mit einem Seil sichern. Er hat ja schon viel erlebt in seinem Schifferleben, aber eine solche spinnerte Idee bisher noch nicht. Wer weiß

– vielleicht bringt meine Idee ja auch gar nichts: der Fleischbrocken fällt uns vom Haken – pardon: Anker – und das Feinripp-Hemd hält locker bis Mainz durch. In diesem Falle hätte ich mich ziemlich blamiert. Aber wie sagte Anke: Wer wagt, gewinnt.

Herbert und ich haben Einzelkabinen in der Gästewohnung, gemütliche Kojen mit Blick zum anderen Rheinufer. Die Silhouette der Lorelei hebt sich dunkel von der Straßenbeleuchtung von St. Goar auf der anderen Rheinseite ab. Das Handy klingelt, Wärme erfüllt die kleine Kabine.

„Wann bist du wieder da?"

„Wahrscheinlich morgen Mittag am Industriehafen. Ich vermisse dich sehr."

Ein kurzes Zögern, dann:

„Ich vermisse dich auch, fühle was du denkst. Ich will kommen."

Eine Tür geht im Hintergrund. Sie legt auf und ich kann lange nicht einschlafen, Bilder und Gefühle tanzen vor meinen Augen hin und her. Die „Melaga" liegt ruhig im Hafenwasser unter dem dunklen Schatten des hunderttausende Jahre alten Felsens, mitunter gluckern kleine Wellen, die sich an der Wasserlinie brechen. Erst kurz vor Mitternacht schlafe ich ein. Noch fünf Stunden bis zum Wecken. Es ist schon so lange her, dass ich Anke gespürt habe.

*

Es nagte an ihr, keine Frage. Auch wenn sie nach außen hin immer die selbstbewusste Leiterin der Kripo gab, die mal eben so Familie und Beruf verband, sah es in ihrem Innern ganz anders aus. Vielleicht war sie deshalb noch ein wenig früher als normal ins Büro gekommen. Sie wusste, wie genau sie beobachtet wurde – ganz besonders bei der Ankerleiche, ihrem ersten „richtigen" Fall. Und wie soll es anders sein: ein vertrackter Fall.

Die Motivlage? Unklar. Da wird einer umgebracht, aber das Geld wird ihm gelassen. Eine Beziehungstat schien aus vielen Gründen ausgeschlossen, vor allem deshalb, weil der Mann scheinbar keine persönlichen

Beziehungen pflegte, ihn niemand vermisste. Dieses Bild hatte seit dem Brief seiner Mutter in dieser Beziehung nur teilweise geändert. Nun hatte er Familie, aber andere Kontakte zu Wohnungsnachbarn oder deutschen Familien gab es immer noch nicht und würde es möglicherweise auch nicht geben. Auch wenn sie noch keine Rückmeldung der albanischen Kollegen hatte, ging sie davon aus, dass es einer der typischen südeuropäischen Familienclans war, geboren aus Tradition und der blanken Notwendigkeit im Überlebenskampf.

Also hatte die Ankerleiche einen Bruder, der aber nach außen eher zufällig in Erscheinung trat und sogar die Überführung der Leiche in die Heimat seiner alten Mutter überließ. Machte der sein eigenes Ding und rächte seinen Bruder? Dann wäre es logisch, dass er nichts mit der Polizei zu tun haben wollte. Würde er die Mutter abholen, wenn sie kam? Sie hatte in dem Brief bewusst bereits den folgenden Dienstag als Abholtermin genannt, um den Zeitraum einzugrenzen, in dem sie nach Deutschland kommen würde. Je enger dieser Zeitraum war, umso besser konnte man sie überwachen – aber das war Theorie. Die billigste Verbindung innerhalb Europas waren Busse. Und die führten keine Passagierlisten wie Fluggesellschaften.

Ein zentraler Punkt der Ermittlungen war das mehrfache Auftauchen des Ankerleichen-Bruders auf dem Kaiman. Das war kein Zufall, klar. Und dass er sich auf dem „Kaiman“ versteckt hatte und dann mit dem DLRG-Boot geflüchtet war, auch nicht. Was hatte so ein Mensch mit Mechtersheimer zu tun, der sich sonst nur mit Seinesgleichen umgab?

Und noch etwas deutete auf den „Kaiman“ hin: Die Farbe an der Leiche, DB 703 Eisenglimmerfarbe, anthrazitgrau. Dieselbe Farbe wie auf den Händen von Ronni Sander, diesem Freund ihres Vorgängers Herbert Wülfing, „The Herbert“ könnte man sagen. Also sprach einiges dafür, dass der Ermordete auf dem „Kaiman“ umgebracht worden war. Ein Schlag auf den Kopf mit einem stumpfen Gegenstand, dann ertrinken. Soweit, so schlecht. Aber: Auch wenn DB 703 die Standard-Farbe im Denkmalschutz schlechthin war – so viele Hinweise auf den „Kaiman“ konnten eigentlich kein Zufall sein.

Das „eigentlich“ konnte sie vielleicht schon diesen Mittag streichen, wenn ihr Vorgänger Herbert Wülfing und sein Freund Ronni Sander mit ihrem Schiffsexperiment Erfolg hatten. Eigentlich eine Schnapsidee, das Zerstören eines Feinripp-Unterhemds als Zeitmesser zu nehmen.

Andererseits nutzte die Rechtsmedizin eine ganze Reihe auf den ersten Blick merkwürdiger Verfahren zur Ermittlung von Todesarten und Todeszeitpunkten. Der Verdauungsgrad von Mageninhalten oder das Entwicklungsstadium der Larven von Aasfliegen waren nur zwei davon.

Angenommen aber, dieses Experiment zeigte, dass die Leiche weit unterhalb des Kaimans ins Wasser gekommen war, fiel dieser als möglicher Tatort aus. Und sie hatte noch ein Problem mehr. Denn wenn es der „Kaiman" sein konnte, musste sie das Schiff genauestens unter die Lupe nehmen und würde auch den dazu notwendigen Durchsuchungsbeschluss benötigen. Der Kaiman-Besitzer Mechtersheimer aber würde das sicher nicht gut finden und ihr Vorgänger Herbert hatte seine schlechten Erfahrungen mit diesem Selbstbediener bereits gemacht.

Also angenommen, es hatte was mit Mechtersheimer und mit dem „Kaiman" zu tun – wer hatte dann den „Kaiman" vom Ufer losgemacht, so dass er abgetrieben war? Es war lächerlich einfach gewesen – einfach den Schäkel lösen und schon trieb der „Kaiman" los. Interessanterweise waren zu diesem Zeitpunkt sowohl Mechtersheimer als auch Ronni Sander an Bord, dazu wahrscheinlich der Bruder der Ankerleiche.

Die alle hatten also den „Kaiman" nicht losgemacht – wer also dann? Und warum? Ihr war immer noch völlig unklar, was die Ankerleiche oder auch der zugehörige Bruder wirklich auf dem „Kaiman" gesucht oder gemacht hatten. Klar, auf Spielbanken war viel Geld im Einsatz, aber es war nichts verschwunden. Warum also war er geflüchtet?

Die Recherchen hatten gezeigt, dass der Bruder des Ermordeten nach seinem Auflaufen an der Schleuse Kostheim mit einem Taxi weitergekommen war. Der Taxifahrer aber hatte ihn irgendwo auf freiem Land abgesetzt und dann verlor sich seine Spur. Auch andere Taxifahrer hatten sich gemeldet, die ihn oder den Ermordeten schon von A nach B gefahren hatten – von ständig wechselnden Punkten zu ständig wechselnden Punkten.

Nein, das alles war kein Zufall, sondern richtig großes Business, da war sich Hauptkommissarin Geli Hassemer sicher. Es wurmte sie allerdings ungemein, dass sie immer noch nicht wusste, worin dieses Geschäft denn tatsächlich bestand. Sie musste sich durchbeißen, so wie das Eichhörnchen in ihrem Garten, das eine Nuss vom Sommer im Topf der großen Palme auf ihrer Terrasse deponiert hatte. Und als sie die Pflanze im Winter mit einer durchsichtigen, starken Folie vor dem Frost geschützt hatte, musste das Eichhörnchen Hunger bekommen haben und hatte die Abdeckung völlig zerfetzt.

Was oder wen sollte sie zerfetzen? Zunächst einmal wartete sie darauf, wie die Rheinströmung ein Feinripp-Unterhemd zerfetzte. Egal, was Ronni Sander und Herbert Wülfing herausfanden: Wie würde ein Richter solche Ergebnisse werten, wenn es um einen Durchsuchungsbeschluss bei einem der „angesehendsten" Bürger der Stadt ging? Denn die Feindschaft zwischen dem ehemaligen Hauptkommissar Herbert Wülfing und dem ehemaligen POM-Geschäftsführer Mechtersheimer war bestens bekannt. Manche Dinge haben halt eine längere Halbwertzeit, bis sie zerfallen. Nicht alle waren so vergesslich wie die Wähler.

Kurz vor Mittag kam per Fax die nächste Meldung rein. Eine Leiche war an der Kostheimer Schleuse angeschwemmt worden. Sie zeigte wie die Ankerleiche keine Verwesungsspuren, konnte aber von den hessischen Kollegen noch nicht identifiziert werden, da Ausweispapiere fehlten. Das beiliegende Bild zeigte einen hageren Mann mit Kinnbart und einer langen Haarsträhne, gekleidet in einen Trilobal-Jogging-Anzug.

Das war nun bereits die vierte Wasserleiche in diesem Jahr in unmittelbarer Nähe der beiden Landeshauptstädte und sie fragte sich, ob da noch alles mit rechten Dingen zuging. Immerhin waren die ersten beiden Leichen vor ihrem Dienstantritt in Mainz gefunden und schnell identifiziert worden. Diese jetzt war in der Kostheimer Schleuse, also auf hessischem Boden, angelandet worden. Damit war sie zunächst einmal Sache der Kollegen von der anderen Rheinseite, aber die „Umstände" machten sie stutzig.

Einen Anruf später hatte sie die Eckpunkte der bisherigen Ergebnisse auf dem Tisch. Der Tote hatte Würgemale am Hals und war also aller Wahrscheinlichkeit nach bereits tot ins Wasser geworfen worden. Die Leiche war – natürlich – oberhalb von Ginsheim ins Wasser geworfen worden, nur ein paar Kilometer vermutlich. Das bedeutete zunächst einmal, dass der Mörder stromauf von der Fundstelle lebte. Sie hatte es noch nie erlebt und hielt es auch für völlig unwahrscheinlich, dass jemand an einem Fluss wohnte und etwas Belastendes oberhalb seines Wohnortes ins Wasser warf. In diesem Falle würde er noch einmal mit dem Problem konfrontiert. Nein, Flüsse sind dazu da, Probleme zu entsorgen, sie weit wegzuschwemmen.

Soweit, so schlecht. Aber hier war es anders, ganz anders. Da war ein Styropor-Block, der die Leiche zuverlässig über Wasser gehalten hatte. Also wollte der Mörder, dass die Leiche schnell gefunden wurde. Und er musste wissen, dass je nach Bedingungen „frische“ Leichen zwar zunächst schwammen, aber nach ein paar Stunden „abtauchten“ und dann tage- bis wochenlang unter Wasser bleiben konnten, bevor sie von den Gärgasen nach oben getrieben werden. Es musste also jemand sein, der aus dem Milieu kam – ein Schiffer vielleicht?

Und da war ein Hundert-Euro-Schein, in den Mund des Opfers gestopft. Die meisten Mörder wollten ihre Opfer verschwinden lassen – dieser hier nicht. Er wollte offensichtlich ein Exempel statuieren, Angst schüren. Eine Botschaft, dachte die Hauptkommissarin. Auch die Ankerleiche hatte Hunderter in ihrem Gürtel gehabt. Eine Botschaft an die Geschäftspartner der Ankerleiche. War der ominöse Bruder unterwegs, um die Ankerleiche zu rächen oder führte er die Geschäfte weiter, was immer sie waren? Wenn das so war, war die Situation ausgesprochen explosiv. Mechtersheimer würde dazu etwas sagen können, denn er war mit dem Bruder der Ankerleiche so vertraut umgegangen, obwohl er über solche Leute normalerweise nur die Nase rümpfen würde. Doch der würde sicher nichts sagen.

Nach einer Rücksprache mit den hessischen Kollegen schickte sie noch am Vormittag eine E-Mail an alle Spielcasino-Betreiber der Gegend – und das waren Hunderte. Darin bezog sie sich auf Hinweise, die eine Gefährdung von Spielbanken durch einen skrupellosen Verbrecher befürchten ließen. Sie riet darin zur Vorsicht und bat um die Meldung ungewöhnlicher Beobachtungen.

*

Auf einem Frachtschiff muss man normalerweise nicht geweckt werden. Als Tony Punkt fünf Uhr die beiden großen Caterpillar-Schiffsdiesel angelassen hatte, lief ein Vibrieren durch das ganze Schiff. Auch Herbert stand kurz danach schon mit verschlafenen Augen im Aufenthaltsraum, während die Geräuschkulisse draußen immer weiter an Intensität zunahm und die „Melaga“ sanft von der Kaimauer weg driftete.

Nun verlassen wir den Hafen, passieren die Statue der Lorelei in scheinbarer Griffweite. Genau hier kenterte vor ein paar Monaten die „Waldhof“ mit ihrer gefährlichen Schwefelsäure-Ladung und blockierte den Rhein für mehr als einen Monat. Ich gehe mit Herbert ins Führerhaus, wo Tony hoch konzentriert mit den Gashebeln der Motoren und dem Joystick der Ruderanlage den 135-Meter-Tanker auf Kurs bringt. Im Morgengrauen wandert weit vor uns eine Lampe von einer Seite auf die andere: Lucia kontrolliert am Bug die Abstände zu den Orientierungspunkten. Eigentlich ist das durch das GPS überflüssig, dessen Monitor den Führerstand dominiert, aber Tony ist vorsichtig.

Tony muss warten und studiert die Signale der Wahrschau-Stationen, die in den engen Kurven der Lorelei den Schiffsverkehr überwachen. Würden sich in den engen Kurven zwei große Schiffe begegnen, wäre eine Kollision fast unausweichlich und so erfassen die radarbestückten Stationen jedes Schiff und signalisieren mit ihrer großen Leuchtzeichenanlage, ob der Bergverkehr freie Fahrt hat. Diese „Ampelanlage“ auf dem Rhein umfasst vier Stationen und ist für die Sicherheit eminent wichtig.

Im Moment zeigen die Balken ein Dreieck: Ein großer Schubverband kurvt um die Lorelei. Dann ist er vorbei, das Dreieck erlischt: freie Fahrt! Tony lässt die beiden Schrauben gegenläufig arbeiten und dreht unter Herberts bewundernden Blicken das Heck der „Melaga“ in die Strömung. Dann fährt er beide Maschinen vorwärts auf volle Last. Endlich nimmt der schwere Tanker widerwillig Fahrt gegen die starke Strömung auf. Als das Manöver beendet ist, dreht er sich kurz zu uns um.

„Ihr könnt jetzt euren Fleischbrocken an den Anker hängen. Lucia hilft euch. Zieht Rettungswesten an.“

Wir klettern aus dem Führerhaus. Die Luft ist frisch und feucht. Zwei starke Halogen-Scheinwerfer am Führerhaus und zwei am Bug tauchen das Oberdeck in ein unwirklich helles Licht, während die steilen Schieferfelsen zu beiden Seiten als dunkle Schemen in den grauen Himmel ragen. Ab und an zerschneiden Autoscheinwerfer auf der B42 oder der B9 das Halbdunkel, linksrheinisch überholt uns ein Intercity und wird Sekunden später in atemberaubendem Tempo vom Kammereck-Tunnel mit seinem markanten „Kirchenportal“ verschluckt.

Lucia steht mit dem Rücken zum Bug im Fahrtwind, ihre halblangen Haare fliegen ihr ins Gesicht.

„Da liegt euer Fleischbrocken. Wenn ihr den an den Anker hängen wollt, lasse ich den Anker ein wenig herunter und ihr hängt ihn über Bord. Dann ziehe ich den Anker wieder hoch und klemme ihn ein."

Ihre Stimme klingt neutral, aber ihr Blick ist eher fragend, vorsichtig formuliert. Als ich dann noch ein Feinripp-Unterhemd auspacke und dem Fleischbrocken „anziehe" scheint sie an unserem Verstand zu zweifeln, sagt aber erst einmal nichts. Stattdessen reicht sie Herbert wortlos ein Wäscheseil und hilft beim Verschnüren unseres Versuchsobjektes. Bleibt „nur noch" das Anbringen auf dem Anker, bei voller Fahrt.

„Komm, gib mal her!"

Herbert sieht im fahlen Licht mein dazu passendes Gesicht und schnappt sich das verschnürte Bündel, beugt sich über die Bordwand. Das vom Regen der letzten Nacht braune Wasser gischtet am Bug hoch und drückt sich mit großer Kraft durch den Anker. Der Fleischbrocken rutscht sofort durch und wir hätten ihn verloren, wenn wir ihn nicht mit der Wäscheleine gesichert hätten. Herbert wuchtet ihn schnaufend wieder hoch und schüttelt den Kopf.

„So geht es nicht. Der Anker muss ganz hochgezogen gewesen sein."

Mit einem Nicken lässt Lucia die Ankerwinde kurz anlaufen, der Elektromotor summt, zwei schwere Kettenglieder wickeln sich auf die Trommel. Dann ein Klack, als der Motor gegen den Anschlag läuft und abschaltet. Ich helfe Herbert beim zweiten Versuch, sichere die Halteleine, schaue in die Gischt am Bug. Das Wasser strömt mit Gewalt heran und presst sich schäumend am Schiff vorbei. Es ist ein komisches Gefühl, dass wir nur im Schneckentempo vorankommen, während die Schiffsdiesel auf voller Drehzahl laufen.

Auch dieser Versuch scheitert, das Bündel wird von der Bugwelle nach oben aus dem Anker gedrückt.

Das Sprechfunkgerät schaltet sich ein.

„Was macht ihr? Alles ok?"

„Alles klar Tony. Es dauert noch ein bisschen."

Wir haben die Lorelei gerade passiert, als die Wahrschau-Station an der nächsten Flussbiegung, dem Betteck, auf ein geschlossenes Dreieck wechselt. Sofort werden die Diesel leiser, die „Melaga“ steht nur noch in der Strömung. Wieder klackt das Sprechfunkgerät und Tonys Bass ertönt.

„Ein Schubverband über 135 m Länge zu Tal – wir müssen ein bisschen warten.“

Das ist unsere Chance. Die Gischt am Bug ist nun deutlich geringer und wir können den Brocken so in den Anker klemmen, dass er vom Wasser nur noch fester hinein gedrückt wird. Wir haben gerade das Sicherungsseil an der Ankerwinde verzurrt, als uns der Schubverband bereits entgegen kommt und passiert; eine Achterbahnfahrt mit 5000 Tonnen und den maximal zulässigen 150 Metern Länge um die Lorelei.

Das Lichtzeichen erlischt und sofort fahren unsere Schiffsdiesel wieder hoch; mühsam nimmt die „Melaga“ Fahrt auf. Herbert und ich können den Brocken nicht unbeaufsichtigt lassen und werden uns in der Überwachung abwechseln. Ich bin als erster dran und kauere mich in den Windschatten der Ankerwinde, die Hand am Seil, während Herbert und Lucia im geheizten Führerhaus einen Kaffee trinken. Wie lange wird das Unterhemd halten? Wenn es überhaupt nicht zerreißt, war die Aktion sinnlos.

*

Es war ein normaler weißer Umschlag, DIN C6. Ein richtiges Stück Papier mit der einfachen Aufschrift „Kripo Mainz“. Kein Absender drauf und unverschlossen.

„Hat mir die Pforte gegeben, hatte hinter dem Scheibenwischer eines Einsatzfahrzeuges geklemmt. Anonym. Ist schon durch den Scanner gelaufen. Kein Sprengstoff drin.“

Eddi wandte sich der restlichen Tagespost zu und Hauptkommissarin Hassemer zog ein einzelnes Blatt aus dem Kuvert. Der Text war kurz und bündig:

„Bombe auf dem Kaiman.“

Das war‘s. Keine Unterschrift, kein Anschreiben. Keine Fingerabdrücke, wie Eddi gesagt hatte. Und keine Uhrzeit.

Natürlich setzte Geli Hassemer die Wiesbadener Kollegen sofort in Kenntnis und binnen weniger Minuten lief die ganze Maschinerie an: Feuerwehr, Bombenräumkommando, Bereitschaftspolizei aus der General-Mudra-Kaserne in Kastel, weniger als einen Kilometer vom „Kaiman" entfernt. Damit hatte die Kripo Mainz eigentlich fast nichts mehr mit dem Fall zu tun, aber eben nur fast.

Denn wenn etwas passiert, interessieren sich die Kriminalisten in erster Linie immer für das Motiv. Und das schien klar zu sein: Da wollte jemand dem Automatencasino-Betreiber Mechtersheimer schaden. Erst das Losmachen des alten Schiffs, jetzt der Bombenalarm. Ob vielleicht wirklich eine Bombe an Bord war?

Sie glaubte es nicht. Denn wer immer die Bombendrohung platziert hatte, wusste genau, was er tat. Er oder sie hatte nicht per Telefon gedroht, was die Arbeit für die Kripo leicht gemacht hätte. Er oder sie hatte das Kuvert nicht in die videoüberwachten Briefkästen einer Polizeiwache geworfen, sehr wohl aber darauf geachtet, dass es von der Kripo gefunden wurde. Die Nachricht war auf normalem Kopierpapier gedruckt. Standard-Druckerpapier, Standard-Druckerschrift. Arial, 16 Punkt.

In ein paar Stunden würden die Kollegen von der anderen Rheinseite den „Kaiman" durchsucht haben und sie würden aller Voraussicht nach nichts gefunden haben. Denn jemand, der jedes Risiko so genau zu kalkulieren und Spuren zu vermeiden wusste, war sicher nicht so dumm, eine Bombe auf dem videoüberwachten Schiff zu legen.

Vorher aber erwartete sie ihren Vorgänger Herbert Wülfing mit seinem Freund Ronni Sander im Industriehafen.

*

An der Signalstelle Ochsenturm lässt die Strömung etwas nach und das Schiff kommt nun schneller voran. Am Anker hat sich inzwischen nur wenig getan. Zwar hat das Wasser dem Unterhemd schon sichtbar zugesetzt, aber es ist noch nicht gerissen. Könnte der Mann hier ins Wasser gefallen sein? Im Mittelrheintal gibt es einige Campingplätze mit garantiertem Burgenblick. Doch auf den Plätzen wurde niemand vermisst. Es waren in aller Regel Dauercamper und die kannten sich untereinander seit Jahren. Da wäre ein Verschwinden aufgefallen.

Inzwischen ist es taghell und die Berufspendler schlängeln sich am Rhein entlang Richtung Koblenz. Mir ist kalt. Lucia hat mir ein Sprechfunkgerät dagelassen und ich bestelle Herbert als Ablösung. Er kommt gut gelaunt nach vorn, beugt sich zunächst über die Bordwand und wirft mir dann einen undefinierbaren Blick zu.

„Das war‘s mit dem ersten Hemd, Ronni. Und wir sind erst bei Oberwesel – gerade fünf Kilometer stromauf der Lorelei."

Tatsächlich – das Hemd wird nur noch von den verstärkten Trägern gehalten.

„Eben war noch alles ok, komisch."

„Eben?"

„Vor einer halben Stunde etwa. Die Strömung ist hier natürlich schon besonders stark und ..."

„Komm, wir montieren das nächste Hemd. Dann wissen wir mehr."

Wir wuchten unseren Fleischklotz aus der Gischt, dann kommt das gebrauchte Unterhemd runter und bekommt die Filzstift-Nummer 1. Herbert führt eine Papierliste, auf der diese Nummer dem Stromkilometer und der Uhr- und Hängezeit am Anker zugeordnet wird. Danach kommt das neue Feinripp auf den Köder und mit der Sicherungsleine über Bord. Mit unserer Routine klappt das Aushängen diesmal bereits auf Anhieb. Endlich kann ich Pause machen – Herbert schiebt die nächste Schicht. Im Führerhaus warten ein heißer Espresso und ein belegtes Brötchen schon auf mich. Von Oberwesel bis Kaub verläuft der Rhein fast gerade und so hat Captain Tony etwas Zeit für einen Plausch, lässt dabei aber nie seine Instrumente aus den Augen.

„Na, wie wars? Bist du weitergekommen?"

„Das erste Ergebnis haben wir – nach gerade fünf Stromkilometern war das Hemd schon kaputt."

„Hier hat der Rhein seine maximale Strömung – und nach dem Regen war vielleicht auch etwas Treibholz dabei. Aber jetzt ist die Strömung deutlich geringer, da wird das Hemd sicher länger halten."

Er schaut wieder in Fahrtrichtung und kontrolliert die Ausrichtung des Tankers mit dem GPS, korrigiert ein wenig nach und kommentiert gleich mit.

„Du musst ein Schiff immer oben halten, von der Strömung in die Kurve drücken lassen. Du darfst es nie abfallen lassen, so dass die Strömung dich gegen das Ufer drückt. Auch hier gibt es starke Strömungen durch Sandbänke und Felsen."

Nach dem Frühstück in der heimeligen Wärme des Führerhauses werde ich müde und wie im Traum ziehen die Orte links und rechts des Rheins vorbei, während der Schiffsdiesel die „Melaga" mit 1200 Umdrehungen bergwärts drückt. Oberwesel, Kaub, Bacharach: Orte, die eingezwängt sind zwischen Rhein, Straße und Bahn auf der Talseite und den steil ansteigenden Felsen des Hunsrücks auf der Bergseite. Es sind schmale Siedlungsstreifen mit dünnen, verwinkelten Armen in die Seitentäler, in aller Regel überragt von Burgen. Teilweise sind es Burgen aus dem Mittelalter, auch Raubritterburgen, teilweise deutlich jünger, aus dem Barock ...

„Ronni, aufwachen!"

Eine kräftige Hand schüttelt meine Schulter. Herbert steht vor mir, Tony schaut über die Schulter und grinst.

„Das nächste Hemd?"

„Ja, diesmal fast zehn Kilometer. Wir sind schon bei Lorch. Du hast über eine Stunde geschlafen. Das nächste Hemd ist schon drauf."

„Dann sind noch zwei in Reserve."

„Das wird knapp."

Herbert hat recht: Lorelei ist bei Stromkilometer 550, Bingen 529, Mainz 500. Das macht also 50 km „Reisestrecke", aber das erste Hemd war in der starken Strömung der Lorelei schon nach 5 km „durch". Die Strömung am Binger Loch ist aber noch höher und wenn wir jetzt alle unsere Hemden verbrauchen, haben wir keins mehr, das bis Mainz hält.

„Dann legen wir ein neues Hemd erst unterhalb vom Binger Loch an und wenn das reißt, hält das letzte Hemd sicher bis Mainz, wenn kein Treibholz dazwischen kommt. Wahrscheinlich ist die Leiche in Ingelheim oder sogar erst in Heidenfahrt vom Anker aufgenommen worden."

So machen wir es dann auch, hängen unser letztes Hemd in Höhe der „Rheinklause“ zwischen Ingelheim und Heidenfahrt auf den Anker und es reißt kurz bevor wir am Kai des Industriehafens anlegen. Eine Punktlandung, wenn man so will.

Wir dürfen also von einer Haltbarkeit von einer Fahrtstunde pro Feingeripptem ausgehen. Das klingt nicht viel, aber wenn man bedenkt, dass auf dieser Strecke etwa zehntausend Kubikmeter Wasser mit durchschnittlich zwanzig Stundenkilometern durch das feine Textilgewebe strömen, ist das ein durchaus beachtlicher Wert. Der Senior-Chef hatte recht: Rechnen kann man viel, aber die Werte aus der Praxis sind in der Regel viel aussagekräftiger.

Der Kran schwenkt meinen Golf an Land und unsere Abenteuerreise geht zu Ende. Herbert und ich haben einen Kurzurlaub gehabt; Tony, Francine und Lucia sind mir Freunde geworden. Bald wird er wieder mit seinem eigenen Schiff, der „Joson“, auf Main und Donau fahren und ich werde sicher wieder einmal mitfahren. Dann aber nicht mehr mit einem Fleischbrocken am Anker und mit Herbert als Begleitung, sondern mit der schönen jungen Frau, die da am Kai auf mich wartet. Wir hatten während der Fahrt telefoniert, sie kannte meine voraussichtliche Ankunftszeit und hatte gesagt, dass sie kommen wollte – obwohl es vielleicht nur hundert Meter von der „Spielen am Rhein“ entfernt ist.

Ob sie Baumann provozieren will? Ist etwas geschehen, während ich auf der „Melaga“ war? Egal, wir küssen uns, bis die „Melaga“ wieder ablegt. Tony muss sie noch ins Tanklager Ginsheim bringen und entladen. Und schon kurvt das nächste Auto auf den Kai: Geli Hassemer holt Herbert ab. Sie würde mich auch gern bei der Besprechung dabei haben, sieht aber ein, dass ich gerade alle Hände voll zu tun habe und erst später nachkommen kann.

*

„Also eine Stunde und dann ist der Feinripp zum Fetzenripp geworden.“

Hauptkommissarin Angelika Hassemer schaute ihren Vorgänger fest an.

„Wenn man es kurz fassen will: Ja. Die Leiche ist irgendwo in der Höhe von Heidenfahrt vom Anker aufgenommen worden. Unter Berücksichtigung der Melaga Strömungsgeschwindigkeit des Rheins muss der Ermordete also ziemlich genau auf der Höhe von Mainz in den Fluss gelangt sein.“

„Und keiner hat sie gesehen, weil eine Leiche nun mal kaum aus dem Wasser schaut, wenn sie irgendwo treibt. Sie könnte also beispielsweise am Industriehafen ins Wasser gefallen sein und von dort nach Heidenfahrt getrieben sein.“

Herbert Wülfing, Hauptkommissar a.D., schüttelte den Kopf.

„Ich würde gefühlsmäßig auf die andere Rheinseite tippen. Auf dieser Seite sind zu viele Naturschutzgebiete, in deren Geäst sich eine Leiche verfangen könnte und in der Strommitte ist die Strömungsgeschwindigkeit zu hoch. Die andere Seite wäre logischer. Zuerst der Seitenarm von Kastel bis Biebrich, wo es nur wenig Gehölz gibt, weil es teilweise Industriegebiet ist. Erst ab dem Biebricher Schloss geht es dann in die Hauptfahrrinne, die auch die „Melaga“ nehmen musste.“

„Also langsam von Kastel bis Biebrich, dann schneller bis Eltville beziehungsweise Heidenfahrt.“

„Ich würde eher auf Heidenfahrt tippen, weil die „Melaga“ bergwärts fuhr, praktisch also auf der Heidenfahrter Seite der Fahrrinne. Das Ganze hat sich bei Nacht beziehungsweise im Morgengrauen abgespielt.“

„Das klingt ein wenig zu logisch. Denn Kastel passt natürlich genau mit ...“

„... dem „Kaiman“ zusammen und ich habe was gegen Mechtersheimer.“

„Ja, so etwa.“

„Da kann ich Ihnen nicht helfen. Da müssen Sie“ er nickte ihr aufmunternd zu, „selbst durch. Die anderen kochen auch nur mit Wasser. Übrigens habe ich am Ankerplatz des „Kaiman“ noch etwas gefunden. Hat mich beim Angeln einen Drilling gekostet.“

Wülfing kramte umständlich in seiner Lederjacke und reichte ihr ein kleines Stück schwarzes Gummi. Sie schaute es sich genau an.

„Ein Teil eines Dichtungsgummis, vielleicht von einer Autotür. Vielleicht liegt da ein Autowrack?“

„Unser gemeinsamer Freund hat nach seinem Tauchgang nichts davon erwähnt.“

„Ein Teil vom „Kaiman“ vielleicht. Aber ich denke, er könnte uns sowieso besser Auskunft geben. Wie war noch seine Handy-Nummer?“

*

Ein schönes Gefühl, wieder zuhause zu sein und Ankes Lippen zu spüren. Wahrscheinlich wäre es verwegen, auf noch mehr Glück zu hoffen, aber die räumliche Nähe zur SAR macht mir doch Sorge. Herbert und Geli Hassemer sind bereits verschwunden, als sich unsere Lippen wieder lösen.

„Hast du keine Angst, dass er dich sieht?“

„Nein, der hat das so gewollt!“ ist die trotzige Antwort und dann mit einem Ton, der keine Widerworte duldet: „Du sollst an mich denken und nicht an ihn!“

„Er hat es so gewollt!“ was meint sie damit? Anke merkt, dass ich beginne, nachzudenken und lässt es nicht zu, schließt meinen Mund mit Küssen und schmiegt sich an mich. Die Zeit rast wieder, Schiffe legen im Sekundentakt am Kai an und ab. Die Frankenbach-Portalkräne werfen die Container wie Legosteine zielsicher von den Schiffen auf die LKWs oder umgekehrt. Und zu allem Überfluss klingelt wenige Sekunden später auch noch das Handy. Es ist gerade viertel nach zwei. Die Nummer der Kripo kenne ich nun längst im Schlaf. Die 65 ... 13 ... 8 ... hat Konjunktur die ganze Nacht. Und am Tag natürlich auch.

Ich kann mich kaum von Anke losreißen; natürlich werde ich sie von der Arbeit abholen. Und diesmal wird uns kein Baumann dazwischen kommen.

Im Polizeipräsidium haben Herbert und Geli Hassemer meine Verspätung offensichtlich einkalkuliert. Sie kommen gerade von der Kantine zurück und Eddi hat für uns alle bereits einen Espresso zubereitet.

Die Hauptkommissarin kommt direkt zur Sache, legt mir ein kleines Gummistück vor, fragt, ob ich eine Gummidichtung bei meinem Tauchgang unter dem „Kaiman“ gesehen habe.

„Ich weiß natürlich nicht, ob ich davon ausgehen darf, ob das der Gummi ist, den ich da gesehen habe ...“

„ ... du darfst ...“ fällt mir unter einem tadelnden Blick von Geli Hassemer mein Freund Herbert ins Wort.

„ ... aber da war ein alter Gullydeckel wie an einem Einstiegsschacht der Stadtwerke.“

„Der Gummi sieht aber neu aus“ stellt die Hauptkommissarin fest, „womit zu fragen wäre, warum jemand einen solchen Deckel mit einer neuen Dichtung versieht. Doch sicher nur, wenn er weiter benutzt wird. Ließ sich der Deckel bewegen?“

„Der sah eigentlich recht normal aus und war mit Vierkant-Verschlüssen verriegelt. Die findet man auch an Schachtdeckeln der Stadtwerke, die nicht von Unbefugten abgehoben werden dürfen. Und wenn man ganz sicher gehen will, sogar verschweißt. Wie damals, als George Bush seinen Besuch angedroht hatte. Es hatte allerdings nichts genutzt.“

„Und wieso?“

„Autobahn gesperrt, Luftraum gesperrt, Fluss gesperrt und Gullydeckel verschweißt. Aber er kam trotzdem in die Stadt.“

„Immer für einen kleinen Seitenhieb gut?“

„Aber sicher.“

„Nun, wir werden mal bei den Stadtwerken nachfragen. Vielleicht ist es einfach auch nur ein Zufall, dass dieser Deckel unterhalb vom „Kaiman“ liegt. Besonders wichtig kann er ja nicht sein, denn ein Vierkant-Verschluss ist ja nun kein richtiges Schloss.“

Geli Hassemer hat offensichtlich das Ruder übernommen, Herbert sitzt einfach nur so dabei. Wirklich zufrieden wirkt er nicht, aber er grummelt auch nicht. Wir schließen die Besprechung mit einigen von Eddis selbstgebackenen Keksen und kurz nach drei stehen Herbert und ich wieder auf der Straße bei meinem Auto. Er grummelt doch ein bisschen.

„Ein bisschen mehr Dankeschön hätte ich schon erwartet.“

„Tja, für sie ist es auch nicht so einfach. Wie soll sie die Ergebnisse nach oben so verkaufen, dass deine Verbindung zu Mechtersheimer nicht zu deutlich herauskommt? Der Herr Hauptkommissar verfolgt den verdienten Bürger der Stadt noch im Ruhestand ..."

„Na ja, mir wär da schon was eingefallen. Tatsächlich haben wir nun eine ganze Reihe an Hinweisen, dass der Mord auf dem „Kaiman" geschehen sein könnte. Und wir können zumindest über ein Motiv spekulieren, denn ich habe sowohl Mechtersheimer als auch Baumann mehrfach gleichzeitig am „Kaiman" gesehen. Beide hätten ein Motiv, sich gegenseitig zu schaden und du hängst mit deiner Anke mittendrin. Aber was macht dieser Bruder der Ankerleiche in diesem Szenario? Jemand, der seine Spuren ständig verwischt, hat garantiert Dreck am Stecken."

„Und stinkt darüber hinaus nach Fleischkäse. Von der Handkäs-Mafia zur Fleischkäs-Mafia ist manchmal nur ein kleiner Schritt."

„Komm, fahr mich nach Hause. Ich mache mir eine Currywurst."

Ich weiß nicht, was ungesünder ist – Currywurst oder Fleischkäse. Wahrscheinlich Fleischkäse. Handkäse dagegen ist eigentlich eher gesund, wenn auch ausgesprochen schädlich für die Mainzer Stadtkasse.

Das Telefon klingelt und Geli geht direkt dran.

„Falscher Alarm, ok. Also ist der „Kaiman" wieder frei? Danke."

„Falscher Alarm auf dem Kaiman? Bombenalarm?"

Das Thema interessiert mich natürlich sehr.

„Bombendrohung, aber Fehlalarm. Der Betrieb auf dem „Kaiman" kann weiterlaufen. Berufliches Interesse? Die Pressestelle hat sicher gleich was fertig und der Redaktionsschluss ..."

„... ist erst um fünf, ich weiß. Nein, auch die Empfangsdame hatte erzählt, das Mechtersheimer da etwas hat, womit man Leute in die Luft sprengen kann. Ich habe übrigens mal in den Plänen nachgesehen. Als der Kaiman noch in Betrieb war, gab es tatsächlich eine Sprengstoffkammer mit Dynamit zum Beseitigen von Felsen und Steinen."

„Dann ist ja doch etwas dran?"

„Glaube ich nicht. Wie soll Baumann an Sprengstoff kommen? Der Verkauf für den Bombenbau geeigneter Materialien wird genauestens kontrolliert.“

„Na, die Empfangsdame ist da vielleicht nur ein wenig gesprächig. Jedenfalls wurde keine Bombe gefunden und der „Kaiman“ ist wieder in Betrieb.“

„Wenn die Dame soviel erzählt, hat das vielleicht auch der erfahren, der vor einer Bombe dort „warnte“.“

„Möglich, aber mehr kann ich im Moment nicht dazu sagen.“

„Wir wollen sowieso aufbrechen.“

Herbert greift sich seine Jacke und das ist das unwiderlegbare Zeichen zum Aufbruch. Fünf Minuten später setze ich Herbert am Westring ab, direkt an der Ladenzeile mit dem Busparkplatz. Es sind noch lange zwölf Stunden bis ich Anke von der Arbeit abholen kann. Ich werde ein wenig vorschlafen und dann am „Kaiman“ warten, bis Anke Dienstende hat.

Jetzt, wo das alte Schiff als möglicher Tatort infrage kommt, kann eine diskrete Beobachtung interessante Ergebnisse bringen. Die Betonung liegt auf diskret, denn ich weiß zwar nicht, was Geli Hassemer vorhat, aber eine Störung von außen würde sie sicher nicht gut finden.

*

Mechtersheimer hat keine Zeit vergeudet, sein Daddelschiff ist trotz Bombendrohung und Abtreiben schon wieder in Betrieb. Als ich gegen Mitternacht am „Kaiman“ ankomme, sind die Parkplätze am Ufer bereits belegt. Aus technischer Sicht ist es erstaunlich, wie schnell der Geldsarg seinen Deckel wieder aufgeklappt hat. Aus kaufmännischer Sicht sicher nicht. Das Monatsende hat Geld in die Privatschatullen gespült und das gilt es abzugreifen. Einige Autos kommen mir bekannt vor. Es werden wahrscheinlich dieselben Zocker sein, die beim Abtreiben erst weiterzockten, bis die Automaten endlich dunkel waren und die dann panisch runter vom Schiff wollten. Ist es am Ende gar kein Unterschied zwischen der Spielsucht und der morbiden Lust am Untergang? Warum tun Menschen Dinge, von denen sie bereits vorher wissen, dass sie nicht gut ausgehen werden. Warum ziehen höhere Gewinne mehr Spieler an als kleinere Gewinne, wenn man bedenkt, dass man sowieso nicht gewinnt? Weil man dann sagen kann, man hatte mehr nicht gewonnen?

Auch Mechtersheimer höchstpersönlich ist da; sein Maybach steht direkt neben dem Landesteg, hell angestrahlt. In einer Hauruck-Aktion wurde in den letzten Tagen die Uferbeleuchtung am Stromkilometer 499 erheblich verstärkt. Halogenfluter holen nun den Parkstreifen am Ufer und die Poller, an denen der „Kaiman“ festgemacht ist, aus der letzten Septembernacht. Es soll wohl nicht mehr so leicht sein, die Schäkel zu lösen oder die Stahltrossen zu kappen. Auch wenn das Schiff selbst nicht heller beleuchtet ist als vorher, widerstehe ich der Versuchung, als normaler Gast auf das Schiff zu gehen. Zu groß ist die Gefahr, dass ich jemandem über den Weg laufe, der mich kennt.

Mich würde es nicht wundern, wenn sich auch Herbert hier herumtreiben würde. Nur, dass der als Rentner oder Zocker genausogut durchgeht wie als Angler. Die Leute von der Kripo sehen halt wie alles aus, nur nicht wie Polizisten – sieht man vom arttypisch neugierig-direkten Blick ab. Würde mich nicht wundern, wenn Herbert zu einer Wand wird, wenn er vor einer steht. Ich sehe ihn jedenfalls nicht. Vielleicht aber bilde ich mir das alles auch nur ein und er liegt neben seiner Elvira im Bett und zersägt mit vibrierendem Gaumensegel die kümmernden Bäumchen auf den Gehwegen des Mombacher Westrings.

Nachdem ich meinen Wagen am Ufer geparkt habe, gehe ich die Stufen hoch auf die Brücke. Selten schiebt sich ein Talfahrer unter der Theodor-Heuss-Brücke hindurch. Der „Kaiman“ wiegt sich nur ganz leicht in der Strömung, die bunten Lichter spiegeln sich auf der Wasseroberfläche. Es ist ein Bild des Friedens, wenn man von gelegentlichen lauten Wortgefechten absieht, die vom Schiff hochschallen und nach kurzer Zeit genauso schnell wieder verstummen, wie sie gekommen sind. Die Luft wird kühler, die Zeit der romantisch warmen Sommerabende geht zu Ende. Über dem noch warmen Fluss bilden sich leichte Nebelschleier.

Mich fröstelt und ich bin bereits auf dem Weg zum Auto, um mich aufzuwärmen, als plötzlich Licht in der Druckkammer an der Turmspitze angeht. Das warme Glühlampen-Licht mag für einen unbedarften Betrachter hinter den bunten LED-Lichterketten verschwinden, aber ich bleibe wie gebannt stehen. Mitunter schwankt die Helligkeit etwas, wahrscheinlich ist jemand im Innern der Druckkammer zugange, in der auch die entsprechenden Bedienungsinstrumente für die Schachtbewegung und die Drucksteuerung aufgebaut sind.

Dann ertönt das Geräusch eines Elektromotors, der zunächst einen Anlaufwiderstand überwinden muss und erst dann auf Touren kommt. Zuerst kann ich keine Bewegung erkennen, weil mich die LEDs blenden, aber dann wandert ein Lichtfleck über grauen Stahl – der Schacht senkt sich! Schnell verlasse ich meinen Beobachtungsplatz auf der Brücke und renne zum Auto, um das Schauspiel genauer zu verfolgen. Und ich habe Glück: inzwischen ist der äußerste Platz am Ufer-Parkstreifen frei geworden, so dass ich einen warmen Beobachtungsplatz in der ersten Reihe habe.

Der Schacht ist inzwischen schon zu einem Drittel unter Wasser – das sind etwa zwei Meter. Wie tief war es hier? Bei meinem Tauchgang war der Grund etwa zwei Meter unter dem Kaiman, aber der Rheinpegel ist nach den Niederschlägen des Wochenendes um fast einen Meter gestiegen. Tatsächlich fährt der Schacht weiter nach unten, bis das Summen der Elektromotoren plötzlich lauter wird und dann schlagartig verstummt: Der Flussgrund ist erreicht.

Kurz danach werden die noch offen stehenden Türen zu den Druckkammern nach innen gezogen und verriegelt. Mehrfach bewegt sich jemand vor den Sichtfenstern, aber der Turm ist fast zehn Meter über mir, so dass ich immer nur kleine Ausschnitte der Kinnpartie zu sehen bekomme. Von der Größe her könnte es durchaus Mechtersheimer sein.

Da man im Tauchschacht niemanden einsperren kann, weil die Druckkammern nicht abschließbar und nur von innen zu verriegeln sind, will Mechtersheimer also den Tauchschacht unter Druck setzen. Dazu hat er aber weder die Erlaubnis vom Denkmalschutz noch die Maschinen, soweit ich weiß. Tatsächlich tut sich erst einmal ein paar Minuten nichts, aber dann kommt ein neues Geräusch aus dem Schiffsinnern. Ein Brummen, das zunächst anschwillt und dann einen konstanten Pegel beibehält. Es ist vernehmlich, aber nicht wirklich laut. Das dürfte der angeblich nicht mehr vorhandene Kompressor sein. So verzichtbar ein funktionierender Tauchschacht auf dem mehr als 120 Jahre alten und außer Betrieb genommenen Schiff auch scheint, so unverzichtbar ist ein Handy. „Driving the Bayside“ ist ein Klingelton, der zu meiner jetzigen Lage nicht besser passen kann. Die Nummer des Wiesbadener Spielcasinos.

„Was machst du gerade? Ich vermisse dich."

„Ich denke an dich."

„Wo bist du denn?"

„Am Kaiman."

„Was hast du denn da schon wieder vor? Willst du mich nicht gleich abholen?"

„Ich schaue nur ein wenig. Hier passieren interessante Dinge."

„Mach keinen Mist. Dann bis um vier."

„Soll ich dich nochmal anrufen, wenn ich komme?"

„Nein, ich suche gerade mein Handy. Habe es irgendwie verbummelt. Außerdem wüsste ich nicht, warum du nicht kommen solltest."

„Natürlich bin ich da. Ich liebe dich."

„Ich dich auch. Jetzt muss ich wieder in den Saal."

Sie legt auf und ich konzentriere mich wieder auf den Kaiman. Zuerst ist die Bewegung kaum merklich, aber dann gibt es keinen Zweifel mehr: Der „Kaiman" hebt sich langsam aus dem Wasser. Die vom Kompressor in den Tauchschacht strömende Luft verdrängt das Wasser aus der Stahlröhre und verstärkt damit den Auftrieb. Eine viertel Stunde später schäumt dann das Wasser: Die Luft hat das Wasser aus der Arbeitsglocke herausgedrückt und der Überschuss drückt sich am Grund vorbei nach außen, perlt nach oben. Der Kompressor wird abgeschaltet, es ist wieder so still wie zuvor. Wahrscheinlich hat niemand bemerkt, wie das Schiff sich langsam aus dem Wasser hob und den Kompressor für ein normales Betriebsgeräusch gehalten. Es ist sicher ein ölfreier Kompressor, damit sich die Luft auch gut atmen lässt.

Was wird nun im Innern des Tauchschachts passieren? Wer immer darin ist, muss sich mit der komplexen Anlage auskennen, mehr noch, dafür gesorgt haben, dass sie funktionsfähig blieb, obwohl das eigentlich mit dem Denkmalschutz anders vereinbart war. Für solche „kreativen Lösungen" kam eigentlich nur der Initiator des ganzen Projekts in Frage – und das war Mechtersheimer. Aber was will er nach Mitternacht auf dem Grund des Rheins? Meine Kamera und das Endoskop habe ich längst geborgen und Kieselsteine wird er wohl nicht sammeln. Ob es etwas mit dem alten Schachtdeckel unter dem „Kaiman“ zu tun hat?

Nein, das erscheint unwahrscheinlich, denn der Deckel war ja wohl lange vor dem „Kaiman“ da. Mechtersheimer macht da irgend etwas anderes. Zu gern würde ich jetzt in die Arbeitsglocke sehen, aber die ist mindestens drei Meter unter Wasser und sowieso aus DB703-grauem Stahl und nicht aus Plexiglas.

Es rührt sich scheinbar nichts. Ein paar Minuten später kommt ein Auto ans Rheinufer gefahren, parkt in der Dunkelheit unter der Brücke, die Scheinwerfer verlöschen. Und wieder Stille, gefüllt mit dem unguten Gefühl, dass jemand in der Nähe ist. Das Fenster auf der Fahrerseite ist einen Spalt offen, aber ich höre nichts außer den wenigen Schiffen auf dem Rhein und dem Gluckern der sich am „Kaiman“ brechenden Wellen. Bis plötzlich eine mir sehr bekannte Person über die Landebrücke auf den „Kaiman“ stürmt.

Sofort habe ich mein Handy zur Hand und rufe im Polizeipräsidium an.

*

Charlie 2 war schon seit Mitternacht unterwegs, hatte sein Auto am Main-Taunus-Zentrum geparkt und war auf die andere Seite des Parkplatzes gegangen. Von dort hatte er sich mit einem Taxi abholen gelassen, das ihn zu seinem ersten Kunden brachte. Dann ein paar Schritte weiter in die nächste Anliegerstraße und von dort mit einem anderen Taxi weiter. Es war schon ein Vorteil, dass sich die Daddel-Etablissements durch EU-Recht und Gewerbesteuer-Begehrlichkeiten der Kommunen inzwischen ungehindert in Wohnsiedlungen breit machen konnten. Nach getaner Arbeit stand die Rückkehr zu seinem Auto an. Von dort ging es dann zurück zu seiner Wohnung.

So hatte es sein Bruder gemacht und so ließ sich für Außenstehende nicht verfolgen, wo er in der Nacht unterwegs war und vor allem, von wo er kam. Wie sein Bruder beriet auch Charlie 2 Spielcasinos, verband einen genau abgestimmten Kommunikationsfluss mit einem stets positiven Cash-Flow für beide Seiten. Moderne Manager würden da von einer Win-Win-Situation sprechen.

Das Geschäftsmodell war einfach und funktionierte prima: Er bekam die Tagesumsätze von den Spielcasinos und gab dafür einen Hunderter her. Den grünen Scheinchen konnte in der Regel kein Mitarbeiter widerstehen und falls doch, gab es ja noch andere Brüder, deren beratende Tätigkeit mehr mit einem gewissen physischen Druck verbunden war.

Mainz im allgemeinen und die Spielen am Rhein SAR und Zocken am Rhein ZAR standen als letzte Kunden auf der Tagesliste. Genau genommen, war die SAR noch kein Kunde, aber die Nähe zum Wasser und auch zur ZAR ließen Charlie 2 nicht ruhen. Denn die Frage, wer denn tatsächlich seinen Bruder auf dem Gewissen hatte, war noch nicht geklärt. Wenn dieser jemand denn ein Gewissen hatte.

Es war kurz vor drei Uhr morgens, als er sich von einem Taxi an der Grünen Brücke absetzen ließ und die letzten Meter zur SAR ging. Die bunt blinkenden Lämpchen waren dieselben wie bei seinen anderen Kunden, aber der Empfang ein ganz anderer. Am Empfang war ein älterer Herr mit silbernem Haar, der Eintritt verlangte, nach seinem Pass fragte und gar ein Foto von ihm machen wollte. Auch den Wunsch nach einem Gespräch mit dem Geschäftsführer wies das Silberhaar nach telefonischer Rücksprache eindeutig zurück.

Das konnte bedeuten, dass der Geschäftsführer den Kontakt scheute, weil er etwas mit dem Tod seines Bruders zu tun hatte. Es konnte aber auch der Grund dafür sein, dass die SAR nicht zum Kundenkreis zählte. Denn Kontrollen waren das Letzte, was ein auf Diskretion arbeitendes Familienunternehmen brauchen konnte. Charlie 2 setzte sich an die Bar in der Lobby und beobachtete noch eine Weile den Empfang, konnte aber nichts Ungewöhnliches entdecken. Tatsächlich wurden alle Besucher auf ihre Personalien überprüft und die Bilder mit einer internen Datenbank verglichen.

Nachdem die SAR ausgeschieden war, musste die Zocken-am-Rhein der Schlüssel zum Tod seines Bruders sein. Sicher konnte er noch nicht sein, aber er konnte der Wahrheit auf die Sprünge helfen. Mechtersheimer war ein großer Kerl, der früher durchaus ein Sportler gewesen sein konnte, aber längst so verweichlicht, dass er kein Gegner war, wenn es denn hart auf hart käme. Was durchaus möglich war.

Ungeduldig bestellte Charlie 2 das nächste Taxi, das ihn zum Kasteler Bahnhof brachte. Von dort waren es nur ein paar Meter zu Fuß zum

Kaiman. Falls ihm jemand nachforschte, würde sich spätestens hier seine Spur verlieren, denn das Nächstliegende war, dass er von hier einen Zug genommen hatte.

Schon beim Näherkommen sah er, dass der „Kaiman“ wieder voll in Betrieb war, voller als zuvor. Seit seiner Flucht von dem abgetriebenen Schiff in der Nacht von Donnerstag auf Freitag hatte er nichts mehr von Mechtersheimer gehört – dessen Auto aber war da. Ungeduldig herrschte er die Frau in der Empfangskabine an, die aber nicht sagen wollte oder konnte, wo denn Mechtersheimer war. Das Schiff sah merkwürdig verändert aus, ohne dass Charlie 2 zunächst wusste, weshalb. Sein Blick fiel nach oben und er sah Licht an der Turmspitze. Er ging die stählernen Stufen hoch zur Druckkammer, riss das an einer Kette über der Treppe hängende „Zutritt verboten!“ Schild ab und stand dann vor der Stahltür.

Als er mit aller Kraft am Türgriff zog, stürzte er die Dame am Empfang in Gewissensbisse. Denn Mechtersheimer hatte ihr strengstens jede Störung untersagt, während er im Tauchschacht zugange war und natürlich war er in der hermetisch abgeschlossenen Stahlkammer telefonisch auch nicht erreichbar. Und außerdem hatte sie den Mann schon einmal zusammen mit ihrem Chef gesehen. Andererseits sprach soviel Aggression aus dem Vorgehen des Mannes, dass ihr Angst und Bange war.

Als der Mann nach einer gefühlten halben Stunde – tatsächlich war es wohl weniger als eine halbe Minute – wieder die Treppe herunterkam, um zur anderen Schachtseite mit dem zweiten Eingang zu gelangen, hatte sie sich entschieden, die Polizei anzurufen. Sie rief mit dem Festnetz-Telefon die 65-0 an und bekam keine Verbindung, auch ein zweites Mal nicht. Erst dann erkannte sie ihren Fehler, wählte die Mainzer Vorwahl vor und hatte die Polizei dran. Die verwies sie direkt an die Wiesbadener Kollegen und teilte mit, dass bereits ein Wagen vom 2. Polizeirevier unterwegs sei.

Währenddessen rüttelte Charlie 2 bereits am Eingang zur zweiten Druckkammer – wieder erfolglos. Die Empfangsdame fragte sich schon, wie das alles noch ausgehen sollte, als bereits ein Polizeiwagen mit Blaulicht von der Wiesbadener Straße zum Ufer einbog. Schlagartig stellte der Mann seine Bemühungen ein und glitt mit erstaunlicher Geschwindigkeit die steile Treppe hinunter aufs Deck und rannte über die Landungsbrücke ans Ufer, von wo er durch die mit bunten Graffiti dekorierte Unterführung unter dem Kasteler Kreisel zum Ortskern hin verschwand. Es war halb vier Uhr morgens und es war niemand auf der Straße, sieht man von einer jungen Frau ab, die ihr Frettchen an der Leine Gassi führte.

Die Polizeistreife fuhr alle Straßen im Ortskern ab – wo immer das bei Kastel auch sein mag – fand aber keine Spur von dem Mann, der da unbefugt und bedrohlich auf dem „Kaiman“ herumgeklettert war. Es war nicht so, dass sie ihn nicht erkannt hätten, wenn sie ihn gesehen hätten. Denn ein Bild des Gesuchten gab es bereits – auch wenn es streng genommen nicht sein eigenes, sondern das seines gestorbenen Bruders war. Ähnlichkeiten können nützen und schaden. In diesem Fall war es aber ganz einfach so, dass zwischen dem Kasteler Bahnhof und der Fußgängerbrücke zur Maaraue ein unbeleuchtetes, weitgehend brachliegendes Gelände war, in dem man sich trefflich verbergen konnte. Man musste dazu zwar die Bahngleise überqueren, die Schranke aber war um diese Zeit immer offen. Der erste Morgenzug kam erst kurz vor sechs an.

Dafür tat sich etwas am Uferstreifen vor Stromkilometer 499. Ronni Sander fuhr zur Wiesbadener Straße, um seine Liebste abzuholen, während gleichzeitig ein Benz mit leicht gefleckten Sitzen ankam. Auf dem „Kaiman“ selbst tat sich von Außen betrachtet eigentlich nichts. Denn man konnte von Außen einfach nicht erkennen, was sich im Tauchschacht und insbesondere auf dem Flussgrund tat.

Der Streifenwagen der Wiesbadener Polizei streifte weiter durch Kastel, weil das die Aufgabe eines Streifenwagens ist und vergaß dabei auch die Zebrastreifen nicht. Und ein Taxifahrer holte einen Mann auf der Maaraue ab und fuhr ihn zum Main-Taunus-Zentrum. Nicht, damit ein gequälter Stabreim entstand, sondern um Geld zu verdienen. Der Fahrgast war zunächst etwas schweigsam und erzählte dann, dass er dort Frühschicht für einen Sicherheitsdienst schob. Nicht, dass es den Taxifahrer wirklich interessiert hätte, aber man will ja wissen, mit wem man es zu tun hat, wenn man zu ungewöhnlichen Zeiten ungewöhnliche Leute zu ungewöhnlichen Orten fährt. Bereits am Kinopolis stieg der Mann aus. Er wartete, bis das Taxi über die Auffahrt Richtung Frankfurt verschwunden war und verschwand dann im Parkhaus.

*

Der Golf trägt mich gemütlich die Wiesbadener Straße entlang, vorbei an der Feuerwache und der General-Mudra-Kaserne. Ich nehme die Umgebung kaum wahr, bin mit meinen Gedanken bei Anke. Schmetterlinge im Bauch sind etwas Wunderbares.

Getragen von freudiger Erwartung flattern sie umher und doch ist ein Teil ihres Auftriebs die Unsicherheit, Ungewissheit. Es ist eine Waage zwischen Hoffen und Bangen, zwischen Himmel und Hölle. Es ist natürlich eine Frage des Temperaments, wieviel Aufregung man braucht, um sich wohlzufühlen. Es gibt Adrenalin-Junkies, die am liebsten die wildesten Achterbahnen fahren und vom Himmel springen. Dazu gehöre ich definitiv nicht, traue mich im Schwimmbad kaum vom 3-m-Brett, tauche aber gern etwas tiefer. Habe Höhenangst und klettere dennoch auf hohe Berge.

Ich liebe es, zu fliegen, vor allem, wenn ich weich landen kann. Mit Anke ist alles im Lot; wir waren zusammen, sind zusammen, bleiben zusammen. Zweifel gibt es nach der letzten gemeinsamen Nacht nicht mehr, es ist nur eine Frage der Zeit, wann sie aus der gemeinsamen Wohnung mit ihrem ehemaligen Partner auszieht. Es ist viertel vor vier, bald hat sie Dienstende. Bestimmt wird sie schon an mich denken, bald werde ich sie in den Armen halten, ihr Rad über Gastank und Rückbank in mein Auto quetschen und sie mit nach Hause nehmen.

Das Handy klingelt, eine SMS, von Anke. Eine SMS ist eine irgendwie geartete Anordnung von elektronischen Signalen, wobei die Elektronen praktisch kein Gewicht haben und ihre Anordnung schon gar nicht. Man sollte nicht meinen, dass so etwas eine ganze Welt einstürzen lassen kann.

„Hallo Ronni. Ich habe es mir überlegt. Wir passen nicht zusammen und ich bleibe bei meinem Partner. Versuche mich nicht zu erreichen, ich will allein sein. Anke."

*

Die Stimmung bei der morgendlichen „Lage" war diffus, irgendwo zwischen wir-haben-noch-nichts-erreicht und bald-haben-wir-ihn. Wobei das Erste sicher war und das Zweite nicht. Da konnte man nur hartnäckig bleiben. Kriminalarbeit hat nicht nur mit Fleiß und Beharrungsvermögen zu tun, sondern mehr noch mit Psychologie. Spätestens, wenn man sich in jemanden hineinfühlen muss, weil man seinen nächsten Schritt erkennen will. Und genau das hatte bisher nicht geklappt.

„Da war er schon wieder da. Und ist wieder entwischt."

Geli Hassemer sprach es einfach so aus, ganz neutral und ohne den Namen zu nennen. Dennoch wusste jeder sofort, wer gemeint war und es schwang ein wenig der Vorwurf mit, dass man ihn hätte erwischen können, den Bruder der Ankerleiche. Obwohl man eigentlich nichts gegen ihn in der Hand hatte. Unbefugtes Betreten fremden Eigentums, Erschrecken einer Empfangsdame in einem Daddelcasino: Da gab es Schlimmeres, viel Schlimmeres. Jeden Tag.

Und dennoch: Er war der Schlüssel zu dem Fall. Genauso wenig wie seine Ähnlichkeit mit dem Ermordeten ein Zufall war, genausowenig war es ein Zufall, dass er nun schon mehrfach auf dem „Kaiman" gesehen worden war. Und es gab sogar noch einen Zeugen, einen Taxifahrer, der ihn von der Grünen Brücke in der Neustadt nach Kastel zum Bahnhof gefahren hatte. Von dort war er zum „Kaiman" und dann – vor der Streife flüchtend – im Ort verschwunden. Immerhin wusste man dank Kai Pritzsche nun einiges zu seinem Bewegungsmuster. Der Oberkommissar und verhinderte Wülfing-Nachfolger hatte Nachtdienst gehabt und es war seine Idee gewesen, zeitnah bei den Mainzer Taxifahrern herumzufragen.

„Der weiß, was er tut und versucht irgendwie den „Kaiman" zu sabotieren." schloss Pritzsche seinen Vortrag. Seine Augen waren müde; Nachtschicht schlaucht.

„War aber selbst drauf, als er abtrieb. Also ist noch jemand anderes im Spiel. Ob der gemeinsame Sache mit ihm macht?"

„Nein, das war ungeplant. Sonst hätte er nicht die „Neptun" stehlen müssen, um wieder von Bord zu kommen."

Hauptkommissarin Hassemer nickte. Wenn gleich zwei Personen dem „Kaiman" und damit Mechtersheimer schaden wollen – was verband die beiden miteinander? Die Suche nach dem Brudermörder war ein Motiv – aber wie passte das damit zusammen, dass Ronni Sander bei seiner Spionageaktion Mechtersheimer und den Bruder des Ermordeten eher freundschaftlich miteinander umgehen sah? Und wer war der unsichtbare Dritte, der den „Kaiman" losgemacht hatte? Gerade, als sowohl Mechtersheimer wie auch der Bruder des Ermordeten an Bord waren. Zufall oder Absicht? Auf jeden Fall sollte Mechtersheimer geschadet werden – wie ja auch bei der Bombendrohung. Es schien daher nicht unwahrscheinlich, dass es dieselbe Person war, die auch das Schiff losgemacht hatte.

Irgendwo musste der Schlüssel liegen, aber wo? Als ihr Kollege Kai nach der Nachtschicht den verdienten Feiermorgen antrat, beschloss sie, noch einmal ihren Vorgänger Herbert Wülfing und auch Ronni Sander zu einem Gespräch einzuladen. Ronni war ja dagewesen, als der Bruder des Ermordeten den „Kaiman“ besuchte, das ganze ja sogar mit seiner Spionage-Kamera aufgenommen. Geld und Personal für kurzfristige Überwachungen hatte die Polizei nur noch in Ausnahmefällen – auch wegen vieler personalintensiver Überwachungsaktionen, die man hätte durchaus vermeiden können.

Das begann bei einfacheren Aktionen wie der neuen Synagoge in der Mainzer Neustadt, gerade mal dreihundert Meter vom Polizeipräsidium entfernt. Dort schoben ständig mindestens zwei Kollegen Dienst – rund um die Uhr, mehr oder weniger unbequem im Auto. Ganz zu schweigen von wegen Justizmängeln aus der Sicherheitsverwahrung entlassenen Straftätern, die nicht weniger als zwanzig Kollegen in Tag- und Nachtschicht banden. Die Hauptkommissarin konnte sich nicht erinnern, das jemals ein Richter Nacht- und Wochenendschicht hätte machen müssen – geschweige die Folgen seines Wirkens selbst hätte ausbaden müssen. Nein, das war Sache der Polizei, deinem Freund und Helfer.

*

Nach dem Schock kommt die Verzweiflung und dann keimt doch ein wenig Hoffnung auf. Es ist menschlich, Entschlüsse manchmal zu schnell zu treffen. Auch wenn es beängstigend ist, wie solche armseligen Pixelhäufchen das heutige Leben bestimmen. Früher musste man sagen, was man sagen musste – und das erforderte Mut. Eine SMS ist ein Mittel für Feige. Das Eintippen erfordert keinen Mut, das Abschicken auch nicht und eine Reaktion muss man auch nicht fürchten, jedenfalls keine unmittelbare Reaktion.

Anke ist sicher nicht feige, aber genauso sicher gewissenhaft. Natürlich hatte ich – eine Schockstunde nach ihrer SMS – versucht, sie anzurufen, doch das Gespräch wurde gleich „weggedrückt“. Gar eine SMS hatte ich geschrieben, eine wüste Fummelei mit Miniatur-Tasten auf einem Mini-Bildschirm mit vorsintflutlichen Formatierungsfunktionen. Ja, ich hatte mich gequält und eine SMS geschickt, die formal sicher zu wünschen übrig ließ, bei der aber meine Seele zwischen den Pixelblöcken hervorlugte. Und ich war sicher gewesen, dass sie antworten würde, sofort. Sie antwortete nicht, also hatte sie das Handy wohl nicht an. Als zwei Stunden später das Morgenfernsehen begann mit notorisch gutgelaunten und perfekt gefönten Moderatorinnen und Moderatoren, hatte ich den Mut verloren. Er verschwand unerkannt wie Sand in einer hohlen Wand und ließ mich allein zurück.

Im englischen heißt es „the walls are moving in on you", wenn einem die Decke auf den Kopf fällt. Und die hurrikan-gequälten Amerikaner müssen wissen, wie es ist, wenn die Welt um einen herum zusammenbricht. Herbert muss es geahnt haben, denn sein Anruf kommt gerade rechtzeitig, bevor ich eine Straßenwalze suche, um das Handy als exotisches Fundstück für künftige Archäologen-Generationen in den Asphalt zu drücken. Hauptkommissarin Hassemer hat uns zum Gespräch ins Kommissariat geladen. Herbert wäre nicht mein Freund, wenn er nicht an meiner Stimme merken würde, das etwas nicht stimmt.

„Anke?"

„Ja."

„Dreiecksbeziehungen sind nicht ohne Tücken."

„Aber sie hat doch ..."

„Ach komm, das renkt sich wieder ein. Aber erst einmal hat uns Geli eingeladen. Zum informellen Gespräch."

„Same procedure as last time?"

„Als Zeugen. Und ich denke, dass du diesmal pünktlich ..."

„Danke, dass du mich daran erinnerst."

„Kopf hoch. Ich lade dich dafür auch in die Kantine ein."

„Wie in alten Zeiten. Also dann um elf."

Es ist erst neun, genug Zeit, um auf dem Weg nach Mainz den Kopf frei zu radeln. Ins Büro kann ich danach immer noch, wozu ist ein Halbtagsjob sonst gut?

Ich bin unkonzentriert, verpasse am Ortsausgang die Abfahrt auf den Radweg und rolle mit fünfundvierzig die Straße bergab, wechsle erst am Dünnbach auf das schmale Asphaltband für Fußgänger und Radler. Bodenwellen lassen mein Rad springen, fast übersehe ich einen Trecker, der nahe der Abfahrt Laurenziberg vom Welzbach hochkommt. Ich muss mich zusammenreißen. Langsam lässt die Lust am Fahren den Frust am Leben hinter sich, auch wenn der mir immer noch nachschleicht und ich nicht langsamer werden darf. Mein Standard-Weg nach Mainz führt vorbei am Fahrrad-Schön und dann durch Ingelheim zum Rhein. Endlich freie Fahrt, mit fast dreißig ziehen die Obst- und Getreidefelder an mir vorbei.

Heidenfahrt, Uhlerborn, Budenheim, dann über die Schlaglöcher durch die Freizeitgärten und schon kommt die Schiersteiner Brücke in Sicht. Kurz nach der geschäftigen Mombacher Hauptstraße mit ihrem starken orientalischen Akzent kommt schon die Glasfassade der neuen Schott-Verwaltung in Sicht und schließlich der kantige Klotz des Polizeipräsidiums in der Neustadt. Als ich mein Rad vor dem Eingang abschließe, kommt Herbert gerade um die Ecke; nähert sich mit seinem typischen, leicht schlurfenden Schritt seiner alten Wirkungsstätte.

„Was ist denn nun mit deiner Anke? Die hat sich doch bestimmt gemeldet!"

„Leider nicht. Und ich habe auch noch entdeckt, dass ich mein Handy liegen gelassen habe."

„Schau nicht so verzweifelt. Da ist was faul. Ich habe da sogar eine Theorie, was mit Anke ist. Doch da kommt Geli schon – lass uns erstmal reingehen."

Schon wieder Geli und nicht mehr „Frau Hauptkommissarin" ... da hat sich der alte Knurrhahn einen Spezialmix gequirlt. Kriminalistische Arbeit als Grundsubstanz, ein wenig Anhimmeln, dazu einen Spritzer im Amt verbotenes Experimentiervermögen und als Olive eine Spur Rachsucht an seinem alten Feind Mechtersheimer. Auch wenn er es sicher weit von sich weisen würde: Nun hat er jemanden, der dem ehemaligen Ibiza-Exilanten ans Leder gehen kann – während er sich im Hintergrund halten kann. Hauptkommissarin Hassemer ist sich dieses Szenarios sicher bewusst, dumm ist sie wirklich nicht.

„Hallo Herr Sander. Schön, dass Sie es einrichten konnten, auch wenn sie unerfreulichen Stress haben ..."

Sie bricht plötzlich ab, merkt, dass sie etwas falsch gemacht hat und Herbert verdreht die Augen. Offensichtlich hat er gepetzt – wie sollte sie sonst von mir und meinem Problem wissen. Auch bei der Kripo menschelt es mitunter sehr. Ich lasse es bei einem „Guten Tag, Frau Hassemer" bewenden und folge Herbert im Gänsemarsch ins Kommissariat. Sie kommt schnell zur Sache, weist mich auf die Verschwiegenheitsverpflichtung hin – für mich nichts Neues. Dann geht es zur Sache, sie drückt die Aufnahmetaste:

„Sie sind ja nun mehr oder weniger Dauergast am Kaiman. Bitte schildern Sie, was sich da heute Morgen abspielte."

„Ich habe da gewartet, hatte noch Zeit, bis ich Anke abholen konnte. Ist halt einfach ein interessantes Schiff."

„Auf dem merkwürdigerweise immer was passiert, wenn Sie da sind."

„Wollen Sie damit sagen, dass ..."

Herbert schaltet sich mit einem „Langsam, Ronni. Es geht nicht gegen dich." ein und dann setzt Geli Hassemer fort.

„Ein Mann kam, den Sie bereits kannten."

„Der Bruder der Ankerleiche. Den nenne ich einfach so, wegen der Ähnlichkeit. Er rannte aufs Schiff, hoch zur Druckkammer im Tauchschacht, konnte sie nicht öffnen. Rannte dann rüber auf die andere Seite, zur anderen Druckkammer – auch da dasselbe. Dann kamen Ihre Kollegen aus Kastel und er flüchtete durch die Unterführung am Kasteler Kreisel."

„Wer war denn im Tauchschacht und warum konnte der Mann die Druckkammer nicht öffnen?"

„Der Tauchschacht war auf den Flussgrund abgelassen und unter Druck gesetzt. Bei Überdruck lassen sich die Türen aber nicht öffnen – erst muss ein Druckausgleich geschaffen werden. Wer im Schacht war? Ich konnte es von Außen nicht sehen, aber er musste sich genau damit auskennen – auch mit den Gefahren von Überdruckbereichen."

„Mechtersheimer wäre möglich."

„Sein Auto war jedenfalls da."

„Und der Schacht war noch herabgelassen, als Sie wegfuhren?“

„Ja.“

„Oder fiel Ihnen sonst etwas auf?“

„Als ich wegfuhr, kam gerade ein anderes Auto an – ich habe es nur kurz im Rückspiegel gesehen, weil es in meine freigewordene Parklücke fuhr. Wahrscheinlich so ein Benz, ein moderner Typ. Nicht die alte Kastensilhouette.“

„Das ist ja schon etwas. Noch mehr? Teile des Nummernschilds vielleicht?“

„Ich hatte Anderes im Kopf, als ich losfuhr.“

Herbert hört meine Verletzung und schaltet sich ein.

„Hatte ich nicht etwas von der Kantine erzählt? Vielleicht helfen ja ein paar Vitamine dem Gedächtnis auf die Sprünge.“

So feinfühlig kenne ich den Currywurst-Fetischisten kaum, aber auch Geli Hassemer ist mit dieser Lösung zufrieden und lässt uns ziehen. Herbert nimmt wie ich das Curryschnitzel „Goa“ statt der üblichen Currywurst. Wir essen zunächst schweigend, ich nehme erst zur Schnitzelmitte das Gespräch wieder auf.

„Was sagt deine Theorie zu Anke?“

„Da sind mir zu viele Zufälle dabei – genauso wie im ganzen Fall. Fast immer, wenn du etwas mit Anke unternehmen willst oder am „Kaiman“ bist, passiert etwas.“

„Habe ich schon gehört.“

„Jetzt sei nicht so grantig. Wer immer es ist, weiß, was du machst und wann du es machst. Wer kann das sein? Neben mir selbstverständlich.“

„Anke natürlich. Aber weshalb sollte sie mir schaden wollen?“

„Nein, so schätze ich sie überhaupt nicht ein – da kann ich mir noch keinen rechten Reim drauf machen. Aber auch die die Motivlage ist so etwas wie ein Dreiecksverhältnis der besonderen Art. Mechtersheimer und Baumann sind Konkurrenten, du spannst Baumann seine Freundin aus und dann kommt noch ein Geschäftsfreund von Mechtersheimer um und wird durch einen neuen ersetzt. Aber eigentlich bleibt alles gleich –

jedenfalls scheint alles in der Familie zu bleiben. Wobei in diesem Fall zu fragen wäre, warum – wenn der Ermordete denn aus der Familie stammt ....“

„... sich niemand gemeldet hat, um ihn zu identifizieren oder in die Heimat zu überführen. Eine ziemliche Gemengelange.“ Ich rühre die Currysauce in den Reis, dazu die Scheibe Ananas.

„Genau. Aber wenn die Lage zu unübersichtlich ist, ist vielleicht nur der Ansatz zu allgemein. Anders gesagt: Will man einen großen Knoten lösen, fängt man immer mit dem einfachsten an.“

„Und welcher wäre das?“

„Geld, ganz einfach Geld. Keiner der drei hat etwas anderes im Sinn als Geld und – OK, auch Macht. Wann aber macht das Glücksspiel am meisten Umsatz? Am Zahltag. Denk immer dran, dass die Befriedigung aller Süchte keinen Aufschub duldet.“

„Also ist heute Abend richtig was los.“

„Gehälter, 400-Euro-Jobs, Hartz IV: Gestern und heute werden Milliarden unter die Leute gebracht.“

„Also taucht heute der Bruder der Ankerleiche auf und klaut die Tageseinnahmen. Aber bisher hat der ja wohl noch nichts geklaut, sondern nur das Buffet leergeräumt.“

„Man wird sehen.“ Herbert schiebt seine Ananas-Scheibe an den Tellerrand, „Und da sind ja noch die beiden anderen.“

Er schneidet das restliche Schnitzel auf dem Teller in zwei Hälften.

„Sie wollen sie aus der Reserve locken, Herr Hauptkommissar.“

„Genau. Und ich habe da so eine Idee. Aus unerfindlichen Gründen hatte Mechtersheimer mit seinem Maybach den Benz von Baumann vor ein paar Tagen einer Spezialdusche unterzogen.“

„Na sowas. Wie ist denn das passiert?“

„Och, irgendwie waren Baumann und Mechtersheimer zufällig gleichzeitig auf der Brücke und haben mit Ferngläsern das Abschleppen des Kaimans genau beobachtet. Ihre Autos parkten an der Reduit und irgendwie muss unter dem Maybach eine volle Ovomaltineflasche auf dem Boden gelegen haben. Mechtersheimer ist dann drüber gefahren und schwupp – das war's."

„So einen Versuch machen auch die Busfahrer beim Unterricht für Erstklässler in der Schule, fahren mit ihrem Zehntonner über einen Wasserkanister und spritzen damit Schüler und Lehrer nass. Es ist schon erstaunlich, wie genau du die Szene gesehen hast."

„Wenn ich mich recht erinnere, war ich auch mal zur Verkehrserziehung abgeordnet."

Herbert grinst hinterhältig und mir wird Einiges klar.

„Kann das sein, dass du den Zwist anheizen wolltest?"

„Ich friedfertiger Mensch? Wie kommst du darauf? Übrigens hat Baumann Anzeige erstattet, habe ich läuten hören. Aber wie das mit Anzeigen so ist: das dauert – Rache aber ist mindestens so süß und klebrig wie Kakao und will heiß genossen werden."

„Und du meinst, dabei sollte man nachhelfen. Die Sache mal ein wenig hochkochen."

„Ich sage es mal so: Wir lassen doch beide nichts unversucht, der Gerechtigkeit zum Sieg zu verhelfen."

Herbert setzt sein breitestes Grinsen auf und ich muss auch lächeln, auch wenn mir Anke nicht aus dem Kopf geht. Schließlich kommt auch Geli Hassemer zum Mittagessen in die Kantine, wir wechseln noch ein paar belanglose Worte. Herbert und ich verabreden eine Nachtschicht am Kaiman, wollen doch zu gern wissen, ob Herberts Theorie trägt. Dann gehen wir unserer Wege: Ich ins Büro und Herbert nach Hause. Auf dem Weg dahin geht er noch einkaufen, sagt aber nicht, ob dazu auch Kakao gehört.

*

Herbert und ich haben uns für eine Doppelstrategie entschieden. Er wird mit der „Flavia" unterhalb des Kaimans ankern, während ich die Landseite überwache. Wenn er Recht hat, sollten heute alle Verdächtigen auftauchen, insbesondere der Bruder der Ankerleiche. Wenn nicht, haben wir uns eine Nacht sinnlos um die Ohren geschlagen.

Beim Näherkommen hat sich die erste Annahme bestätigt: Der hell erleuchtete Parkstreifen an Stromkilometer 499 vor dem „Kaiman" ist voll belegt. Offensichtlich wollen einige Menschen ihr gerade ausbezahltes Geld möglichst schnell wieder loswerden. Ich parke meinen Golf etwas abseits unter einer Platane, ein schönes dunkles Plätzchen mit guter Aussicht auf den Rhein.

Ich sehe Herbert noch nicht, höre aber einen Außenborder langsam näher kommen. Es ist kühl draußen und er hat sich sicher in warme Kleidung eingepackt, denn es kann eine lange Nacht werden. Der Wind hat aufgefrischt, der Wetterdienst hat für die Nacht und die nächsten Tage böige Winde und häufige Niederschläge angekündigt. Die ersten Herbststürme sind unterwegs. Immer wieder treibt der Wind Wolken vor den Mond. Dann kommt Herbert mit gerefften Segeln um das alte Schiff getuckert, ich blende kurz die Scheinwerfer auf und er schwenkt eine Taschenlampe. Zeit für einen kleinen Erkundungsgang.

Der Tauchschacht des „Kaiman" ist immer noch heruntergelassen, die Druckkammer erleuchtet und die Tiefgangsmarken zeigen, dass sie unter Druck steht. Doch noch rührt sich nichts hinter den Fenstern der Druckkammern, wobei ich mich frage, wozu der Schacht überhaupt in Betrieb ist. In das Empfangshäuschen hat sich zu der Empfangsdame ein schwarzgekleideter Mann gequetscht. Auf dem T-Shirt steht „Security" und im Gesicht mehr Interesse an der Dame direkt neben ihm als am Geschehen drumherum. Mechtersheimer hat sich also Verstärkung geholt – ein zweiter Beweis für Herberts These?

Es ist kühl und ich gehe zurück ins Auto, stelle den Fahrersitz in eine gemütliche Position. Nun gilt es zu warten. Wir haben einen Kontrollanruf alle halbe Stunde ausgemacht, damit wir nicht irgendwann beide einschlafen. Ich muss aber nicht lange warten, denn schon vor elf kommt Baumann mit seinem Kakao-Bomber, sogar mit frisch lackiertem Kotflügel, ganz wie Mechtersheimers Maybach. Natürlich kommt mir Anke wieder in den Sinn, aber sie wollte ja keinen Kontakt mehr zu mir haben und ich muss das respektieren, so weh es auch tut.

Es ist fast Mitternacht, als sich Herbert per Handy meldet.

„Ein Ruderboot macht gerade Steuerbord am „Kaiman" fest."

„Der Bruder der Ankerleiche?“

„Kann ich in der Dunkelheit nicht sehen. Könnte er aber sein.“

Da nützt die ganze Beleuchtung am Ufer und der Bodyguard am Eingang nichts, wenn der Feind von der anderen Seite kommt.

„Sollen wir Mechtersheimer Bescheid sagen?“

„Der sitzt sicher unter Deck, dem passiert schon nichts. Aber mich interessiert, was denn unser Kollege dort treiben will. Er ist schon auf dem Schiff, hat eine Tasche dabei. Der bewegt sich wie ein richtiger Seemann. Geht jetzt achtern auf die Treppe zur hinteren Druckkammer zu.“

Die ist nicht beleuchtet, liegt aber in meinem Blickfeld. Tatsächlich bewegt sich da behände ein Schatten die Treppe nach oben, hantiert dann am Verschluss der Druckkammer, die sich schließlich mit einem Zischen öffnet. Als er hinein geht, fällt das Licht von innen voll auf ihn: Es ist der Bruder der Ankerleiche. Dann schließt er die Tür hinter sich und man hört es wieder zischen. Er macht den Druckausgleich, damit er in den eigentlichen Tauchschacht kommt und damit auf den Grund des Rheins.

Dann wird er die Kette finden, die er nach mir geworfen hatte, wenn Mechtersheimer sie inzwischen nicht herausgezogen hat. Meine Kamera und das Endoskop weiß ich ja inzwischen in Sicherheit. Was also macht er im Moment da? Dann öffnet sich die Übergangstür zum Tauchschacht und er verschwindet nach innen, raus aus meinem Blickfeld. Ich greife zum Handy.

„Er ist drinnen, Herbert. Was machen wir jetzt? Soll ich Mechtersheimer ..“

„Nein, bleib mal ganz ruhig. Das läuft alles viel zu glatt. Ich traue Mechtersheimer nicht. Der hat überall seine Überwachungsanlagen installiert und wenn der Schacht wichtig sein sollte, dann hat er den auch gesichert. Auf jeden Fall steht unser Kollege da jetzt ganz schön unter Druck und kann vorerst nicht weg. Schauen wir mal, was als Nächstes passiert.“

Wir müssen nicht lang warten, dann steigt Mechtersheimer aus dem Niedergang aufs Deck, geht achtlos am Bodyguard vorbei, steigt die Treppe zur Druckkammer hoch und öffnet die Außentür. Dann dasselbe auf der anderen Seite. Nun stehen beide Druckkammertüren auf und solange der Druck im Tauchschacht aufrecht erhalten bleibt, sitzt der Bruder der Ankerleiche in einem selbstgemachten Gefängnis fest.

„Das ist genau, wie du gesagt hast, Herbert. Der will den einfach festsetzen und dann an die Kripo ausliefern."

„Dann sollten wir ja bald die Kollegen kommen hören – aber ich höre noch nichts. Was hat Mechtersheimer vor?"

Ich will näher dran sein, gehe zum Schiff und halte das Handy am Ohr. Immer noch hantiert Mechtersheimer an der heckseitig liegenden Druckkammer mit einer Stange. Metall knirscht und dann knallt etwas, Mechtersheimer fliegt gegen das Treppengeländer und der Überdruck sucht sich mit Macht den Weg ins Freie.

„Der will den Schacht fluten! Wenn der Bruder der Ankerleiche da drin ist, kommt der nicht mehr raus!"

Rund um das Schiff entsteht ein starker Sog, der das Ruderboot kentern lässt und auch die „Flavia" anzieht. Schnell wirft Herbert den Außenborder an und steuert weg vom Schiff. So schnell der Strudel entstand, so schnell verschwindet er wieder, jetzt schwingt die Wassersäule im Tauchschacht nach unten und drückt Wasser unter dem Schiff nach draußen. Herbert fährt hektisch hin und her, leuchtet mit einer starken Handlampe die Wasseroberfläche ab.

Als ich die Mainzer Kripo anrufe, wissen die bereits Bescheid und die Wiesbadener Kollegen auch. Auf dem „Kaiman" strömen die Leute aufs Deck, vermuten durch die heftigen Schiffsbewegungen, dass sich der Daddeldampfer wieder losgerissen hat und diskutieren mit der Empfangsdame und dem Bodyguard.

„Ronni, hilf mir! Hinterm Schacht!"

Herberts kräftiger Bass übertönt die durcheinander rufenden Zocker mit Leichtigkeit und sofort renne ich über das Schiff, zu schnell für den Türsteher, der mir noch drohend ein „Bleibst du stehen, du!" hinterher ruft, aber mir erfreulicherweise nicht folgt, denn jetzt brüllt auch Mechtersheimer, ruft ihn zu sich.

Herbert kämpft an der Bordwand des „Kaiman" damit, etwas Schweres über Wasser zu halten.

„Da bist du ja endlich! Halt den Kopf über Wasser. Ich vertäue die „Flavia“ und helfe dir dann.“

Jemanden knapp über Wasser zu halten, ist eine Sache, jemanden herausziehen, eine andere. So halte ich den Mann am Kragen über Wasser, während Herbert den alten Jollenkreuzer an der Reling festmacht und dann mit einem beherzten Sprung an Bord kommt.

Inzwischen ist die Polizei vor Ort, im Blaulicht-Gewitter erkenne ich auch Herberts Kollegen Kai Pritzsche, der seinen alten Chef freudig begrüßt und dann gleich mithilft, den schweren Mann aus dem Wasser zu ziehen. Ein Notarztwagen ist schon da und bald haben die Sanitäter den schweren Mann in ihr Rettungsmobil verladen. Er ist offensichtlich immer noch bewusstlos, aber lebt.

Mitten im ganzen Durcheinander streicht etwas Vertrautes über meine Hand und als mich umdrehe, ertrinke ich in den Augen, nach denen ich mich so gesehnt habe. Wir sagen gar nichts, gehen eng umschlungen zu meinem Auto und fahren zu mir, lassen unsere Körper sprechen.

*

Die Sonne blinzelt ins Schlafzimmer und Anke räkelt sich in meinem Herz. Ihre Brust hebt und senkt sich im Atemrhythmus, die Beine sind irgendwo in der Bettwäsche verstrickt und die Haare umschmiegen ihr wunderschönes Gesicht. Ist es wirklich wichtig, über das Warum zu sprechen? Wo doch nur unsere Liebe zählt.

„Du bist ein Feigling“, stellt sie fest und hält mir den Mund zu, um eventuelle Proteste im Keim zu ersticken. „Warum bist du nicht zu mir ins Casino gefahren? Wenn ich dir geschrieben hätte, dass ich dich nicht mehr sehen will, dann höchstens, wenn du mich vernachlässigt hättest. Um eine Frau muss man kämpfen und nicht einen formvollendeten Rückzug hinlegen. Von wegen statistischen Wahrscheinlichkeiten, technischen Besonderheiten, persönlichen Befindlichkeiten, Respekt gegen andere Meinungen und so einem Blabla.“

Mit einem „Jetzt du“ nimmt sie ihre Hand von meinem Mund.

„Es war link von deinem ...“ fange ich an, doch sie unterbricht mich wieder.

„Ex-Partner, ja. Mein Handy zu klauen, dir eine SMS zu schicken und mir gleich noch eine angeblich von dir zu senden. Hast du wirklich geglaubt, ich würde dich einfach so abservieren? Ich habe deiner Mail nicht geglaubt, bin erstmal zu dir gefahren und als du nicht da warst, zum Kaiman. Logisch, oder? Der hatte deine Nummer auf die schwarze Liste gesetzt und so konnte ich dich nicht erreichen. Jetzt hast du mich oder willst du mich nun nicht mehr?“

„Das weißt du doch ...“

„Und was liegst du da und quatschst nur? Komm endlich oder brauchst du erstmal eine Stärkung?“

Wir bleiben noch eine ganze Weile im Bett; erst gegen Mittag treibt uns der Hunger in die Küche, den Rest des Tages habe ich frei genommen. Es ist himmlisch ruhig, sieht man von den Machtkämpfchen austragenden Amselmännchen im Lavendel ab. Doch dann passiert es: Irgendwo zwischen Steak, Reis und Chicoree klingelt das Telefon. Herbert hat Neuigkeiten und Anke hört mit.

„Heute ist die letzte Chance, den „Kaiman“ in Betrieb zu erleben – du bist von Geli eingeladen.“

„Wieso letzte Chance?“

„Nach dem ganzen Zirkus soll der Tauchschacht endgültig stillgelegt werden. Aber vorher darf die Presse und eine Fotoassistentin noch ein letztes Mal auf den Rheingrund sehen. Hast du Lust?“

Klar habe ich und auch Anke will diesmal mit dabei sein. Treffpunkt ist das Kommissariat, einmal Durchchecken durch den Amtsarzt. Ganz nebenbei erfahre ich, dass Kaiman-Besitzer und Betreiber Mechtersheimer verhindert ist, was eigentlich nur bedeuten kann, dass er verhört wird. Außerdem ist der Zugang zum Technikraum auf dem „Kaiman“ inzwischen verplompt; die Spurensicherung hat den Tauchschacht bereits unter die Lupe genommen. Jetzt dürfen wir also auch selbst dran.

Am späten Nachmittag stehen wir dann an Stromkilometer 499, das alte Schiff mit seinen bunten Lichtgirlanden liegt ungerührt da, als sei nichts geschehen. Wir gehen die Treppe hoch zum Turm und warten auf dem

Podest vor der Druckkammer. In der Druckkammer steht etwas, was scheinbar da nicht hingehört: Marco Kreisler hebt kopfschüttelnd einen kleinen Kanister Petroleum mit Ausgießtülle hoch und rümpft vernehmlich die Nase. Jetzt vernehme ich auch wieder diesen Geruch, der mir bei meinem ersten „Tauchgang" aufgefallen war.

Entschlossen stellt der alte „Kaiman"-Fahrer den Kanister wieder zurück und hantiert dann routiniert an den Armaturen. Kurz danach läuft der große Kompressor an, verdichtete Luft schießt aus der Druckluftleitung und drückt das Wasser aus dem Schacht heraus. Nach fünf Minuten zeigen neben dem Rumpf hochperlende Luftblasen, dass die Glocke nun mit Luft gefüllt ist. Das Kompressorbrummen verstummt.

Wir gehen jeweils zu zweit in die Druckkammer, müssen warten, bis der Druckausgleich hergestellt ist und können dann erst in den Tauchschacht. Erst kommen Geli und Herbert, dann Anke und ich.

Ein weiteres pensioniertes Mitglied der ehemaligen Schiffsbesatzung schiebt draußen Wache, denn so ein explosionsartiger Druckverlust wie am Vortag darf sich nicht wiederholen. Mechtersheimer hatte offensichtlich vorsätzliche Manipulationen am Drucksystem vorgenommen – mit lebensgefährlichen Konsequenzen. Ich bin mal gespannt, wie die hessischen Strafverfolgungsbehörden mit einem solchen Fall umgehen, der in Mainz sicher nicht ohne einige besondere Einflussnahmen abgegangen wäre.

Durch das mehrfache Ein- und Ausschleusen ist der Luftdruck im Tauchschacht etwas gesunken und damit der Wasserspiegel etwas angestiegen; der Flussgrund ist wieder mit Wasser überdeckt. Unser Maschinist schaltet den Kompressor wieder ein und das Zischen hallt durch den stählernen Schacht. Schnell sinkt der Wasserspiegel im Schacht, vom Überdruck nach unten gepresst. Der Kaiman-Experte verteilt Bonbons zum Lutschen, was den Druckausgleich in den Ohren unterstützt.

Schon schälen sich uferseitig die ersten schwarzen Böschungssteine aus dem braunen Wasserspiegel, dann breitet sich der trockene Bereich aus und enthüllt die rostige Kette, die der Bruder der Ankerleiche nach mir geworfen hatte. Schließlich bleibt der Wasserspiegel am Rand der Glocke konstant; die überschüssige Luft drückt sich aus dem zur Flussmitte zeigenden Rand des Tauchschachts heraus. Wir sind alle gespannt, was Mechtersheimer auf dem Flussgrund zu suchen hatte.

„Ich gehe vor."

Routiniert klettert Marco Kreisler die Stufen des engen Schachts hinunter, Geli Hassemer folgt, dann wir anderen. Neben der Absturzsicherung hängt die Kette des Flaschenzugs zum Hochziehen schweren Bergungsguts. Die Stufen sind immer noch nass und schmutzig von der Schachtflutung am Vortag. Das beim plötzlichen Druckverlust von Außen hereinschießende Wasser muss bis ans obere Schachtende geschossen sein, bis es mit Wucht wieder zurückflutete und dabei den Bruder der Ankerleiche unter der Glocke heraus in den Rhein zurückspülte. Beim Zurückfluten funktionierte der Tauchschacht des „Kaiman“ wie eine überdimensionale Wasserspülung – mit tödlichen Folgen für die Ankerleiche und fast auch für ihren Bruder.

Endlich weitet sich der beklemmend enge Schacht zur 2,40 Meter hohen Arbeitsglocke auf. Die Basaltsteine auf dem Grund glänzen feucht, modriger Algengeruch erfüllt die Luft. Am Rand zur Flussmitte hin steht immer noch Wasser, eine trügerisch glatte Fläche, hinter der vier Meter Wassersäule drücken, im Gleichgewicht gehalten vom Überdruck im Schacht.

Wenn der Druck im Schacht ausfallen würde, bräche der Fluss sekundenschnell über uns herein, würde uns erbarmungslos gegen die stählerne Decke der Tauchglocke schleudern und jämmerlich ersäufen. So muss es gestern gewesen sein, als der Bruder der Ankerleiche hier war und nur mit sehr viel Glück überlebt hatte. Er ist immer noch unter Bewachung im Krankenhaus, soll wohl Prellungen und Knochenbrüche habe.

Während ich die Atmosphäre auf mich wirken lasse, nehmen die beiden von der Kripo bereits den Schachtdeckel unter die Lupe, tatkräftig unterstützt von Marco Kreisler. Der Deckel ist auf den ersten Blick nicht wirklich spektakulär – vielleicht einfach nur eine unter Wasser zugängliche Revisionsöffnung?

Marco Kreisler setzt bereits den Vierkantschlüssel an, die Verriegelungsbolzen lassen sich erstaulich leicht drehen. Noch passiert nichts – was immer unter dem schweren Deckel ist, steht nicht unter Druck. Die Wahrscheinlichkeit, einen unter Druck stehenden Abwasserkanal zu öffnen und in einer Sch ... Fontäne zu stehen, ist gering. Geli Hassemer scheint unsere Befürchtungen zu spüren.

„Die Stadtwerke haben mitgeteilt, dass nach ihren Unterlagen an dieser Stelle keine Versorgungs- oder Entsorgungsleitungen durch den Rhein laufen. Es gibt lediglich einen großen Düker etwa bei Stromkilometer 500. Der ist begehbar und wird regelmäßig inspiziert. Also nur zu!"

Nun klinkt Marco Kreisler den Haken des Flaschenzugs in den zentral angebrachten Deckelring ein und zieht an der Kette. Mit einem leicht saugenden Geräusch gibt die Gummidichtung den Deckel frei. Es ist eine Stahlkassette drin, daneben eine Schale mit einigen silbern glänzenden Barren.

Ich mache schon ein Bild vom Inhalt, als sich erst langsam, dann rasch zunehmend in der zentralen Schale beißender Qualm entwickelt und schon Flammen nach oben züngeln.

„Schnell wieder den Deckel drauf!" rufe ich, doch Marco Kreisler hat die Situation erfasst und bereits den Flaschenzug abgelassen. Der Deckel ist wieder drauf und der laufende Kompressor drückt die beißenden Schwaden nach unten, über die Wasserfläche heraus in den Rhein.

„Was war das? Was brannte da?"

Geli Hassemer ist ziemlich erschüttert, muss noch einmal kräftig husten. Sie war neben mir am nächsten dran. Ich spiele die Bilder auf der Kamera ab, zeige sie den anderen. Es ist klar, dass sich der Qualm und das Feuer in der zentralen Schale entwickelten. Nicht gleich beim Öffnen, sondern etwas später. So als ob die Metallbarren durch das Öffnen des Deckels etwas bekommen haben, was ihnen vorher fehlte.

„Das kann nur Luft sein." überlege ich laut.

„Was denn?" fragt die Hauptkommissarin.

„Was die Gasentwicklung in Gang gesetzt hat."

„Das war doch ein Metall! Goldbarren hätte ich erwartet, aber was ist das? Platin? Haben Sie eine Idee, Herr Sander?"

„Stimmt, das ist es! Natrium!"

Alle schauen mich verständnislos an, so dass ich ausholen muss.

„Natrium ist als Bestandteil von Kochsalz ausgesprochen angenehm und so reaktionsträge, dass man es zum Wärmetransport in Solarkraftwerken einsetzt – bei über 400 Grad Celsius. Aber in metallischer Form ist es ausgesprochen reaktionsfreudig. Luftsauerstoff lässt es oxidieren und mit Wasser kann es in solchen feuchten Bedingungen explosionsartig reagieren, weil es dann Knallgas-Gemische liefert und die Zündflamme gleich dazu."

„Aber hier war doch gar kein Wasser. Der Schacht war doch ..."

„Trocken? Ja, oberflächlich. Aber hier steht die Luft unter hohem Druck, also mehr Sauerstoff pro Volumeneinheit als bei Normaldruck und zweitens habe wir eine sehr feuchte Luft. Das zusammen sorgt für eine heftige Reaktion."

„Es ist aber nicht gleich losgegangen."

„Chemische Reaktionen brauchen manchmal etwas Zeit, aber dann geht es richtig los. Gut, dass der Deckel wieder drauf ist."

„Finde ich gar nicht. Können wir nicht die Kassetten bergen? Mechtersheimer hat sie ja auch hier deponiert und sicher so gelagert, dass er bei Bedarf darauf zugreifen kann. Kollege Mechtersheimer scheint im Chemieunterricht gut aufgepasst zu haben."

„Wenn knallt und stinkt, waren wir alle mit Feuer und Flamme dabei. Aber natürlich – das ist es! Wie wurde Natrium in der Schule gelagert? In einer Petroleum-Flasche! Und oben steht Petroleum in einem Kanister. Wenn wir das in die Schale mit den Barren gießen, sind die gegen Luft abgeschirmt und können nicht reagieren. Ich hole mal den Kanister von oben."

„Wollen Sie nicht warten, was ich dazu sage?"

„Sie wollen doch auch wissen, was in der Kassette ist, oder?"

„Und wenn etwas schief geht?"

Da nichts schiefgehen wird, ist diese Frage überflüssig. Zwei Minuten später habe ich den 5-Liter-Kanister Petroleum die steile Schachttreppe herunterbefördert und stehe wieder am Deckel. Um mich herum nur gespannte Gesichter.

Auf mein Zeichen hebt Marco Umlauf wieder den Deckel ab und sofort gieße ich etwas Petroleum in die mittlere Schale. Ein wenig geht in der Eile daneben und benetzt die Kassette, aber das stört nicht. Die Natriumbarren liegen unbeweglich unter Petroleum und tun so, als könnten sie kein Wässerchen trüben. Aber wehe, jemand gießt Wasser darauf, was die normale Reaktion wäre, wenn sie anfangen zu brennen!

„Darf ich mal an der Oberfläche kratzen, Frau Hauptkommissarin?“

„Wenn‘s der Wahrheitsfindung dient. Aber nur einen kleinen Kratzer.“

Sekunden später zieht die Spitze meines Hausschlüssels eine kleine Spur über den Barren. Wie erwartet ist das Metall weich und der Schlüssel zieht eine silbrige Spur.

„Ich würde mich sehr irren, wenn das kein Natrium ist. Soll ich den Effekt mal demonstrieren?“

Geli Hassemer schaut mich mit einem undefinierbaren Gesichtsausdruck an, während Anke einen Schritt zurückgeht.

„Leg endlich los! Hier ist mein Taschenmesser.“

Herbert hat offensichtlich in Chemie gut aufgepasst – der Versuch ist schon so alt wie es Natrium gibt. Hauptkommissarin Hassemer ist einige Jahre jünger als Herbert und hat durch den heutzutage ständig ausfallenden Chemieunterricht den Versuch wohl nicht mehr kennengelernt. Sie will sich das Heft aber noch nicht aus der Hand nehmen lassen.

„Eine Gefährdung der Anwesenden ist ausgeschlossen?“

„Selbstverständlich, Frau Hassemer.“ beruhige ich sie. „Ich nehme nur ein winziges Stück.“

Die Klinge gleitet durch das Alkalimetall wie durch Butter. Ich schneide ein flaches Stück mit dem Volumen eines Stecknadelkopfes ab, das für ein kleines Feuerwerk reichen wird, lasse es auf dem Klinge. Vorsichtig trage ich es zu der Stelle, wo nur der Überdruck den Fluss am Eindringen in den Tauchschacht hindert. Es ist kaltes, dunkles, bewegtes Wasser; ein unheimliches Gefühl, sich trockenen Fußes mehr als fünf Meter unter dem Wasserspiegel zu wissen.

„Und nun bitte alle gut aufpassen und Abstand halten, am besten Brille aufsetzen, falls vorhanden.“

Automatisch halten alle Abstand, als ich das kleine Metallstückchen aus der Hand fallen lasse. Als es die Wasseroberfläche berührt, entsteht eine Stichflamme und es knallt. Danach rast das Teilchen mit einem brennenden Schweif wild auf dem Wasser herum und hat sich schließlich mit einem letzten Aufflammen aufgelöst. Der Spuk ist vorbei – alle sind sichtlich beeindruckt. Geli Hassemer am meisten.

„Ein schönes Feuerwerk mit einem kleinen Plättchen. Und wenn alle Barren unter Wasser kommen ...“

„... macht es richtig Bumm! Bei der Reaktion von Natrium mit Wasser entstehen große Mengen Wasserstoff, der sich mit der unter Druck stehenden Luft im Tauchschacht mischt. Das entstehende Knallgas explodiert unter diesen Bedingungen sofort und reißt den „Kaiman“ in Stücke.“

„Daher brauchte Mechtersheimer also keinen Schlüssel für seinen Privattresor auf dem Flussgrund. Den Deckel unter Wasser zu öffnen, führt zu einer beträchtlichen Explosion. Man kann ihn nur öffnen, wenn man ein Schiff wie den „Kaiman“ hat und die entsprechenden Kenntnisse dazu. Dann wollen wir doch mal sehen, was in der Kassetten so wichtig ist, dass man dafür so viele Menschenleben aufs Spiel setzen will.“

Geli Hassemer nimmt die verschlossenen Kassetten an sich und untersucht noch einmal genau den Behälter, wobei sie darauf achtet, die Natrium-Barren nicht zu berühren, findet aber nichts Interessantes mehr. Anke ist die ganze Zeit still, fühlt sich nicht wohl in dieser Umgebung.

„Ein unheimliches Schiff, so düster und so beklemmend, Ronni.“

„Wir gehen gleich, nur noch ein paar Fotos.“

Das große Weitwinkel fängt die Atmosphäre gut ein. Die feuchtegeschützten Halogenstrahler beleuchten eine fremdartige Umgebung aus kantigen Basaltbrocken mit ihrem grünlichen Überzug, einer merkwürdig glatten Wasseroberfläche und einer alles einschließenden Kuppel. Wir klettern als erste die Schachtleiter hoch, dann Herbert und Geli Hassemer, zum Schluss der pensionierte Marco Kreisler.

Nach dem Ausschleusen gehen wir unserer Wege. Herbert zu seiner Elvira und Anke begleitet mich nach Hause. Wie wird Baumann auf die ganzen Vorkommnisse reagieren? Sie sind ja ganz in seinem Sinne, ein lästiger Konkurrent ist zumindest vorerst ausgeschaltet. So scheint es zumindest. Gegenüber ihrem Vorgänger Herbert Wülfing hat Geli Hassemer einen großes Vorteil: Da der „Kaiman“ in Mainz-Kastel liegt, also einem Stadtteil von Wiesbaden, bearbeitet die dortige Kripo den Fall, hat ihr nur für diese eine Aktion wohlwollend den Vortritt gelassen.

Es ist auch ein Abschied vom Kaiman. Nach unserem Besuch sollen die Natrium-Barren aus dem Revionsschacht entfernt werden und dann soll der Taucherschacht endgültig „festgesetzt“ und der Kompressor vom

Schiff entfernt werden. Damit wird dann eine 120 Jahre dauernde Ära ihr Ende gefunden haben. Künftig wird die „Carl Straat“ das einzige Schiff auf dem Rhein sein, mit dem man auf dem Flussgrund spazieren gehen kann.

*

Sie wirkte verbraucht, verhärmt, die alte Frau mit ihren weißen Haaren, die sie sorgsam zum einem Pferdeschwanz zusammengebunden hatte. Geli Hassemer hatte erwartet, dass ihr Abneigung, ja Aggression entgegenschlagen würden, aber Vlora Peshkatar wirkte einfach nur müde. Sie war zwei Tage mit dem Bus unterwegs gewesen, von Südalbanien über Serbien und Slowenien nach Österreich und dann Deutschland. Eine ermüdende Strecke für junge Leute schon und sie war schon fast siebzig. Und wer fährt schon gern eines seiner Kinder im Sarg abholen?

Geli hatte in weiser Voraussicht eine Dolmetscherin besorgt, eine junge Frau aus der Neustadt. Ariana war in Mainz geboren worden und ihre Kinder gingen in die Goetheschule, wo die Hauptkommissarin gleich zu Beginn ihrer Tätigkeit einen Präventionskurs gegeben hatte. Nun tat sie ihr Bestes, der alten Dame die Angst vor dem fremden Land und der Polizei zu nehmen.

„Sie lässt fragen, wo Redon ist. Und was er getan hat? Sie hat schon seit ein paar Tagen nichts mehr von ihm gehört.“

„Redon ist der Name des Mannes, der ertrunken ist?“

Ein kurzes Gespräch zwischen den beiden albanischen Frauen, in dem Vlora den Kopf mehrfach den Kopf schüttelt und „Jeton, Jeton!“ ruft.

„Sie lässt sagen, dass ihr ertrunkener Sohn Jeton heißt. Redon ist sein Zwillingsbruder, der nachgekommen ist.“

Endlich hatte die Ankerleiche einen Namen. Jeton – das Spiel war schlecht für ihn ausgegangen. Und wie würde es mit Redon weitergehen? Ihre Kollegen bewachten ihn im Krankenhaus, wo er jede Aussage verweigerte, obwohl er ganz gut Deutsch sprach. Vielleicht würde ihn die Anwesenheit seiner Mutter zum Sprechen bringen?

„Redon ist verletzt, aber nicht lebensgefährlich. Er ist im Krankenhaus. Fragen Sie Vlora, ob sie ihn besuchen möchte."

Ariana hatte noch nicht vollständig übersetzt, als die alte Frau in Tränen und einen Redeschwall ausbrach. Natürlich, ja, sie wollte, unbedingt und sofort. Was hätten ihre Söhne nur für Leid über ihre Familie gebracht. Es waren doch so liebe Kinder, alle sechs.

Bald danach waren die drei Frauen unterwegs ins Hildegardis-Krankenhaus. Redon drehte den Kopf demonstrativ weg, als sein Bewacher und die Hauptkommissarin ins Zimmer kamen.

„Ich sage nichts."

Dann hörte er die Stimme seiner Mutter, die ihn mit einem Redeschwall zudeckte und dann mit Küssen, immer wieder seinen Namen rief. Er antwortete auf albanisch.

„Er sagt, dass sie vorsichtig sein soll, was sie sagt." übersetzte Ariana.

Redon zuckte zusammen, fragte Ariana auf albanisch, ob sie mit der Polizei zusammenarbeite. Als diese bejahte, drohte er ihr auf albanisch. Die Situation drohte zu eskalieren, da griff die alte Frau der Hauptkommissarin in den Arm und bat gestenreich darum, mit ihrem Sohn allein sein zu dürfen. Das konnte ihr Geli Hassemer nicht gestatten, aber sie war einverstanden, dass die Dolmetscherin außer Hörweite warten sollte.

Im folgenden Dialog waren die Rollen klar verteilt: Die alte Mutter wies ihren Sohn solange zurecht, bis der den Mund hielt und die Dolmetscherin wieder hereinkommen durfte. Sie bestand außerdem darauf, dass die Polizisten nun ihren Sohn befragen sollten, in ihrem Beisein.

Das Bandgerät lieft mit und langsam entwickelte sich eine Geschichte, von der die alte Mutter so nichts gewusst hatte, auch wenn sie es hätte ahnen können oder sogar müssen. Sicher hätten Außenstehende sie längst erkannt, aber wer verdächtigt schon seine Kinder als Kriminelle? Auch in einem Land, in dem legale Jobs Mangelware sind und der ständige Existenzkampf die Grenzen zwischen Gut und Böse verwischt.

Ganz besonders interessierte Geli Hassemer die Art der Zusammenarbeitet mit Mechtersheimer, erwähnte, dass dieser den Tauchschacht manipuliert hatte, um ihn umzubringen. Als er hörte, dass er wahrscheinlich seinen Bruder Jeton auf dem Gewissen hatte, schäumte Redon vor Wut.

„Ich bringe diesen Kerl um!“

„Und wollen Sie ihm auch mit Geld den Mund stopfen?“

Ariana, die den Dialog der beiden für die Mutter übersetzte, wurde blass, doch Redon ließ sich nicht bremsen.

„Dreck kriegt der ins Maul.“

Das war ein Halbgeständnis und die Hauptkommissarin wollte den Sack zumachen.

„Und warum der eine Dreck und der andere fünfzig Euro?“

„Davon verstehen Sie nichts. Weil es so Gesetz ist. Außerdem waren das hundert Euro – haben Sie die Hälfte eingesteckt?“

Damit hatte die Hauptkommissarin ihren Fisch am Haken. Sie ließ sich aber nichts anmerken und fragte wie beiläufig weiter:

„Welche Art Geschäft haben Sie eigentlich mit Mechtersheimer gemacht? Sie scheinen doch eher Geld ausgegeben zu haben als eingenommen.“

Redon zuckte zusammen, wand sich, wollte nichts mehr sagen, doch seine Mutter wies ihn mit Worten zurecht, die die Dolmetscherin lieber nicht übersetzte. Endlich kam Redon zur Sache.

„Ich habe die Tageseinnahmen aufgeschrieben und dafür hundert Euro gegeben. Die Zahlen habe ich dann weitergegeben. Mehr nicht.“

Das sah zu einfach aus, um wahr zu sein. So sehr sie auch weiterbohrte, Redon wusste wohl wirklich nicht viel mehr. Nur, dass es ein heiß umkämpfter Markt war, und dass er von seinem „Paten“ in Albanien fünf Prozent von der Summe der Tageseinnahmen bekam, nur für die Zahlen. Und dass er Fotos der Originalausdrucke liefern musste, sonst bekam er gar nichts.

Als sie wieder gingen, wirkte die alte Dame sehr blass. Die Aufregung war ihr auf den Magen geschlagen. Geli Hassemer besorgte ihr ein kleines gemütliches Zimmer am Römerwall, von wo sie ihren Sohn zu Fuß ihren Sohn besuchen konnte, während er noch im Krankenhaus war. Sie schrieb noch das Verhörprotokoll und fasste die Ergebnisse zusammen.

Das Geschäftsmodell war eigentlich simpel. In den falschen Händen konnten Automaten-Casinos im Wirrwarr von deutschen und europäischen Gesetzen, Verordnungen und Bestimmungen ganz eigenartige Geschäfte machen.

Während eine „richtige" Spielbank alle Besucher kontrollieren und alle Einnahmen pro Spielgerät genau erfassen muss, arbeiten die Automaten-Spielcasinos quasi unkontrolliert. Keine Personenkontrolle, keine automatengenaue Einnahmenkontrolle – lediglich der gesamte Umsatz muss täglich angegeben und versteuert werden. Kennt man diese Zahl, kann man sagen, dass man diesen oder jenen Betrag dann und dort gewonnen habe – und schon ist Schwarzgeld als Spielgewinn deklariert und steuerfrei „legalisiert".

Es waren nicht nur die kleinen am täglichen Leben verzweifelten Spielsüchtigen, die mit abgegriffenen Scheinen und gar Münzgeld nicht vorhandenen Träumen nachjagten und so die Daddelhöllen am Leben hielten. Nein, die überall aus dem Boden schießenden Etablissements waren auch die perfekte Geldwäsche für die, die bereits soviel hatten, dass sie immer noch mehr wollten. Solche Leute wie Mechtersheimer und Baumann mit ihren fett dotierten Pöstchen.

Tatsächlich partizipierten gleich drei Parteien an den Spielsüchtigen: Die Automaten-Casinos, die Kommunen über die Gewerbesteuer und die Geldwäscher, die das von den Zockern gewonnene Geld gegenüber dem Finanzamt als ihren Spielgewinn ausgaben.

Hatte Mechtersheimer die Zahlen für sich selbst nutzen wollen? Ganz direkt wäre das zu auffällig gewesen, aber dafür hat man ja seine Entourage. In jedem Fall hätte er Mitesser am reich gedeckten Tisch nicht gewollt. Der ehemalige POM-Geschäftsführer hatte sich zu wehren gewusst, mit seinen Tauchkenntnissen und den besonderen Eigenschaften des „Kaiman". Jeton war auf seinen Trick mit dem Tauchschacht hereingefallen und dessen Bruder Redon ebenfalls – jedenfalls war dieser dem Tod nur durch eine Verkettung glücklicher Umstände entkommen.

Nun blieb die Frage, wie man Mechtersheimer den Mord an Jeton Peshkatar nachweisen konnte. Wenn überhaupt, ging es nur indirekt über die geschäftliche Zusammenarbeit der beiden. Darüber wieder konnte nur Redon Peshkatar, sein Zwillingsbruder, Auskunft geben. Der allerdings würde sich mit einer solchen Aussage selbst belasten. Bei Mechtersheimer selbst sah es nicht anders aus. Der hatte den Wiesbadener Kollegen, die ihn nach dem letzten Kaiman-Zwischenfall zur Befragung mitgenommen hatten, nichts sagen wollten und das würde sich nicht ändern, das schien klar.

Es blieben die Indizien, ein langwieriger Weg, den die Wiesbadener Kollegen nun gehen mussten. Natürlich würden sie im Zuge der Amtshilfe ihre Ermittlungsergebnisse den Kollegen mitteilen und sich so ein ganzes Minenfeld mainz-interner Beziehungsgeflechte ersparen.

Wenigstens sah es bei der an der Kostheimer Schleuse angeschwemmten Leiche besser aus – Redon Peshkatar hatte sich selbst verraten. Auch hier waren die Wiesbadener Kollegen wieder gefragt, denn rechts des Rheins war nun einmal Wiesbaden, auch wenn der Ortsname auf dem Straßenschild etwas anderes sagte.

In der Nacht aber zog ein Gewitter von Südwesten über beide Seiten des Rheins, so das wollte der Himmel den Dreck der vergangenen Tage rechtzeitig vor dem Wochenende in den Fluss spülen. Über eine Stunde blitzte und donnerte es über Mainz und Wiesbaden und auf der Straße war niemand zu sehen, sieht man von einer Person am Yachtanleger im Schiersteiner Hafen ab.

Auch im Polizeipräsidium in der Mainzer Neustadt brannte noch Licht im Labor. Mit der gebotenen Sorgfalt waren die unter dem „Kaiman" gefundenen Kassetten inzwischen geöffnet worden. Sie enthielten die Originalausdrucke der Tagesumsätze des Kaimans, was die Kripo schon vermutet hatte. Noch interessanter war aber ein Ordner mit allerlei Originalbelegen diverser Abrechnungen der POM. Belege, die in keiner offiziellen Bilanz auftauchten, deren Echtheit aber unzweifelhaft war. Und es war zu erwarten, dass mit diesen Belegen die Tage von Mechtersheimer und Baumann in offiziellen Funktionen zu Ende gehen würden. Auch wenn es mitunter unerwartete Wendungen in der Stadtpolitik gibt.

*

Es ist noch früh am Morgen, die Sonne schaut immer mal wieder durch die schnell über den Himmel huschenden Wolken und durchschneidet mit ihren Strahlen die klare Luft. Der große Herbststurm ist abgeflaut und die

Luft kalt geworden. Es sind vielleicht acht Grad Celsius und die anderen Segler und Motoryachten sind längst winterfest verplant, als Anke und ich einen letzten Ausflug mit der „Flavia“ machen wollen. Obwohl der Wind ein wenig beißt? Nein, weil er beißt. Obwohl es ein wenig kalt ist? Nein, weil wir so viel Hitze in uns tragen, dass wir sie kühlen müssen, um sie danach noch mehr auszuleben. Als wir ins Boot springen, blitzt es von der Landseite her und Anke schaut mit gerunzelter Stirn zur Storchenallee.

„Baumann?“

„Kann gut sein. Der mit seinem Überwachungsfimmel. In letzter Zeit rennt der öfter mit einem Fernglas herum und dann sogar ein Fernrohr mit Stativ. Soll der sich ruhig ärgern, wenn er uns sieht. Gleich sind raus aus dem Hafen. Dann wollen wir mal richtig segeln.“

Noch vor der Brücke über die Hafeneinfahrt schaltet Anke den Außenborder ab und hisst die Segel. Direkt an der Ausfahrt packt uns die erste Bö, ein Ruck in der Takelage und der alte Jollenkreuzer macht einen kleinen Satz vorwärts. Meine Liebste ist in ihrem Element, gibt nur kurze Kommandos, wenn ich die Seiten wechseln oder meinen Kopf einziehen soll. Schnell erreichen wir die Flussmitte, wollen hinüber auf die andere Seite, wo wir ungestört von den großen Pötten gegen den Wind ankreuzen können.

Noch eine Bö und dann ein Schrei, als der Mast plötzlich am Ansatz bricht, seitlich ins Wasser fällt und uns unter Takelage und dem Segel begräbt. Anke gibt energische Kommandos und versucht Segel und Mast so schnell wie möglich zu bergen, damit wir aus der Fahrrinne kommen. Die Bergfahrer sind langsam und weit weg, aber ein leerer Talfahrer kommt verdächtig schnell von Biebrich angebraust.

„So eine Sch ... Mach schon, oder willst du hier Kaffee trinken?“

Oh, oh, diese energische Seite kenne ich noch so gar nicht von ihr, aber sie gehört dazu. So schnell wie möglich holen wir den Mast längsseits und wollen den Außenborder anwerfen, doch der streikt mal wieder. Unvorsichtigerweise sage ich etwas vom Entlüfterdeckel, ernte aber nur einen vernichtenden Blick.

Wir paddeln, was das Zeug hält und schaffen es auch tatsächlich rechtzeitig aus der Fahrrinne, treiben weiter rheinab, nähern uns immer weiter dem linksrheinischen Ufer. Schließlich werfen wir Anker an der

Slipanlage der Budenheimer Werft, rufen Herbert an und betrachten den Schaden.

Unser Mast ist am Ansatz abgebrochen, direkt unterhalb der Einpass-Manschette. Tief genug unten, dass man es nicht gleich sieht, aber so hoch, dass eine starke Bö ihn abbrechen würde – genauso wie es geschah.

Anke fingert schon am Außenborder.

„Der Tank ist leer. Das war bestimmt er. Das Schwein!“

„Baumann?“

„Ja. Der hat sich bestimmt meinen Stegschlüssel genommen – wer sonst sollte ohne Aufsehen auf mein Boot kommen? Die Yachtbesitzer kennen sich alle untereinander.“

„Gestern Nacht war Gewitter und dann Sturm. Da war niemand auf der Straße.“

„Ronni, er hat uns in Lebensgefahr gebracht. Das kann und darf ich nicht akzeptieren. Ich zeige ihn an.“

„Es wird schwierig sein, ihm die Manipulation des Mastes nachzuweisen.“

„Das ist jetzt eine Sache zwischen ihm und mir. Er hat eine Grenze überschritten, die niemand ungestraft überschreiten darf. Der wird mich jetzt kennenlernen!“

Entschlossen greift sie zum Handy, aber er geht nicht dran. Da kommt auch schon Herbert um die Ecke auf das Werftgelände.

Anke kann sich nicht beruhigen.

„Wir lassen die „Flavia“ hier und fahren zu mir. Den kaufe ich mir!“

Mit einer zornsprühenden Anke fahren zu ihrer Wohnung in der Storchenalle im Schiersteiner Hafen. Sie stürmt vor uns in die Wohnung, aber die ist leer.

„Der hat sich verdrückt! Bestimmt zu seiner alten Freundin. Aber mal sehen, was er noch so an Papieren hier hat.“

Anke wühlt eine ganze Weile in seinem Zimmer herum, findet aber fast keine Papiere.

„Der hat alles mitgenommen!“

„Und die Säge, mit der er den Mast angesägt hat?“

„Der ist kein Handwerker. Der hat sich bestimmt das Werkzeug gekauft und dann weggeworfen.“

Herbert schaltet sich ein.

„Jetzt macht mal langsam. Jeder macht Fehler, auch Baumann. Wenn er was weggeworfen hat, dann können wir es wiederfinden. Und ich habe heute morgen mal eine Wasserstandsmeldung im Radio gehört. In den Kassetten aus dem Kaiman-Schacht dürften ein paar interessante Details gewesen sein. Danach dürften Baumanns Tage als Geschäftsführer wohl gezählt sein. Von Mechtersheimer war natürlich nichts drin – aber das dürfte ihm nichts nutzen.“

„Späte Rache, Herbert?“

„Nenne es Genugtuung. Und du kannst dich auch nicht beschweren, denke ich mal.“

Anke zwinkert ihm zu und zieht mich zu ihrem „Nest“, lehnt sich mit dem Rücken an mich und legt meine Arme um sich. Wir stehen noch eine kleine Weile da, bis es dunkel wird. Herbert ist schon vorher gegangen, wohl, weil ihm der Magen knurrte. Und vielleicht auch, weil er nach seiner Elvira sehen will. Oder der „Flavia“. Frauen machen halt das Leben spannend – und Schiffe haben in aller Regel Frauennamen.

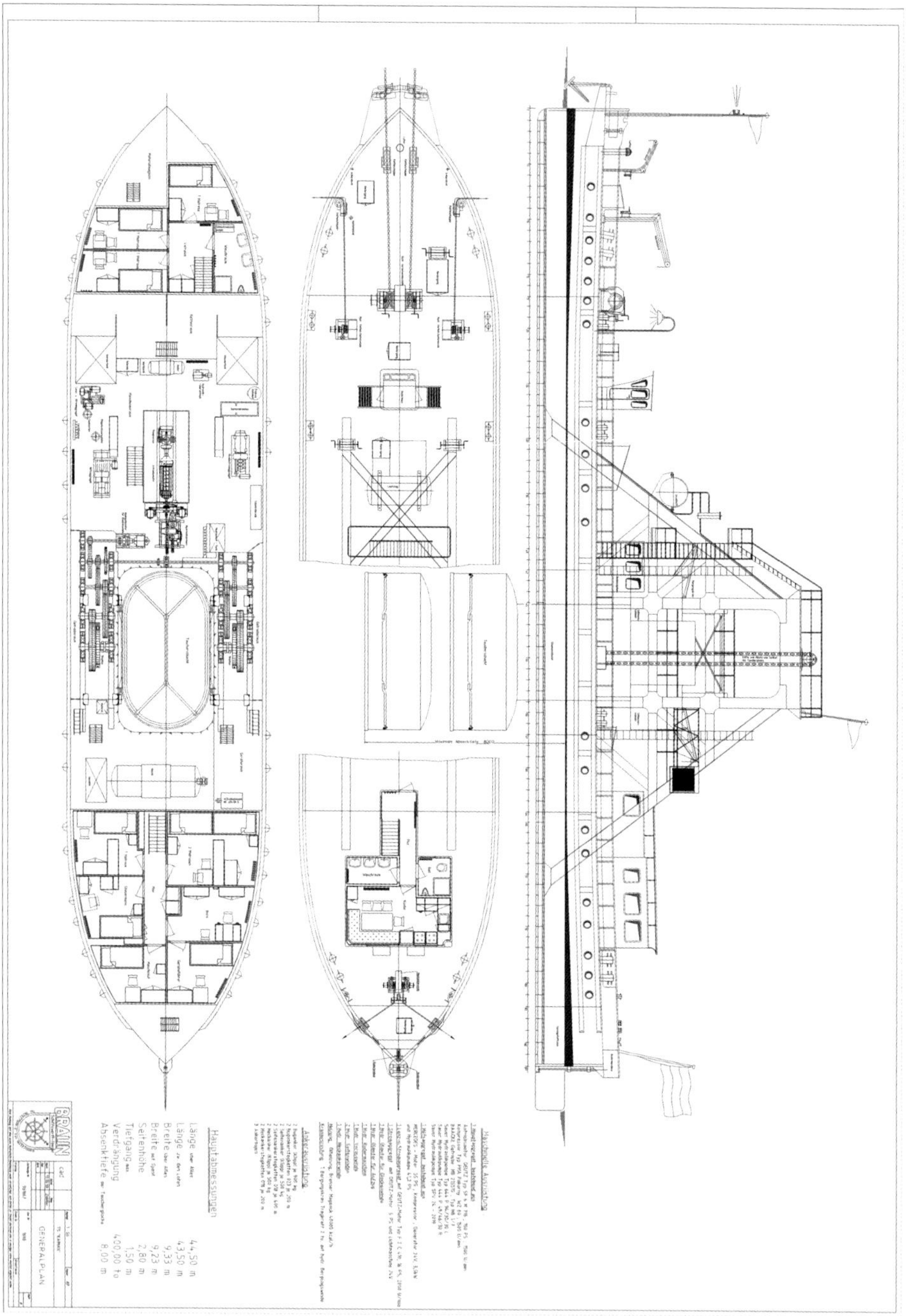
Maschinelle Ausrüstung
Ankerausrüstung
Hauptabmessungen
Länge über Alles 44,50 m
Länge zw. den Loten 43,50 m
Breite über Alles 9,33 m
Breite auf Spant 9,23 m
Seitenhöhe 2,80 m
Tiefgang max. 1,50 m
Verdrängung 400,00 to
Absenktiefe der Taucherglocke 8,00 m
BRAUN
cad
GENERALPLAN

Zeichnung des Kaimans mit freundlicher Genehmigung des Wasser- und Schiffahrtsamts Bingen.

## Bücher von Jean C. Becker (nach Erscheinungsjahr geordnet)

**Tod beim Rotweinfest** (2000)

Noch bevor das Rotweinfest richtig begonnen hat, findet ein Jogger am frühen Morgen die Leiche einer Familienrichterin an der Ingelheimer Rheinfähre. Merkwürdige Umstände stellen die Kripo von Anfang an vor Rätsel. Wieso weist die Tote keine äußeren Verletzungen auf? Und was haben die vielen toten Käfer neben der Leiche zu bedeuten?

4. Auflage, 256 Seiten + Umschlag, mehrere Abbildungen

ISBN 978-3-936929-03-4 Euro 9,90

**Haie im Mainzer Becken** (2001)

Als sich an einem schönen Sommermorgen die Mainzer Elite auf dem Dach des Staatstheaters versammelt, deckt der spektakuläre Sturz einer Skulptur ein Verbrechen auf. Plötzlich bedrohen die Sünden der Vergangenheit die Geschäfte der Gegenwart. Die Spuren führen zunächst in die Mainzer Unterwelt und dann viel weiter. Denn die Baukorruption ist international ...

2. Auflage, 256 Seiten + Umschlag, mehrere Abbildungen,

ISBN 978-3-936929-02-7 Euro 9,90

**Leichentanz an Fassenacht** (2003)

Als ob das Leben nicht schon kompliziert genug wäre, tischt das Rheinhochwasser ausgerechnet zu Fassenacht Hauptkommissar Herbert Wülfing eine Leiche auf, deren Todesursache so gar nicht in herkömmliche Kategorien passen will. Die Ermittlungen geraten ins Stocken und werfen immer neue Fragen auf, die bis in den Zweiten Weltkrieg und die Zeit der Kelten zurück reichen.

3. Auflage, 256 Seiten + Umschlag, mehrere Abbildungen,

ISBN 978-3-936929-01-0, Euro 9,90

**Das Mainzer Mörderpendel** (2005)

Nach einem mörderisch heißen Sommer gerät in Mainz und drumherum so manches aus dem Gleichgewicht. Eine Bombe wird im Rhein gefunden, eine Todesanzeige gibt Rätsel auf und der Journalist Ronni Sander versucht als Dompteur pubertierender Jugendlicher. Nur das Foucault'sche Pendel an der Mainzer Uni schwingt unerschütterlich – bis zum tödlichen Finale.

3. Auflage, 224 Seiten + Umschlag, mehrere Abbildungen,

ISBN 978-3-936929-05-8, Euro 9,90

**Tod in der Unterwelt** (2007)

Im Sommer lebt Mainz auf seinen Plätzen – gestorben wird eher anderswo. Hauptkommissar Herbert Wülfing hat da viel Erfahrung, aber eine Leiche in einem Kornkreis ist auch ihm neu. Ein Ufo-Opfer? Ein Ritualmord? Zusammen mit dem Journalisten Ronni Sander folgt er den Mörderspuren entlang der Kanonenbahn und die Mainzer Unterwelt durch ein dunkles, längst vergessenes Labyrinth.

2. Auflage, 224 Seiten + Umschlag, mehrere Abbildungen,

ISBN 978-3-936929-06-5, Euro 9,90

**Sturm am Bismarkturm** (2009)

Schon seit Tagen ist die Atmosphäre in Mainz und Rheinhessen regelrecht aufgeladen. Zwischen Teufelsrutsch und Ingelheimer Aue und zwischen Kohle und Wind entzünden sich Energiekonflikte – und ein Mord passt da nur zu gut hinein. So klar die Motivlage scheint, so schwierig gestalten sich die Ermittlungen. Es entwickelt sich eine Kette von Ereignissen, deren Auswirkungen auch für manch unkontrollierte Entladung bei Hauptkommissar Herbert Wülfing von der Mainzer Kripo sorgen.

224 Seiten + Umschlag, mehrere Abbildungen

ISBN 978-3-936929-09-6 Euro 9,90

**Der Bildband zu den Krimis:**

**Eine Mordsgegend** (2001)

Kriminalistische Idyllen in Rheinhessen, Mainz und entlang des Rheins. Dreisprachig: Deutsch, Englisch, Französisch.

100 Seiten, etwa 150 größtenteils farbige, bisher unveröffentlichte Abbildungen, fester Einband, Fadenheftung, Format 23,4 x 24 cm

ISBN 978-3-936929-04-1 Euro 9,90

„Hier zeigt der Autor mit einzigartigen Aufnahmen Orte, die man sonst nie zu Gesicht bekommt.“ Mainzer Rhein-Zeitung

**Filme zu „Tod in der Unterwelt“: die Grube Doktor Geier in Waldalgesheim**

Die einzigen bekannten Filme, die die Grube Doktor Geier unter Tage zeigen, eine Mangan- und Dolomitgrube, die eine große Rolle in „Tod in der Unterwelt“ spielt. Der 30-Minuten-Film von Rudi und Edith Michel von 1971 zeigt alle wichtigen Arbeitsvorgänge über und unter Tage. Ein zweiter 18-Minuten-Film von etwa 2002, dreißig Jahre nach der Schließung, zeigt die Anlagen unter Tage im Dornröschenschlaf. Beide Filme wurden von Alfons Herbold aufwändig digital restauriert und mit gemafreier Musik vom Kayser Medienverlag Salzkotten nachvertont.

DVD, ca. 48 Minuten mit zusätzlichen Fotos des Erzbunkers.

| | | |
|---|---|---|
| im Jewelcase | Euro 9.90 | ISBN 978-3-936929-07-2 |
| im Bundle mit Bildband | Euro 15.90 | ISBN 978-3-936929-08-9 |

**Krimitouren**

Jean C. Becker führt mehrmals im Jahr zu den Schauplätzen der Krimis – zu Fuß, per Rad oder Auto. Die aktuellen Termine gibt es in der Tagespresse oder unter

www.krimitour.de

Gern führt er auch Sie ganz privat, beispielsweise zu Betriebsausflügen oder Geburtstagen. Bitte schreiben Sie an jean-becker@web.de, wenn Sie die Konditionen erfragen oder den Newsletter mit den aktuellen Terminen erhalten möchten.

**Lesungen**

Jean C. Becker liest gern auch bei Ihnen. Dabei bringt er auf Wunsch auch die Filme zum Bergwerk Doktor Geier und anderes besonderes Filmmaterial zu seinen Büchern mit. Auch die Technik wie Beamer können wir stellen. Bitte richten Sie Ihre Anfragen an

jean-becker@web.de

oder rufen Sie an:
06725-95026

oder schreiben Sie:
Jean C. Becker
Obergasse 60
55437 Appenheim